Née en 1991, Sally Rooney est devenue, en l'espace de deux romans, la nouvelle star des lettres anglo-saxonnes. *Conversations entre amis* a connu dès sa publication en 2017 un accueil critique et public extraordinaire et a été traduit dans plus d'une douzaine de langues. Un an plus tard, *Normal People*, nommé pour de nombreux prix littéraires et adapté en série, a confirmé le talent de son autrice.

DU MÊME AUTEUR

Normal people
L'Olivier, 2021

Sally Rooney

CONVERSATIONS ENTRE AMIS

ROMAN

Traduit de l'anglais (Irlande)
par Laetitia Devaux

Éditions de l'Olivier

TEXTE INTÉGRAL

TITRE ORIGINAL
Conversations With Friends

ÉDITEUR ORIGINAL
Faber & Faber, 2017

ISBN 978-2-7578-8271-9

« En temps de crise, nous devons tous à nouveau décider, encore et encore, qui nous aimons. »

Frank O'Hara

Première partie

1

Bobbi et moi avons fait la connaissance de Melissa lors d'une soirée poétique en ville où nous nous produisions ensemble. Melissa nous a photographiées dehors, Bobbi avec une cigarette, et moi le poignet gauche fermement tenu dans la main droite, comme si je craignais de le perdre. Melissa avait un gros appareil professionnel ainsi que plusieurs objectifs dans une valise dédiée. Elle bavardait et fumait en prenant des photos. Elle nous a parlé de notre performance, et nous, nous lui avons parlé de son travail qu'on avait eu l'occasion de voir sur Internet. Le bar a fermé vers minuit. Comme il commençait à pleuvoir, Melissa nous a invitées à venir boire un verre chez elle.

On a pris toutes les trois place sur la banquette arrière d'un taxi, puis attaché nos ceintures de sécurité. Bobbi était au centre et tournait la tête vers Melissa, si bien que je ne voyais que sa nuque et sa petite oreille en forme de cuiller. Melissa a donné au chauffeur une adresse à Monkstown. Je regardais par la vitre. De la radio, se sont échappés les mots : années quatre-vingt… pop… classique. Puis un jingle. Je me sentais tout excitée, prête pour le défi de découvrir la maison d'une inconnue. Je préparais déjà des compliments et certaines expressions de mon visage pour me montrer sous un jour charmant.

La maison en brique rouge était jumelée avec une autre. Il y avait un sycomore dans le jardin, dont les feuilles paraissaient orange et artificielles à la lueur des réverbères. J'adorais explorer chez les gens, surtout des gens un peu célèbres comme Melissa. J'ai décidé de tout mémoriser pour ensuite décrire la maison à nos amis, tandis que Bobbi confirmerait mes propos.

Lorsque Melissa nous a fait entrer, un cocker roux a surgi du fond du couloir en aboyant. Il faisait bon dans la maison éclairée. Près de la porte, une petite table avec de la monnaie, une brosse à cheveux et un tube de rouge à lèvres ouvert. Une reproduction de Modigliani dans l'escalier, un nu de femme couchée. Je me suis dit : c'est une vraie maison. Une maison où toute une famille pourrait vivre.

On a des invités, a lancé Melissa en direction du couloir.

Personne n'est venu. Nous l'avons suivie dans la cuisine. Je me souviens d'un grand compotier en bois sombre rempli de fruits trop mûrs, et d'avoir remarqué une véranda derrière. Ils sont riches, me suis-je dit. À l'époque, j'étais obsédée par les gens riches. Le chien nous avait suivies dans la cuisine, il flairait nos pieds, mais Melissa n'a pas fait cas de lui, alors nous non plus.

Du vin ? a proposé Melissa. Rouge ou blanc ?

Elle a apporté des verres à pied aussi grands que des bols et nous nous sommes assises autour d'une table basse. Elle nous a demandé comment nous avions commencé à déclamer de la poésie ensemble. Nous venions juste de finir notre troisième année à l'université, mais nous faisions ça depuis le lycée. Les examens étaient terminés. C'était la fin mai.

Melissa avait posé son appareil sur la table et l'attrapait parfois pour prendre une photo en plaisantant sur le fait qu'elle était incapable de s'arrêter de travailler. Elle a allumé une cigarette et fait tomber la cendre dans un cendrier en verre très kitsch. La maison ne sentant pas le tabac, je me suis demandé si elle fumait à l'intérieur d'habitude.

Je me suis fait de nouvelles amies, a-t-elle annoncé.

Son mari était apparu sur le seuil de la cuisine. Il nous a saluées d'un geste de la main. Le chien s'est mis à japper et à gémir en décrivant des cercles à toute vitesse.

Voici Frances, a dit Melissa. Et Bobbi. Elles sont poètes.

Il a pris une bouteille de bière dans le frigo et l'a ouverte sur le plan de travail.

Viens t'asseoir avec nous, a proposé Melissa.

Ce serait avec plaisir, mais je vais essayer de dormir un peu avant de prendre cet avion.

Le chien a bondi sur une chaise près de lui, et il a tendu machinalement la main pour lui caresser la tête. Il a demandé à Melissa si elle l'avait nourri, et elle a répondu que non. Il a pris le chien dans ses bras, l'autorisant à lui lécher le cou et le menton. Il a dit qu'il s'en chargeait et a disparu.

Nick part à Cardiff demain matin pour un film, a expliqué Melissa.

Nous savions déjà que son mari était acteur. Melissa et lui apparaissaient souvent ensemble à des événements, et des amis d'amis avaient fait leur connaissance. Il avait une belle tête imposante, et il donnait l'impression de pouvoir facilement envelopper Melissa d'un seul bras tout en repoussant des intrus de l'autre.

Il est très grand, a dit Bobbi.

Melissa a souri, comme si « grand » était un euphémisme pour quelque chose de pas nécessairement flatteur. La conversation a repris. Nous avons discuté du gouvernement et de l'Église catholique. Melissa nous a demandé si nous étions croyantes, nous avons répondu que non. Elle a dit qu'elle trouvait les mariages et les enterrements réconfortants, « un peu comme un sédatif ». Une sorte de communion, a-t-elle précisé. Il y a là-dedans quelque chose de bon pour l'individualisme névrotique. Et j'ai fréquenté une école religieuse, alors je connais la plupart des prières.

Nous aussi, on était dans une école religieuse, a dit Bobbi. Ça n'est pas sans conséquences.

Melissa a souri en demandant : lesquelles ?

Eh bien, je suis gay, et Frances est communiste.

Et je ne crois pas me souvenir de la moindre prière, ai-je dit.

Nous sommes restées longtemps à discuter et à boire. Je me souviens que nous avons parlé de Patricia Lockwood, cette poétesse que nous admirions, et de ce que Bobbi appelait avec mépris le « féminisme de la fiche de paie ». Je commençais à être fatiguée et un peu ivre. Je ne trouvais rien d'intelligent à dire, et ce n'était pas facile de faire de l'humour simplement avec des expressions du visage. Je crois que j'ai beaucoup ri et acquiescé. Melissa nous a expliqué qu'elle travaillait sur un nouveau recueil de textes. Bobbi avait lu son premier livre, mais pas moi.

Il n'est pas très bon, m'a dit Melissa. Attends le prochain.

Vers trois heures du matin, elle nous a montré la chambre d'amis, nous a dit que ç'avait été génial de faire notre connaissance et qu'elle était ravie qu'on reste dormir. Une fois au lit, j'ai regardé le plafond et, tout à coup, je me suis sentie vraiment très ivre. La pièce tournoyait de manière brève mais répétée. Dès que mes yeux se mettaient à suivre un tourbillon, un autre lui succédait. J'ai demandé à Bobbi si elle avait le même problème, mais elle m'a dit que non.

Elle est incroyable, n'est-ce pas ? a dit Bobbi. Melissa.

Je l'aime bien, ai-je répondu.

Nous avons entendu sa voix dans le couloir et ses pas tandis qu'elle naviguait d'une pièce à l'autre. Quand le chien a aboyé, elle lui a crié dessus, puis ç'a été au tour de son mari. Ensuite, nous nous sommes endormies et ne l'avons pas entendu partir pour l'aéroport.

/

Bobbi et moi nous connaissions depuis le lycée. À l'époque, elle avait des opinions très affirmées et elle était souvent punie à cause de son comportement que notre établissement qualifiait de « troubles à l'enseignement et à l'apprentissage ». À seize ans, elle s'était fait faire un piercing au nez et avait commencé à fumer. Personne ne l'aimait. Elle avait été renvoyée toute une semaine pour avoir écrit « fuck le patriarcat » sur le mur près d'un plâtre de Jésus sur la croix. Personne ne lui avait manifesté la moindre solidarité. Tout le monde trouvait que Bobbi en faisait trop. Même moi, je devais admettre que l'enseignement et l'apprentissage avaient été bien moins troublés pendant sa semaine d'exclusion.

À l'âge de dix-sept ans, nous avons assisté contraintes et forcées à un bal donné dans la salle commune du lycée pour une collecte de fonds. Une boule disco à moitié cassée projetait de la lumière sur le plafond et les barreaux aux fenêtres. Bobbi portait une robe d'été très fine et on avait l'impression qu'elle ne s'était pas coiffée. Elle était terriblement séduisante, si bien que tout le monde luttait pour ne pas la regarder. Je lui ai dit que j'aimais bien sa robe. Elle m'a donné un peu de la vodka qu'elle avait dissimulée dans une bouteille de Coca et m'a demandé si le reste du lycée était fermé. Nous sommes allées vérifier la porte menant à l'escalier de service : elle était ouverte. Il n'y avait pas de lumière là-haut, et l'endroit était désert. On entendait la musique à travers le plancher, un peu comme la sonnerie du téléphone de quelqu'un d'autre. Bobbi m'a fait encore boire de la vodka et m'a demandé si j'aimais les filles. Il était facile de ne pas se décontenancer avec elle. J'ai répondu : oui.

Je ne trahissais personne en sortant avec Bobbi. Je n'avais pas vraiment d'amies, et pendant la pause déjeuner, j'allais lire des manuels à la bibliothèque. J'aimais bien les autres filles, je les laissais recopier mes devoirs, mais j'étais seule et je me sentais incapable de créer de véritables liens d'amitié. Je faisais des listes de ce que je devais améliorer à mon sujet. Quand nous avons commencé à nous fréquenter, Bobbi et moi, tout a changé. Les filles ont cessé de me demander mes devoirs. À l'heure du déjeuner, nous nous promenions dans le parking main dans la main, et les gens détournaient le regard d'un air mauvais. C'était amusant. C'était la première fois que je m'amusais vraiment.

Après les cours, nous nous allongions sur son lit pour écouter de la musique et discuter des raisons pour lesquelles nous nous aimions bien. C'étaient de longues conversations passionnées qui me paraissaient si capitales qu'en secret, j'en retranscrivais certaines parties, le soir. Quand Bobbi parlait de moi, j'avais l'impression de me voir pour la toute première fois dans un miroir. Je me regardais plus souvent dans la glace, aussi. J'ai commencé à m'intéresser à mon visage et à mon corps, ce que je n'avais encore jamais fait. Je posais à Bobbi des questions comme : j'ai les jambes longues ou courtes ?

Le jour de la remise de diplômes, nous avons fait une performance poétique ensemble. Certains parents ont fondu en larmes, mais nos camarades se sont contentées de regarder par les fenêtres ou de chuchoter entre elles. Quelques mois plus tard, après plus d'un an ensemble, Bobbi et moi nous sommes séparées.

/

Melissa voulait nous consacrer un article. Elle nous l'a proposé par mail en joignant quelques photos prises devant le bar. Dans ma chambre, j'ai téléchargé les fichiers et les ai ouverts en plein écran. Bobbi me regardait d'un air espiègle, une cigarette dans la main droite, tandis que, de la gauche, elle tirait sur son étole en fourrure. À ses côtés, je paraissais à la fois ennuyée et intéressante. J'essayais d'imaginer mon nom en tête d'un article dans une belle police de caractères. La prochaine fois que nous verrions Melissa, je ferais davantage d'efforts pour l'impressionner.

Bobbi m'a appelée juste après avoir reçu le mail.

Tu as vu les photos ? a-t-elle dit. Je crois que je suis amoureuse d'elle.

Le téléphone à la main, j'ai zoomé sur le visage de Bobbi jusqu'à le pixelliser – c'était pourtant de la haute définition.

Peut-être que tu es juste amoureuse de ton visage, ai-je dit.

Ce n'est pas parce que j'ai un beau visage que je suis narcissique.

Je n'ai pas répondu. J'étais toujours en train de zoomer. Je savais que Melissa collaborait à plusieurs grosses revues littéraires en ligne et que son travail était très suivi sur Internet. Elle avait écrit un article au sujet des Oscars que tout le monde republiait chaque année à la saison adéquate. Parfois, elle faisait le portrait d'artistes qui vendaient leur travail sur Grafton Street ou de musiciens des rues de Londres. Ils étaient toujours illustrés par de magnifiques photos, pleines d'humanité et de « personnalité ». J'ai dézoomé et essayé de regarder mon visage comme si j'étais une inconnue qui le découvrait pour la première fois sur Internet. Il m'a paru rond et blanc, mes sourcils comme des parenthèses à l'envers, les yeux détournés de l'objectif, presque fermés. Même moi, je voyais que j'avais de la personnalité.

Nous avons répondu par mail que nous en serions ravies, et elle nous a invitées à dîner pour parler de notre travail et prendre de nouvelles photos. Elle m'a demandé si je pouvais lui envoyer des exemples de notre poésie, et j'ai choisi trois ou quatre de nos meilleures pièces. Bobbi et moi avons discuté pendant des heures de ce qu'elle porterait au dîner, sous le prétexte de déterminer ce que nous devions mettre toutes les deux. Allongée dans ma chambre, je la regardais se regarder dans le miroir en déplaçant des mèches de cheveux d'avant en arrière d'un air dubitatif.

Quand tu dis que tu es amoureuse de Melissa..., ai-je commencé.

J'ai eu un coup de cœur, quoi.

Tu sais qu'elle est mariée.

Tu crois qu'elle ne m'aime pas ? demanda Bobbi.

Elle tenait l'une de mes chemises blanches en coton brossé face au miroir.

Qu'est-ce que tu entends, par *aimer* ? ai-je dit. Tu es sérieuse ou tu plaisantes ?

Je suis en partie sérieuse. Je pense qu'elle m'aime vraiment bien.

Au point de tromper son mari ?

Bobbi a éclaté de rire. Les autres, je savais en général s'il fallait les prendre au sérieux ou pas, mais avec Bobbi, c'était impossible. Elle n'avait jamais l'air ni totalement sérieuse ni totalement inconséquente. Alors j'avais fini par accepter avec philosophie les paroles bizarres qu'elle prononçait. Je l'ai regardée retirer son chemisier et enfiler ma chemise blanche. Dont elle a remonté les manches avec soin.

C'est bien ? a-t-elle demandé. Ou c'est moche ?

C'est bien. Ça te va bien.

2

Il a plu toute la journée du dîner chez Melissa. J'ai passé la matinée dans mon lit à écrire de la poésie en appuyant sur la touche entrée dès que j'en ressentais le besoin. Puis j'ai fini par remonter les stores, parcourir les informations sur le Net et prendre une douche. Mon appartement avait une porte qui donnait sur la cour de l'immeuble, laquelle était arborée, avec un cerisier dans un coin. Nous étions presque au mois de juin, mais en avril, les fleurs étaient aussi légères et soyeuses que des confettis. Mes voisins de palier avaient un bébé qui pleurait parfois la nuit. J'aimais bien vivre là.

Bobbi et moi nous sommes retrouvées en ville pour aller à Monkstown en bus. En marchant vers la maison, j'avais l'impression d'ouvrir un tout petit cadeau dans un énorme emballage. J'ai expliqué ça à Bobbi et elle a répondu : c'est le cadeau qui t'intéresse, ou l'emballage ?

On en reparlera après le dîner, ai-je dit.

Nous avons sonné, et Melissa nous a ouvert, son appareil photo à l'épaule. Elle nous a remerciées de notre visite. Elle avait un sourire très expressif, presque de connivence, que je la soupçonnais de servir à tous les gens dont elle tirait le portrait. C'était sans doute une façon de leur dire : vous n'êtes pas n'importe lequel de mes modèles, j'ai un faible particulier pour vous. Je savais que je m'exercerais ensuite à reproduire jalousement ce sourire devant un miroir. Le cocker jappait sur le seuil de la cuisine quand nous avons accroché nos vestes.

Son mari était en train de couper des légumes. Le chien était très excité par toute cette activité. Il a sauté sur une chaise et aboyé pendant dix ou vingt secondes avant qu'il lui ordonne de se taire.

On vous offre un verre de vin ? a proposé Melissa.

Nous avons répondu oui, et Nick nous a servies. J'avais fait des recherches à son sujet sur Internet depuis notre première rencontre, entre autres parce que c'était la première fois que je croisais un acteur en vrai. Il jouait surtout au théâtre, mais faisait aussi un peu de télévision et de cinéma. Il avait été nominé pour un prix important quelques années plus tôt. J'étais tombée sur plusieurs photos de lui torse nu, plus jeune, en train de sortir d'une piscine ou de prendre une douche dans une série télé qui n'était plus diffusée depuis longtemps. J'avais envoyé un lien à Bobbi avec ce commentaire : le mari trophée.

Melissa n'apparaissait pas beaucoup sur Internet, même si son recueil avait vraiment fait parler de lui. Je ne savais pas depuis combien de temps elle était mariée avec Nick. Ni l'un ni l'autre n'était assez célèbre pour que ce genre d'information figure en ligne.

Alors comme ça, les filles, vous écrivez toujours ensemble ? a lancé Melissa.

Oh non, a dit Bobbi. C'est Frances qui écrit. Je ne l'aide même pas.

Ce n'est pas vrai, ai-je protesté. Ce n'est pas vrai, tu m'aides. Elle dit ça comme ça.

Melissa a incliné la tête et émis une sorte de petit rire.

Bon, laquelle de vous ment ? a-t-elle demandé.

C'était moi. Outre le fait qu'elle enrichissait ma vie, Bobbi ne m'aidait jamais à écrire. Pour ce que j'en savais, elle n'avait jamais écrit le moindre texte littéraire. En revanche, elle aimait bien déclamer des monologues grandiloquents et chanter des ballades anti-guerre. Elle était le moteur sur scène, et je lui jetais souvent des regards anxieux pour savoir comment me comporter.

Nous avons mangé des spaghettis dans une épaisse sauce au vin blanc avec beaucoup de pain à l'ail. Nick n'a quasiment pas parlé, tandis que Melissa nous posait plein de questions. Elle nous faisait beaucoup rire aussi, mais à la manière dont on force quelqu'un à manger quelque chose dont il n'a pas envie. Je ne savais pas si j'aimais cette gaieté forcée, mais il était évident que ça plaisait à Bobbi. Elle riait plus que nécessaire, ça se voyait.

Même si je ne savais pas vraiment pourquoi, j'étais certaine que nous intéressions moins Melissa depuis qu'elle savait que j'écrivais seule. Ce changement était si subtil que je savais que Bobbi le nierait par la suite, ce qui m'énervait déjà. Je commençais à avoir l'impression de disparaître de cette scène, à croire que, depuis que je l'avais mise au jour, sa dynamique ne m'intéressait plus, voire ne m'impliquait plus. J'aurais pu faire davantage d'efforts, mais j'étais énervée d'y être obligée pour qu'on m'accorde de l'attention.

Après le dîner, Nick a débarrassé la table et Melissa nous a photographiées. Bobbi était assise sur l'appui de fenêtre, elle minaudait et riait en regardant une bougie allumée. J'étais toujours à la table du dîner, je terminais mon troisième verre de vin.

J'adore, comme ça, à la fenêtre, a dit Melissa. On peut faire la même dans la véranda ?

On accédait à la véranda par une double porte dans la cuisine. Bobbi a suivi Melissa, qui a refermé la porte derrière elles. Je voyais Bobbi rire assise sur l'appui de fenêtre, mais je ne l'entendais pas. Nick a rempli l'évier d'eau chaude. Je lui ai à nouveau dit combien le repas avait été bon, et il a relevé la tête en disant : oh, merci.

J'ai regardé Bobbi retirer un peu de maquillage sous un œil. Elle avait les poignets minces et de longues mains élégantes. Parfois, quand je faisais quelque chose qui me passionnait peu, par exemple rentrer à pied du travail ou étendre du linge, j'aimais me figurer que je ressemblais à Bobbi. Elle avait bien plus de prestance que moi, et un visage magnifique qu'on n'oubliait pas. Je l'imitais à tel point que lorsque j'apercevais mon propre reflet, j'étais saisie d'un étrange sentiment de dépersonnalisation. C'était plus dur là, avec Bobbi dans mon champ de vision, mais j'ai malgré tout essayé. J'ai eu envie de faire une remarque provocante et stupide.

J'ai comme l'impression que je suis de trop, ai-je déclaré.

Nick a jeté un coup d'œil à la véranda où Bobbi était en train de manipuler ses cheveux.

Tu crois que c'est la chouchoute de Melissa ? a-t-il dit. Je peux lui en toucher un mot, si tu veux.

Pas la peine. De toute façon, Bobbi est toujours la chouchoute.

Ah bon ? Moi, j'avoue que j'ai plus d'affinités avec toi.

Nous avons échangé un regard. J'ai compris qu'il rentrait dans mon jeu, alors j'ai souri.

Oui, j'ai l'impression qu'il y a un rapport plus naturel entre nous, ai-je dit.

Les poètes, ça m'attire.

Eh bien, je te promets que j'ai une vie intérieure très riche.

Il a ri à ces mots. Je savais que c'était déplacé, mais je ne me sentais pas mal pour autant. Dans la véranda, Melissa avait allumé une cigarette et posé son appareil photo sur une table basse en verre. Bobbi hochait la tête d'un air inspiré.

Je croyais que cette soirée tournerait au cauchemar, mais en fait, c'était plutôt sympa, a-t-il dit.

Il est venu se rasseoir à table avec moi. J'aimais sa sincérité soudaine. J'étais amusée par l'idée de l'avoir vu torse nu sur Internet sans qu'il le sache, et j'ai presque eu envie de le lui dire.

Moi non plus je ne suis pas très à l'aise dans ce genre de dîner, ai-je lancé.

Moi, je trouve que tu as été très bien.

Non, c'est toi qui as été très bien. Formidable.

Il m'a souri. J'essayais de mémoriser tout ce qu'il disait pour ensuite le répéter à Bobbi, mais dans ma tête, ça n'était plus du tout aussi drôle.

La double porte s'est ouverte et Melissa est réapparue, son appareil entre les mains. Elle nous a photographiés assis à la table, Nick avec son verre, moi qui regardais vaguement l'objectif. Puis elle s'est assise face à nous pour se pencher sur l'écran de son appareil. Bobbi est revenue et a rempli son verre de vin sans demander la permission. Elle avait l'air béat. J'ai compris qu'elle était ivre. Nick l'a regardée sans rien dire.

J'ai proposé de partir à temps pour attraper le dernier bus, et Melissa a promis de nous envoyer les photos. Le sourire de Bobbi s'est effacé, mais il était trop tard pour nous suggérer de rester. On nous tendait déjà nos vestes. Je me suis sentie prise de vertiges, et maintenant que Bobbi ne parlait plus, je ne cessais de rire pour rien.

Il y avait dix minutes à pied jusqu'à l'arrêt de bus. Bobbi était sombre et je devinais qu'elle était ennuyée ou contrariée.

Tu as passé une bonne soirée ? ai-je demandé.

Je me fais du souci pour Melissa.

Hein ?

Je crois qu'elle n'est pas heureuse, a dit Bobbi.

Dans quel sens ? Elle t'en a parlé ?

Je ne pense pas que Nick et elle soient heureux ensemble.

Vraiment ?

Oui, c'est triste.

Je n'ai pas fait remarquer à Bobbi qu'elle n'avait vu Melissa que deux fois, même si j'aurais peut-être dû. Je devais admettre que Nick et Melissa n'avaient pas l'air fous amoureux. Mine de rien, il m'avait dit s'attendre à ce que ce dîner organisé par elle vire au cauchemar.

Je l'ai trouvé drôle, Nick, ai-je dit.

Il a à peine ouvert la bouche.

Ouais, il a l'humour silencieux.

Bobbi n'a pas ri. Je n'ai pas insisté. Dans le bus, nous avons à peine parlé, car je voyais bien qu'elle ne serait pas intéressée par le lien que j'avais naturellement créé avec le mari trophée de Melissa, et je ne voyais pas de quoi parler d'autre.

Lorsque je suis arrivée à la maison, je me sentais encore plus ivre qu'avant de partir de chez eux. Bobbi était rentrée dormir chez elle, j'étais donc seule. J'ai allumé toutes les lumières avant de me coucher. C'était quelque chose que je faisais parfois.

1

Cet été-là, les parents de Bobbi vivaient une séparation acrimonieuse. Eleanor, sa mère, avait toujours été fragile sur le plan psychologique et sujette à une obscure maladie sur de longues périodes, si bien que Jerry, le père, apparaissait comme le favori dans cette affaire. Bobbi les appelait par leur prénom. Au début, ç'avait sans doute été un acte de rébellion, puis c'était devenu normal, un peu comme s'ils dirigeaient tous ensemble une petite entreprise familiale. Lydia, la sœur de Bobbi, avait quatorze ans et ne traversait pas cette épreuve avec la même sérénité que son aînée.

Mes parents s'étaient séparés quand j'avais douze ans. Mon père était reparti à Ballina, la ville où ils s'étaient connus. J'avais vécu à Dublin avec ma mère jusqu'à mon bac, puis elle aussi était repartie à Ballina. Au début de mes études, j'avais emménagé dans un appartement situé dans le quartier assez central des Liberties, lequel appartenait au frère de mon père. Pendant l'année universitaire, il louait la deuxième chambre à un autre étudiant, je devais donc éviter de faire du bruit la nuit et dire poliment bonjour quand je croisais mon colocataire dans la cuisine. Mais l'été, lorsque le colocataire repartait chez lui, je disposais de tout l'appartement pour moi, je faisais du café quand je voulais et je laissais des livres ouverts partout.

Cet été-là, j'effectuais un stage dans une agence littéraire. Il y avait un autre stagiaire, Philip, que je connaissais de la fac. Notre boulot consistait à trier des piles de manuscrits et à rédiger des rapports d'une page sur leur intérêt littéraire, lequel était presque toujours inexistant. Parfois, Philip lisait tout haut des phrases mal tournées sur un ton sarcastique, ce qui me faisait rire, mais ce n'était jamais en présence d'autres personnes de l'agence. Nous travaillions trois jours par semaine en échange d'une « indemnité », ce qui signifiait qu'en gros, nous n'étions pas rémunérés. Moi, j'avais juste besoin de payer ma nourriture, et Philip habitait chez ses parents, alors ça ne nous dérangeait pas.

C'est comme ça que les privilèges se perpétuent, m'a un jour dit Philip dans les bureaux. Des connards de riches comme nous acceptent des stages non rémunérés puis piquent le boulot aux autres.

Parle pour toi, ai-je répondu. Moi, je n'aurai jamais de boulot.

3

Bobbi et moi nous sommes produites à plusieurs reprises cet été-là lors de lectures-performances ou sur des scènes libres. Quand d'autres artistes, des hommes, tentaient de nous aborder alors que nous fumions une cigarette à l'extérieur, Bobbi crachait sans un mot sa fumée dans leur direction, et moi, je jouais les porte-parole. Tout sourire, je faisais appel à ma mémoire quant aux détails de leur travail. J'aimais bien ce personnage de la fille souriante qui se souvient de tout. Bobbi disait que je n'avais pas de vraie personnalité, mais que, dans sa bouche, c'était un compliment. J'étais le plus souvent d'accord avec elle. J'avais l'impression de pouvoir faire ou dire n'importe quoi selon la situation, et après j'en concluais : c'est donc comme ça que je suis.

Melissa nous a envoyé les photos du dîner quelques jours plus tard. Je pensais qu'il y aurait surtout des portraits de Bobbi, et peut-être un ou deux clichés de moi, floue derrière une bougie allumée, une fourchette de spaghettis à la main. En réalité, j'apparaissais sur autant de photos que Bobbi, toujours bien éclairée et joliment cadrée. Nick y figurait lui aussi, ce qui me surprit. Il attirait la lumière, encore plus qu'en vrai. Je me suis demandé si c'était la raison pour laquelle il avait du succès en tant qu'acteur. Il était difficile de ne pas remarquer qu'il éclipsait tout le monde dans la pièce, ce dont je n'avais pas du tout eu conscience sur l'instant.

Melissa n'apparaissait sur aucune des photos, ce reportage sur notre dîner n'avait par conséquent qu'un rapport biaisé avec la véritable scène. En réalité, toutes les conversations avaient tourné autour d'elle. C'était elle qui déclenchait nos expressions hésitantes ou admiratives. C'était à ses plaisanteries que nous riions. Sans trace de sa présence, le dîner prenait une tout autre dimension, se dispersant dans des directions subtiles et étranges. Les relations entre les gens sur ces photos sans Melissa paraissaient troubles.

Sur celle que je préférais, je fixais l'objectif d'un air rêveur, et Nick me regardait comme s'il attendait que je dise quelque chose. Il avait la bouche entrouverte et semblait ignorer la présence de l'appareil photo. C'était un bon cliché, mais en réalité, je regardais Melissa que Nick n'avait tout simplement pas vue franchir le seuil. La photo capturait quelque chose d'intime qui ne s'était jamais vraiment produit, une ellipse, une tension. Je l'ai placée dans mon dossier téléchargements pour l'examiner à nouveau plus tard.

Bobbi m'a envoyé un message environ une heure après la réception des photos.

Bobbi : tu nous trouves bien dessus ?
Bobbi : je me demande si on peut s'en servir comme photos de profil facebook.
Moi : non
Bobbi : elle dit que l'article ne sortira qu'en septembre apparemment ?
Moi : qui ça ?
Bobbi : melissa
Bobbi : tu veux qu'on se retrouve ce soir ?
Bobbi : pour regarder un film ou quoi

Bobbi tenait à me faire savoir qu'elle avait été en contact avec Melissa, et pas moi. J'étais impressionnée – ce qui était l'effet recherché – et mal à l'aise, aussi. Je savais que Melissa appréciait plus Bobbi que moi, et j'ignorais comment m'agréger à leur amitié nouvelle sans avoir l'air de quémander leur attention. J'aurais aimé que Melissa s'intéresse à moi parce que nous étions toutes les deux écrivaines, mais elle n'avait pas l'air de m'aimer, et c'était peut-être un peu réciproque. Je ne pouvais que lui témoigner du respect parce qu'elle avait déjà publié un livre, une preuve que beaucoup de gens la prenaient au sérieux, même si ce n'était pas mon cas. À vingt et un ans, je n'avais encore rien accompli ni ne possédais rien qui puisse attester que j'étais quelqu'un de sérieux.

J'avais dit à Nick que tout le monde préférait Bobbi, mais ce n'était pas tout à fait exact. Bobbi pouvait être acerbe et débridée au point de mettre les gens mal à l'aise, alors que j'avais tendance à les rassurer par ma politesse. Par exemple, les mères m'appréciaient beaucoup. Et comme Bobbi traitait le plus souvent les hommes avec moquerie ou dédain, ils avaient souvent tendance à me préférer, eux aussi. Bien sûr, Bobbi me raillait à ce sujet. Un jour, elle m'avait envoyé par mail une photo de l'actrice d'*Arabesque*, Angela Lansbury, avec ce titre : ton cœur de cible.

Bobbi est venue ce soir-là, mais n'a pas évoqué Melissa. Je savais que c'était une stratégie, qu'elle attendait que je lui pose des questions, ce que je n'ai pas fait, une attitude qui paraissait plus passive-agressive qu'elle ne l'était en réalité. En fait, nous avons passé une bonne soirée, et parlé jusque très tard ; Bobbi a dormi sur le matelas par terre dans ma chambre.

Cette nuit-là, je me suis réveillée en sueur sous la couette. D'abord, j'ai eu l'impression d'être dans un rêve ou dans un film. J'avais perdu tous les repères dans ma chambre, c'était comme si j'étais plus loin de la fenêtre et de la porte que je n'aurais dû. Et lorsque j'ai voulus m'asseoir, j'ai ressenti une étrange et violente douleur dans le pelvis, qui m'a arraché un cri.

Bobbi ? ai-je appelé.

Elle s'est retournée. J'ai voulu tendre le bras pour la secouer, mais j'en étais incapable, l'effort m'épuisait. D'un autre côté, l'intensité de la douleur me rendait euphorique, comme si elle allait changer ma vie d'une façon que j'ignorais encore.

Bobbi, ai-je appelé. Bobbi, réveille-toi.

Elle ne s'est pas réveillée. J'ai sorti mes jambes du lit et réussi à me lever. La douleur était plus supportable quand j'étais courbée en deux et que je me comprimais le ventre. J'ai contourné son matelas pour gagner la salle de bains. Il pleuvait fort sur la protection en plastique de la bouche d'aération. Je me suis assise au bord de la baignoire. Je saignais. C'était juste mes règles. Je me suis pris la tête entre les mains. Mes doigts tremblaient. Puis je me suis allongée par terre et j'ai plaqué une joue contre la paroi froide de la baignoire.

Au bout d'un moment, Bobbi a frappé à la porte.

Qu'est-ce qui se passe ? a-t-elle demandé. Ça va ?

J'ai mes règles, c'est tout.

Ah. Tu as des médicaments avec toi ?

Non, ai-je dit.

Je vais t'en chercher.

Elle s'est éloignée. Je me suis cogné la tête contre la baignoire pour penser à autre chose qu'à la douleur dans mon pelvis. Ça me brûlait, comme si tous mes organes se contractaient pour ne plus former qu'un seul petit nœud. Les pas de Bobbi se sont de nouveau fait entendre, et la porte de la salle de bains s'est entrebâillée. Elle m'a glissé une boîte d'ibuprofène. J'ai rampé pour l'attraper, et elle est repartie.

Le jour a fini par se lever. Bobbi s'est réveillée et m'a aidée à m'allonger sur le canapé du salon. Elle m'a préparé un thé à la menthe, puis je suis restée avec la tasse posée sur mon pubis jusqu'à ce qu'elle me brûle.

Tu souffres, a-t-elle dit.

Tout le monde souffre.

Ah. C'est profond.

/

J'étais sérieuse avec Philip quand je lui avais dit ne pas vouloir de travail. Je n'en voulais vraiment pas. Je n'avais aucun projet d'avenir financièrement viable : je n'avais jamais voulu gagner de l'argent en échange d'un travail. J'avais fait des petits boulots payés au salaire minimum au cours des étés précédents – du mailing, du démarchage téléphonique, des choses comme ça –, et je m'attendais à recommencer une fois mon diplôme obtenu. Je savais que je serais bien obligée d'avoir un jour un boulot à plein temps, mais je n'avais jamais imaginé un avenir radieux dans lequel je serais payée pour participer au fonctionnement de l'économie. Parfois, ça me semblait traduire une incapacité à m'intéresser à ma vie, ce qui me déprimait. D'un autre côté, j'avais le sentiment que mon désintérêt pour l'argent était idéologiquement sain. J'avais cherché quel serait le revenu de chacun si on divisait le PIB mondial par le nombre d'habitants sur terre, et d'après Wikipédia, on aboutissait à 16 100 dollars. Je ne voyais aucune raison, qu'elle soit politique ou financière, de gagner davantage que cette somme.

Le responsable de l'agence littéraire était une femme qui s'appelait Sunny. Philip et moi l'aimions beaucoup, mais c'était moi qu'elle préférait. Ça agaçait Philip. Il disait que lui aussi, c'était moi qu'il préférait. Je pense qu'au fond, Sunny pressentait que je n'avais nulle intention de devenir agent littéraire, et c'était peut-être ce qui me rendait chère à ses yeux. Philip était de toute évidence très enthousiaste à l'idée d'être embauché dans l'agence, et même si je ne lui en voulais pas d'avoir des projets de vie, j'avais le sentiment d'être plus clairvoyante quant à mes ambitions.

Sunny s'intéressait à mon avenir. C'était quelqu'un de direct, qui faisait toujours des remarques franches et rafraîchissantes, ce que Philip et moi aimions tout particulièrement chez elle.

Et le journalisme ? m'a-t-elle demandé.

J'étais en train de lui rendre une pile de manuscrit.

Tu t'intéresses au monde, a-t-elle dit. Tu es cultivée. Tu aimes la politique.

Ah bon ?

Elle a secoué la tête en riant.

Tu es brillante, a-t-elle dit. Il va bien falloir que tu fasses quelque chose.

Peut-être que je ferai un mariage d'argent.

Elle m'a fait signe de déguerpir.

Allez, va bosser un peu, a-t-elle conclu.

/

Nous nous produisions en ville le vendredi. J'étais capable de déclamer chacun de mes poèmes pendant six mois environ après l'avoir écrit, après quoi je ne supportais plus de le lire, et encore moins de le déclamer en public. Je ne savais pas pourquoi, mais j'étais heureuse que ma poésie soit écoutée et non publiée. Elle semblait flotter loin de moi, emportée par les applaudissements. Les vrais écrivains, mais aussi les peintres, n'avaient d'autre choix que de continuer à voir les horreurs qu'ils avaient produites. Je détestais l'idée que tout ce que je faisais soit aussi laid, mais aussi le fait de manquer de courage pour me confronter à cette laideur. J'avais expliqué ça à Philip, qui s'était contenté de dire : arrête de te dénigrer, tu es un vrai écrivain.

Bobbi et moi nous sommes maquillées dans les toilettes de la salle de spectacle en parlant de mes derniers poèmes.

Ce que j'aime bien dans tes personnages masculins, c'est qu'ils sont tous affreux, a dit Bobbi.

Ils ne sont pas tous affreux.

Au mieux, ils sont moralement très ambigus.

N'est-ce pas notre cas à tous ? ai-je dit.

Tu devrais écrire sur Philip. Il n'a rien de complexe, lui. C'est un « gentil ».

Elle a mimé des guillemets, alors qu'elle ne pensait pas vraiment ça de lui. Bobbi n'aurait jamais dit de quelqu'un qu'il était gentil sans guillemets.

Melissa nous avait prévenues qu'elle serait là, mais nous ne l'avons vue que par la suite, alors qu'il était déjà dix ou onze heures du soir. Nick et elle étaient assis côte à côte, Nick en costume. Melissa nous a félicitées, disant qu'elle avait vraiment aimé notre performance. Puis Bobbi s'est tournée vers Nick, comme si elle attendait qu'il nous complimente à son tour, ce qui l'a fait rire.

Je ne vous ai pas vues sur scène, a-t-il dit. Je viens juste d'arriver.

Nick joue au Royal ce mois-ci, a dit Melissa. *La Chatte sur un toit brûlant.*

Mais je ne doute pas que vous ayez été géniales, a-t-il ajouté.

Laissez-moi vous offrir à boire, toutes les deux, a dit Melissa.

Bobbi l'a accompagnée au bar, si bien que Nick et moi sommes restés seuls à la table. Il n'avait pas de cravate, et son costume devait coûter cher. J'avais chaud, je craignais d'être en sueur.

Comment s'est passée la représentation ? ai-je demandé.

Ce soir ? Bien, merci.

Il était en train de retirer ses boutons de manchette. Il les a posés sur la table près de son verre. J'ai remarqué qu'ils étaient en émail de couleur façon art déco. Je songeais à m'extasier à voix haute, mais m'en suis sentie incapable. Alors j'ai fait mine de chercher Melissa et Bobbi par-dessus mon épaule. Quand je me suis retournée, Nick avait sorti son téléphone.

J'aimerais la voir, ai-je dit. J'aime bien cette pièce.

Tu n'as qu'à venir. Je peux te mettre des places à disposition, si tu veux.

Il n'avait pas levé la tête pour me parler, si bien que je doutais de sa sincérité, ou du moins je craignais qu'il oublie aussitôt cet échange. J'ai vaguement acquiescé. Puisqu'il ne me prêtait pas attention, je pouvais l'observer librement. Il était vraiment très beau. Je me suis demandé si les gens s'habituent à être beaux et finissent par s'en lasser, ce qui était tout de même difficilement concevable. Je me suis dit que si j'étais aussi belle que Nick, je passerais mon temps à m'amuser.

Désolé de mon impolitesse, Frances, a-t-il dit. C'était ma mère. Elle envoie des sms, maintenant. Je devrais lui dire que je suis avec une poétesse pour l'impressionner.

Je pourrais être une très mauvaise poétesse. En fait, tu n'en sais rien du tout.

Il a souri et remis son téléphone dans sa poche. J'ai regardé sa main, puis détourné les yeux.

Ce n'est pas ce qu'on m'a dit, a-t-il répliqué. Mais peut-être que la prochaine fois, je pourrai juger sur pièce.

Melissa et Bobbi sont revenues avec les boissons. Nick avait prononcé mon nom comme pour me montrer qu'il s'en souvenait. Bien sûr, moi aussi, je me rappelais son nom, mais dans la mesure où il était plus âgé et assez connu, je trouvais son attention flatteuse. Il est bientôt apparu que Melissa était venue en ville avec leur voiture, donc Nick n'avait eu d'autre choix que de la rejoindre après le théâtre pour rentrer chez lui. Cet arrangement ne semblait guère lui faire plaisir, il avait l'air fatigué et peu intéressé par notre conversation.

Le lendemain, Melissa m'a envoyé un mail pour me dire qu'ils avaient fait mettre deux places de théâtre de côté pour nous le jeudi suivant, mais que nous ne devions pas nous sentir coupables si nous avions déjà d'autres engagements. Elle avait inclus l'adresse mail de Nick en précisant : au cas où tu aurais besoin de le joindre.

4

Le jeudi, Bobbi devait dîner avec son père, alors nous avons proposé la deuxième place de théâtre à Philip. Il n'arrêtait pas de demander si nous allions devoir discuter avec Nick après, ce que j'ignorais. Toutefois, je doutais qu'il vienne nous voir, alors j'ai assuré à Philip que nous pourrions nous éclipser discrètement. Il n'avait jamais croisé Nick, mais l'avait vu à la télévision et le trouvait « intimidant ». Il m'a posé plein de questions sur sa façon d'être dans la vraie vie, et je me suis sentie incapable de répondre à la moindre d'entre elles. Après avoir acheté le programme, il est directement allé à la page de la biographie des acteurs pour me montrer la photo de Nick. Dans la pénombre, elle se réduisait essentiellement au contour d'un visage.

Regarde cette mâchoire, a-t-il dit.

Oui, je vois.

La scène s'est éclairée, et l'actrice qui interprétait Maggie s'est mise à hurler avec un accent du Sud. Ça n'était pas vraiment mauvais, mais ça faisait un peu surjoué. Elle a retiré sa robe et s'est exhibée en combinaison blanche comme Elizabeth Taylor dans le film, même si l'actrice sur scène avait l'air à la fois moins superficielle et moins convaincante. Je voyais l'étiquette sur la couture de la combinaison, ce qui, pour moi, a ruiné tout réalisme alors que la combinaison et l'étiquette étaient, justement, réelles. J'en ai déduit qu'une certaine dose de réalité produit l'effet inverse du réalisme, et j'ai alors pensé à Jean Baudrillard, dont je n'avais pourtant jamais lu les ouvrages et même si ce n'était probablement pas le genre de sujet qui l'intéressait.

Nick a fini par surgir de derrière une porte côté cour. Il boutonnait sa chemise. Je me suis sentie un peu gênée, comme si le public s'était soudain tourné vers moi pour observer ma réaction. Sur scène, il était très différent, sa voix presque méconnaissable. Il avait une attitude tranquille et détachée qui suggérait une certaine brutalité sexuelle. J'ai aspiré quelques bouffées d'air par la bouche et me suis passé la langue sur les lèvres à de nombreuses reprises. Globalement, la pièce n'était pas très bonne. Les accents de tous les autres acteurs sonnaient faux, et les éléments de décor semblaient posés là en attendant d'être montés. D'une certaine manière, ça ne faisait qu'accentuer la beauté spectaculaire de Nick, et rendait son supplice encore plus authentique.

Quand nous avons quitté le théâtre, il s'était remis à pleuvoir. Je me sentais aussi pure et minuscule qu'un nouveau-né. Philip a ouvert son parapluie et nous avons marché jusqu'à son arrêt de bus. Je souriais comme une débile et me touchais beaucoup les cheveux.

C'était intéressant, a dit Philip.

J'ai trouvé Nick bien supérieur aux autres acteurs.

Ouais, et c'était stressant aussi, non ? Mais il a été plutôt bon.

J'ai ri bien trop fort à cette remarque puis je me suis tue en me rendant compte que rien de tout ça n'était drôle. Une petite pluie froide mouillait le parapluie, et j'ai cherché quelque chose d'intéressant à dire sur la météo.

Il est beau, me suis-je entendue prononcer.

C'en est presque écœurant.

À l'arrêt de bus de Philip, nous avons brièvement délibéré pour savoir lequel de nous garderait le parapluie. Finalement, il me l'a tendu. Il pleuvait plus dru, et il commençait à faire très sombre. J'avais envie de continuer à parler de la pièce, mais le bus de Philip arrivait. De toute façon, je savais que le sujet ne l'emballait pas plus que ça. Malgré tout, j'ai été déçue. Il a préparé des pièces de monnaie pour son ticket et m'a dit à demain. Je suis rentrée à pied chez moi.

J'ai laissé le parapluie près de la porte de la cour et ouvert mon ordinateur portable pour rechercher l'adresse mail de Nick. Je me sentais obligée de lui envoyer un message de remerciement pour les places, mais j'étais constamment distraite par ce qui se trouvait dans le salon – par exemple une affiche de Toulouse-Lautrec que j'avais accrochée au-dessus de la cheminée, ou bien une tache sur la fenêtre du patio. Je me suis levée et j'ai un peu marché pour réfléchir. J'ai nettoyé la tache avec un torchon humide puis je me suis préparé un thé. J'ai songé à appeler Bobbi pour lui demander s'il fallait envoyer un mail ou pas, puis je me suis rappelé qu'elle était avec son père. J'ai écrit un brouillon, que j'ai effacé de crainte d'appuyer par erreur sur le bouton envoi. Ensuite, j'ai réécrit encore et encore la même chose.

Je suis restée assise devant mon écran d'ordinateur jusqu'à ce qu'il devienne tout noir. J'accorde de l'importance à des choses que les gens normaux estiment insignifiantes. J'ai besoin de me détendre, de lâcher prise. Je devrais essayer la drogue. Ces pensées n'avaient rien d'inhabituel pour moi. J'ai mis *Astral Weeks* sur la chaîne stéréo du salon et je me suis laissée glisser par terre pour écouter. J'avais beau essayer de ne pas réfléchir à la pièce de théâtre, je me suis rendu compte que je revoyais sans cesse Nick s'écrier sur scène : « Je ne veux pas m'appuyer sur toi, je veux ma béquille. » Je me suis demandé si Philip y pensait autant que moi, ou si c'était quelque chose de personnel. Il faut que je sois drôle et sympathique, me suis-je dit. Une personne sympathique enverrait un mail de remerciement.

Je me suis levée et j'ai tapé un bref message de félicitations à Nick, mais aussi pour le remercier pour les places. J'ai déplacé quelques phrases, puis, apparemment sans réfléchir, j'ai appuyé sur envoi. J'ai fermé mon ordinateur et je suis retournée m'asseoir par terre.

J'attendais des nouvelles de Bobbi au sujet des son dîner avec Jerry. Elle a appelé à la fin de l'album. J'étais toujours affalée contre le mur quand j'ai décroché. Le père de Bobbi était un haut fonctionnaire du ministère de la Santé. Elle n'appliquait pas ses principes antisystème à sa relation avec lui, en tout cas pas avec la même rigueur qu'au reste. Il l'avait emmenée dîner dans un restaurant très chic et ils avaient pris le menu complet avec une bouteille de vin.

Il a cherché à me dire que je suis une adulte, maintenant, a dit Bobbi. Qu'il me prend au sérieux, et bla bla bla.

Comment va ta mère ?

Oh, c'est la saison des migraines. On marche sur la pointe des pieds comme des putains de moines trappistes. Ça a donné quoi, la pièce ?

Nick a été vraiment bon, ai-je dit.

Ah, je suis soulagée. J'avais peur que ce soit nul.

Non, ça l'était. Désolée, je viens de me souvenir de ta question. En fait, la pièce était mauvaise.

Bobbi a entonné une sorte de petit air discordant sans en dire plus.

Tu te souviens, la dernière fois qu'on est allées chez eux, ai-je repris. Après, tu as dit que, selon toi, ils n'étaient pas heureux ensemble. Qu'est-ce qui te fait penser ça ?

J'avais l'impression que Melissa était déprimée.

À cause de son mariage ?

Tu ne trouves pas que Nick est un peu hostile envers elle ? a dit Bobbi.

Non. Toi, si ?

La première fois qu'on est allées chez eux, tu te souviens qu'il s'est baladé en râlant contre nous et qu'il l'a engueulée parce qu'elle n'avait pas nourri le chien ? Puis on les a entendus se disputer quand on s'est couchées.

Maintenant qu'elle le disait, je me souvenais d'avoir perçu une certaine animosité entre eux, même si je n'étais pas d'accord sur le fait qu'il l'ait engueulée.

Melissa était là ? a demandé Bobbi. Au théâtre ?

Non. Quoique, je n'en sais rien. En tout cas, je ne l'ai pas vue.

De toute façon, elle n'aime pas Tennessee Williams. Elle le trouve trop précieux.

Je savais que Bobbi avait un sourire ironique en disant ça, parce qu'elle était consciente qu'elle fanfaronnait. J'étais jalouse, mais j'avais l'impression que le fait d'avoir vu la pièce me donnait accès à quelque chose que Bobbi ignorait. Elle voyait toujours Nick comme un personnage secondaire, rien d'autre que le mari de Melissa. Si je lui disais que je venais de lui envoyer un mail pour le remercier au sujet des places, elle ne comprendrait pas que moi aussi, je fanfaronnais, car pour elle, Nick n'était qu'un facteur du malheur de Melissa, et fondamentalement inintéressant. Il y avait à présent peu de chances qu'elle aille voir la pièce, et je ne songeais à aucun autre moyen de lui ouvrir les yeux sur les qualités de Nick. Quand j'ai mentionné qu'il voulait venir nous voir sur scène, elle s'est contentée de me demander si ça signifiait que Melissa viendrait, elle aussi.

Nick a répondu à mon mail le lendemain après-midi en lettres minuscules, il me remerciait d'être venue et m'a demandé quand aurait lieu notre prochaine performance à Bobbi et moi. Il précisait qu'il jouait au Royal tous les soirs, ainsi qu'en matinée le week-end, donc qu'il risquait de nous rater, à moins qu'on ne passe après vingt-deux heures trente. Je lui ai dit que j'allais voir ce que je pouvais faire, mais qu'il ne s'en fasse pas s'il ne pouvait pas venir. Il a répondu : dans ce cas, on ne serait pas à égalité, tu ne penses pas ?

5

L'été, la concentration qu'exigeaient les études me manquait, car c'était elle qui me permettait de me détendre. J'aimais bien m'installer à la bibliothèque pour écrire mes dissertations et laisser ma maîtrise du temps et mon identité se dissoudre à mesure que la lumière disparaissait de l'autre côté des fenêtres. J'ouvrais quinze onglets pour des recherches sur mon ordinateur et je créais des expressions telles que « réarticulation épistémique » ou « pratiques discursives opérantes ». Ces jours-là, j'oubliais souvent de manger et je me retrouvais le soir avec un mal de tête lancinant. Les sensations physiques me revenaient comme si elles étaient nouvelles : le vent paraissait tout neuf, ainsi que le chant des oiseaux quand j'ai quitté la Long Room de Trinity College. La nourriture me paraissait incroyablement bonne, de même que le goût des sodas. Ensuite j'imprimais ma dissertation sans même la relire. Quand je regardais les commentaires dans la marge, c'était toujours « bien argumenté », parfois même « brillant ». Dès que j'avais droit à un « brillant », je prenais une photo et je l'envoyais à Bobbi. Qui me répondait : bravo, ton ego vacille.

J'avais toujours eu un problème d'ego. Je savais que l'accomplissement intellectuel était, au mieux, moralement neutre, mais lorsque je subissais des événements difficiles, je me consolais en me disant que j'étais très intelligente. Enfant, alors que je ne parvenais pas à me faire des amis, je m'imaginais être plus intelligente que mes professeurs, plus intelligente que les autres élèves ayant fréquenté cette école, un génie au milieu de gens ordinaires. Je me sentais comme une espionne. Adolescente, je me suis mise à fréquenter des forums. J'y avais noué des liens avec un étudiant américain en doctorat de vingt-six ans. Sur ses photos, il avait des dents très blanches et il m'a dit que, selon lui, j'avais le cerveau d'une physicienne. Je lui envoyais des messages tard le soir pour lui raconter que je me sentais seule à l'école, que les autres filles ne me comprenaient pas. Je lui écrivais que j'aurais bien aimé avoir un petit ami. Une nuit, il m'a envoyé une photo de son sexe. Un cliché de son pénis en érection pris en gros plan avec le flash, comme pour un examen médical. Je m'en suis voulu pendant des jours, j'étais terrorisée, je m'imaginais avoir commis un crime obscène qui risquait d'être découvert à tout moment. Alors j'ai supprimé mon compte et renoncé à l'adresse mail qui y était associée. Je ne l'ai dit à personne ; de toute façon, je n'avais personne à qui le dire.

/

Le samedi, j'ai parlementé avec l'organisateur de la soirée et réussi à déplacer notre performance après vingt-deux heures trente. Je n'ai pas dit à Bobbi que j'avais fait ça, ni pourquoi. Nous avions introduit en douce une bouteille de vin blanc, vin que nous avons bu dans des gobelets en plastique aux toilettes en sous-sol.

Nous aimions bien prendre un ou deux verres avant de monter sur scène, mais pas plus. Assises sur les lavabos, un gobelet de vin à la main, nous parlions des nouveaux poèmes que nous allions déclamer.

Je ne voulais pas dire à Bobbi que j'avais le trac, même si c'était le cas. Le simple fait de me regarder dans le miroir me rendait nerveuse. Je ne me trouvais pas trop moche. J'avais un visage ordinaire, mais j'étais si maigre que ça en devenait intéressant, et je choisissais mes tenues pour accentuer cet effet. Je portais souvent des couleurs sombres et des décolletés profonds. Ce soir-là, j'avais un rouge à lèvres presque marron qui, dans la lumière bizarre des toilettes, me donnait l'air pâle et malade. Au bout d'un moment, les traits de mon visage ont semblé se détacher, ou du moins ne plus être reliés entre eux, comme un mot qu'on a lu tant de fois qu'il en perd tout son sens. Je me suis demandé si j'allais faire une crise de panique. Puis Bobbi m'a dit d'arrêter de me regarder dans la glace, et j'ai obtempéré.

Quand nous avons regagné la salle, nous avons aperçu Melissa seule avec un verre de vin et son appareil photo. Le siège près d'elle était vide. J'ai cherché Nick des yeux mais j'étais sûre, rien qu'à la configuration de la salle ou son bruit, qu'il n'était pas là. J'ai cru que ça allait me rassurer, mais non. Je me suis passé plusieurs fois la langue sur les dents en attendant que le type nous annonce au micro.

Sur scène, Bobbi était précise. Il me suffisait de coller à son rythme et, à partir de là, tout irait bien. Parfois, j'étais bonne, parfois, j'étais simplement correcte. Mais Bobbi était toujours juste. Ce soir-là, elle a fait rire tout le monde et eu droit à des applaudissements nourris. Nous avons passé quelques instants sous le feu des projecteurs et les acclamations en nous désignant mutuellement pour signifier : c'est elle qui a tout fait. Et là, j'ai vu Nick apparaître par la porte du fond. Il avait l'air un peu essoufflé, comme s'il avait monté l'escalier trop vite. J'ai détourné les yeux en faisant mine de ne pas avoir remarqué sa présence. J'ai compris qu'il essayait de capter mon regard et que si je cédais, il m'adresserait une mine penaude en signe d'excuse. Je trouvais cette idée trop violente, un peu comme l'éclat d'une ampoule nue. Le public continuait à applaudir et j'ai senti Nick nous regarder comme nous quittions la scène.

Ensuite, au bar, Philip a offert une tournée générale et déclaré que le tout dernier poème était son préféré. J'avais oublié de lui rapporter son parapluie.

Tu vois, a dit Bobbi, les gens disent que je déteste les hommes. Pourtant, toi, Philip, je t'aime beaucoup.

J'ai vidé la moitié de mon gin tonic en deux gorgées. J'avais envie de partir sans saluer personne. Je pourrais le faire, si j'en avais envie, me suis-je dit, et ça m'a fait du bien, un peu comme si je reprenais le contrôle de ma vie.

Allons voir Melissa, a dit Bobbi. On pourra te la présenter, a-t-elle ajouté à l'adresse de Philip.

Nick était assis à côté d'elle, une bouteille de bière à la main. Je me sentais très gênée de les aborder. La dernière fois que je l'avais vu, il avait un faux accent et une autre tenue, et je ne savais pas si j'étais prête à entendre son accent normal. Mais c'était trop tard. Melissa nous a proposé de nous asseoir avec eux.

Bobbi a présenté Melissa et Nick à Philip, et celui-ci leur a serré la main. Melissa a dit qu'elle se souvenait de l'avoir déjà rencontré, ce dont il a été ravi. Nick s'est excusé de nous avoir ratées, mais je continuais à ne pas le regarder. J'ai terminé mon gin tonic, puis me suis amusée à faire tinter les glaçons contre les parois de mon verre. Philip a félicité Nick pour la pièce, et ils se sont mis à parler de Tennessee Williams. Melissa a répété qu'elle le trouvait « précieux » et j'ai fait semblant d'ignorer qu'elle l'avait déjà dit.

Après une nouvelle tournée, Melissa a proposé de sortir pour fumer. L'endroit réservé aux fumeurs était un petit jardin clos, mais comme il pleuvait, il n'y avait pas grand monde. Je n'avais encore jamais vu Nick fumer, du coup j'ai accepté alors que je n'en avais pas envie. Bobbi était en train de faire une imitation de l'un des hommes passés avant nous sur scène. C'était très drôle, quoique cruel. Nous avons tous ri. Comme il s'est mis à pleuvoir plus fort, nous nous sommes serrés tant bien que mal sous la corniche. Nous avons parlé un petit moment, enfin, surtout Bobbi.

C'est cool que tu joues le rôle d'un gay, disait-elle à Nick.

Brick est gay ? s'est-il étonné. Pour moi, il était juste bisexuel.

Ne dis pas « juste bisexuel ». Frances est bisexuelle, tu sais.

Je l'ignorais, est intervenue Melissa.

J'ai décidé de tirer longuement sur ma cigarette avant de répondre. Je savais que tout le monde attendait que je parle.

Oui, bon, disons que je suis omnivore, ai-je dit.

Ce qui a fait rire Melissa. Nick me regardait avec un sourire amusé, et j'ai rapidement détourné les yeux. J'ai fait mine de m'intéresser à mon verre.

Moi aussi, a dit Melissa.

J'ai vu que Bobbi était ravie d'apprendre ça. Elle a demandé à Melissa quelque chose que je n'ai pas écouté. Philip a annoncé qu'il allait aux toilettes et laissé son verre sur le rebord de la fenêtre. Je caressais la chaîne à mon cou. Je sentais l'alcool tiède dans mon ventre.

Désolé d'être arrivé en retard, a dit Nick.

Il me parlait. C'était comme s'il avait attendu que Philip nous laisse seuls pour me dire ça. Je lui ai répondu que ce n'était pas grave. Il tenait sa cigarette entre l'index et le majeur, où elle semblait toute petite, comparée à la taille de sa main. J'étais consciente du fait qu'il pouvait jouer n'importe quel rôle, et je me suis demandé si, comme moi, il manquait de « vraie personnalité ».

Je suis arrivé juste à temps pour les applaudissements effrénés, a-t-il dit. Je ne peux en déduire que des bonnes choses. En fait, j'ai lu ton travail. C'est mal de dire ça ? Melissa me l'a envoyé, elle s'imagine que j'aime la littérature.

Tout à coup, c'était comme si je ne sentais plus ma propre présence. Je me suis rendu compte que j'étais incapable de visualiser mon visage ou mon corps. J'avais l'impression que quelqu'un avait attrapé la gomme au bout d'un crayon invisible pour effacer tout doucement mon apparence. C'était une sensation curieuse, pas désagréable, même si j'étais aussi consciente que j'avais froid et que j'étais peut-être en train de frissonner.

Elle ne m'a pas dit qu'elle envoyait ça à des gens, ai-je dit.

Pas des gens, juste moi. Je t'écrirai un mail à ce sujet. Si je te fais des compliments maintenant, tu croiras que c'est des paroles en l'air, mais mon mail sera très flatteur.

Oh, c'est gentil. J'aime bien recevoir des compliments quand je ne suis pas obligée de regarder la personne.

Il a ri, ce qui m'a fait plaisir. Il pleuvait plus fort, et Philip est revenu se réfugier sous la corniche. Mon bras frôlait celui de Nick, et cette proximité physique me procurait un agréable sentiment d'interdit.

C'est étrange de fréquenter quelqu'un de loin, a-t-il dit, puis de se rendre compte que cette personne passe son temps à observer. On se dit, oh mon Dieu, qu'est-ce qu'elle a remarqué sur moi ?

Nous avons échangé un coup d'œil. Le visage de Nick avait une beauté générique : peau claire, os saillants, une bouche qui paraissait douce. Mais ses expressions recouvraient tout cela d'un voile de subtilité et d'intelligence qui lui donnait du charisme. Quand il me regardait, je me sentais vulnérable, en revanche j'avais l'impression qu'il se laissait observer, comme s'il avait remarqué que j'étais désireuse de me forger un avis sur lui et qu'il était curieux de savoir lequel.

Oui, ai-je dit. Plein de choses terribles.

Et quel âge tu as, vingt-quatre ans ?

Vingt et un.

Un instant, il m'a regardée comme s'il pensait que je me moquais de lui, les yeux écarquillés, le sourcil haut, puis il a secoué la tête. Les acteurs peuvent communiquer une émotion sans la ressentir, me suis-je dit. Il savait déjà que j'avais vingt et un ans. Peut-être qu'il voulait insister sur notre différence d'âge, sur sa légère désapprobation ou la déception qu'il éprouvait. Grâce à Internet, je savais qu'il en avait trente-deux.

Mais il ne faut pas que ça interfère dans le rapport naturel entre nous, ai-je dit.

Il m'a regardée quelques instants puis a souri, un sourire ambivalent qui m'a tellement plu que j'ai pris conscience de ma propre bouche entrouverte.

Non, ça ne risque pas, a-t-il dit.

Philip nous a annoncé qu'il partait pour attraper le dernier bus, Melissa a déclaré avoir un rendez-vous le lendemain matin, et qu'elle n'allait pas tarder à rentrer, elle aussi. Peu de temps après, notre petit groupe s'est dispersé. Bobbi a pris le DART pour Sandymount, et j'ai remonté les quais à pied. La Liffey était gonflée, comme en colère. Les taxis et les bus semblaient nager à côté de moi, et un type saoul qui marchait sur le trottoir d'en face m'a crié qu'il m'aimait.

En arrivant à l'appartement, j'ai revu Nick apparaître dans la salle au moment où tout le monde applaudissait. En fait, c'était parfait, tellement parfait que j'étais finalement heureuse qu'il ait raté notre performance. Qu'il ait vu que les gens m'appréciaient sans que j'aie eu à prendre le moindre risque pour gagner son estime me donnerait peut-être le courage de lui reparler, comme si j'étais moi aussi quelqu'un d'important avec des tas d'admirateurs, que je ne lui étais en rien inférieure. Mais les acclamations paraissaient aussi faire partie de la performance, en être le meilleur moment, la plus pure expression de ce que j'essayais de faire, à savoir devenir ce genre de personne : quelqu'un qui méritait d'être acclamé, et aimé.

6

Après ça, nous avons croisé Melissa de façon sporadique. Elle nous envoyait de temps en temps des mails pour nous tenir au courant de la progression de notre portrait. Nous ne sommes plus jamais allées chez elle, mais nous la croisions de temps en temps à des événements littéraires. En général, je me demandais avant nos représentations si Nick ou elle seraient présents, parce que je les aimais bien, et que j'aimais voir d'autres personnes observer l'amitié qu'ils me manifestaient. Ils me présentaient à des éditeurs et des agents qui paraissaient ravis de faire ma connaissance et posaient des questions intéressantes sur mon travail. Nick était toujours amical, parfois il faisait même mon éloge auprès d'autres personnes, en revanche, il ne semblait jamais désireux d'engager vraiment la conversation, et je me suis accoutumée à soutenir son regard sans tressaillir.

Bobbi et moi nous rendions à ce genre d'événements ensemble, mais pour elle, seule comptait l'attention de Melissa. Lors de la soirée de lancement d'un livre qui avait lieu sur Dawson Street, elle a dit à Nick qu'elle « n'avait rien contre les acteurs », et il a répondu quelque chose comme : oh, merci, Bobbi, c'est vraiment gentil de ta part. Quand nous l'avons vu un jour sans Melissa, Bobbi a demandé : tu es seul ? Où est passée ta superbe épouse ?

Dois-je en déduire que tu ne m'aimes pas ? a répliqué Nick.

Ne le prends pas pour toi, ai-je dit. Elle déteste les hommes.

Si tu préfères, j'ai une aversion toute particulière pour toi, a déclaré Bobbi.

Nick et moi nous étions mis à échanger des mails à partir du soir où il avait raté notre performance. Dans le message qu'il avait promis de m'écrire sur mon travail, il décrivait une certaine image comme « magnifique ». Il était sans doute vrai que j'avais trouvé « magnifique » la prestation de Nick dans la pièce, pour autant, je n'aurais jamais écrit ça dans un mail. Mais à nouveau, son travail d'acteur était lié à sa présence physique, alors qu'un poème écrit dans une police sans empattement et transmis par une tierce personne ne l'était pas. À un certain niveau d'abstraction, n'importe qui aurait pu écrire ce poème, ce qui était cependant une affirmation inexacte. Pourtant, on avait l'impression que Nick disait en réalité : il y a quelque chose de magnifique dans la façon dont tu penses et tu ressens, ou disons que la façon dont tu expérimentes le monde est, en un sens, magnifique. Cette remarque m'est revenue à plusieurs reprises des jours après son mail. Je souriais malgré moi en y pensant, comme d'une blague de connivence qui vous revient en mémoire.

C'était facile d'écrire à Nick, mais aussi un défi excitant, un peu comme une partie de ping-pong. Nous nous montrions chacun sous un jour désinvolte. Quand il a appris que mes parents vivaient dans le comté de Mayo, il m'a écrit :

avant on avait une résidence secondaire à Achill (comme toute famille aisée du sud de Dublin je pense).

J'ai répondu :

Je suis ravie d'apprendre que mes terres ancestrales te permettent de renforcer ton identité de classe. PS : il devrait être interdit d'avoir une résidence secondaire où que ce soit.

Depuis que j'avais fait la connaissance de Bobbi, Nick était la première personne qui me faisait apprécier les discussions avec le même côté irrationnel et sensuel que j'aimais dans le café ou le fait d'écouter de la musique très fort. Il me faisait rire. Un jour, il a glissé que Melissa et lui faisaient chambre à part. Je ne l'ai pas répété à Bobbi, mais j'y pensais beaucoup. Je me demandais s'ils s'aimaient toujours, même s'il était difficile d'imaginer Nick à ce point dépourvu d'ironie sur quelque chose.

Il semblait ne jamais se coucher avant l'aube, alors nous échangions des mails de plus en plus tard. Il m'a dit qu'il avait étudié l'anglais et le français à Trinity College, et nous nous sommes aperçus que nous avions eu pour certains les mêmes profs. Il s'était finalement spécialisé en anglais et avait rédigé un mémoire de fin d'études sur la dramaturge Caryl Churchill. Parfois, pendant nos échanges, je tapais son nom dans Google pour regarder ses photos et me remémorer sa tête. J'avais tout lu à son sujet sur Internet et je lui envoyais souvent des citations d'interviews, même après qu'il m'avait demandé d'arrêter. Il disait qu'il trouvait ça « super gênant ». Je rétorquais : arrête de m'écrire à 3 h 34 du matin, dans ce cas (en fait, non, n'arrête pas). Il répondait : moi, envoyer des mails à une fille de vingt et un ans en pleine nuit ? je ne vois pas de quoi tu parles. je ne ferais jamais une chose pareille.

Un jour, lors de la soirée de lancement d'une anthologie de poésie, Melissa et moi nous sommes retrouvées à discuter avec un romancier dont je n'avais pas lu l'œuvre. Les autres étaient partis chercher à boire. Nous étions dans un bar près de Dame Street, et j'avais mal aux pieds parce que j'avais mis des chaussures que je savais trop petites. Le romancier m'a interrogée sur ce que j'aimais lire et j'ai haussé les épaules. Je me suis demandé si je pouvais garder le silence jusqu'à ce qu'il me laisse tranquille, ou bien si je commettais une erreur parce que j'ignorais à quel point ses livres étaient connus.

Vous avez un certain flegme, m'a-t-il dit. Vous ne trouvez pas ? a-t-il demandé à Melissa.

Elle a hoché la tête sans grand enthousiasme. Mon flegme, si tant est que j'en aie, ne l'avais jamais émue.

Merci, ai-je dit.

Et vous savez recevoir un compliment, a-t-il ajouté, ce qui est important. Beaucoup de gens se déprécient, mais vous, vous avez la bonne attitude.

Oui, je suis un vrai réceptacle à compliments, ai-je dit.

Là, je l'ai vu chercher le regard de Melissa, qui n'avait pas l'air plus intéressée. Il semblait sur le point de lui faire un clin d'œil, mais il s'est abstenu. Puis il s'est tourné vers moi avec un petit sourire narquois.

Faites tout de même attention à ne pas tomber dans l'effronterie, a-t-il conclu.

Nick et Bobbi nous ont rejoints. Le romancier a dit quelque chose à Nick, qui lui a répondu en prononçant le mot « mec », comme dans : « désolé, mec ». Je me moquerais ensuite de l'emploi de ce terme dans un mail. Bobbi a posé la tête sur l'épaule de Melissa.

Lorsque le romancier s'est éloigné, Melissa a terminé son verre de vin et m'a souri en disant :

Tu l'as vraiment charmé.

C'est sarcastique ? ai-je demandé.

Il te draguait. Il a complimenté ton flegme.

J'étais consciente de la présence de Nick près de mon coude, même si je ne voyais pas son visage. Je savais que je voulais absolument garder le contrôle de la conversation.

Ouais, les hommes adorent me dire ça, ai-je dit. Ils veulent juste que je fasse comme si c'était la première fois que j'entendais ça.

Melissa a ri pour de bon, cette fois. J'étais étonnée d'être capable de l'amuser. Un instant, j'ai cru l'avoir mal jugée, ou du moins m'être trompée sur son attitude envers moi. Puis je me suis aperçue que Nick riait, lui aussi, et je me suis désintéressée de Melissa.

C'est cruel, a-t-il dit.

Ne crois pas être différent, a dit Bobbi.

Oh, pas de doute, je suis un sale type, a dit Nick. Ce n'est pas pour ça que je ris.

/

Fin juin, je suis partie deux jours voir mes parents à Ballina. Ma mère ne m'avait rien demandé, mais ces derniers temps, au téléphone, elle me faisait des réflexions du style : ah, tu es toujours en vie ? Tu crois que je vais te reconnaître la prochaine fois que tu viendras ? Peut-être que tu devrais porter une fleur à la boutonnière. J'ai fini par prendre un billet de train. Puis je lui ai envoyé un sms pour la prévenir du jour de mon arrivée, que j'ai signé : ta fille loyale et respectueuse.

Bobbi et ma mère s'entendaient très bien. Bobbi étudiait l'histoire et les sciences politiques, des matières que ma mère considérait comme sérieuses. Des vraies matières, disait-elle en haussant un sourcil à mon intention. Elle était plus ou moins sociale-démocrate et, à l'époque, je crois que Bobbi se considérait comme anarchiste communautaire. Quand ma mère venait à Dublin, elles se délectaient de leurs différends mineurs au sujet de la guerre d'Espagne. Parfois, Bobbi se tournait vers moi en disant : Frances, tu es communiste, soutiens-moi. Et ma mère riait en disant : ah, celle-là ! Autant demander son soutien à une théière. Elle ne s'était jamais intéressée à ma vie, que ce soit d'un point de vue social ou personnel, ce qui nous allait très bien, mais lorsque j'avais rompu avec Bobbi, elle m'avait dit que c'était « vraiment dommage ».

Elle m'a récupérée à la gare le samedi, et nous avons passé l'après-midi dans le jardin. La pelouse tondue dégageait une odeur chaude et bourrée d'allergènes. Le ciel était doux comme du tissu et le vol des oiseaux y dessinait de longs traits. Ma mère arrachait les mauvaises herbes et je faisais mine de l'aider alors qu'en fait je me contentais de parler. Je me suis découvert un enthousiasme pour les éditeurs et les écrivains que j'avais rencontrés à Dublin. J'ai retiré mes gants pour m'essuyer le front, mais je ne les ai pas remis. J'ai demandé à ma mère si elle avait envie d'un thé, elle n'a pas répondu. Puis je me suis assise sous le fuchsia et j'ai arraché ses petites fleurs en continuant à parler de gens célèbres. Les mots s'échappaient de ma bouche avec délice. J'ignorais avoir tant de choses à raconter, et que j'y prendrais autant de plaisir.

Pour finir, ma mère a retiré ses gants et s'est installée sur une chaise longue. Assise en tailleur, j'observais le bout de mes baskets.

Cette Melissa a l'air de t'impressionner, a-t-elle dit.

Ah bon ?

Apparemment, elle t'a présentée à plein de gens.

Elle préfère Bobbi.

Mais son mari, lui, il t'aime bien.

J'ai haussé les épaules en disant que je n'en savais rien. Puis j'ai humecté mon pouce afin de gratter une tache sur ma basket.

En plus, ils sont riches, non ? a dit ma mère.

Je crois. Le mari vient d'une famille aisée. Et ils ont une très belle maison.

Ce n'est pas ton genre de te laisser impressionner par des maisons de riches.

Ce commentaire m'a piquée au vif. J'ai continué à gratter ma chaussure comme si je n'avais pas remarqué le ton de sa voix.

Je ne me laisse pas impressionner, ai-je dit. J'ai juste décrit leur maison.

Je dois dire que tout cela me semble très étrange. Je ne comprends pas pourquoi, à son âge, cette femme traîne avec des étudiants.

Elle a trente-sept ans, pas cinquante. Et je t'ai expliqué, elle est en train de faire notre portrait.

Ma mère a quitté sa chaise longue et s'est essuyé les mains sur son pantalon de jardin en lin.

Ma foi, a-t-elle dit. Tu as pourtant grandi bien loin des belles maisons de Monkstown.

J'ai éclaté de rire, et elle m'a tendu une main pour m'aider à me lever. Elle avait de grandes mains calleuses, très différentes des miennes. Elles possédaient une dextérité dont les miennes étaient totalement dépourvues. Dans la sienne, ma main ressemblait à un objet déposé sur un support en vue d'une réparation.

Tu comptes aller voir ton père, ce soir ? a-t-elle demandé.

J'ai retiré ma main pour la mettre dans ma poche.

Peut-être, ai-je dit.

/

Depuis toujours ou presque, je savais que mes parents ne s'entendaient pas. Au cinéma et à la télévision, on voyait des couples s'occuper des tâches ménagères ensemble, ou bien se remémorer des souvenirs avec affection. Moi, je n'avais aucun souvenir de mes parents dans la même pièce, à part pour les repas. Mon père avait souvent des « humeurs ». Quand c'était le cas, ma mère m'emmenait pour quelques jours chez sa sœur, ma tante Bernie, qui habitait à Clontarf. Elles s'installaient dans la cuisine pour discuter en secouant la tête pendant que je regardais mon cousin Alan jouer à Zelda, *Ocarina of Time*. Je savais que l'alcool n'était pas pour rien dans ces incidents, mais les rouages demeuraient un mystère pour moi.

J'appréciais ces visites chez Bernie. Là-bas, j'avais le droit de manger autant de biscuits que je voulais, et à notre retour, mon père était soit absent, soit contrit. J'aimais bien quand il était absent. Pendant ses périodes de contrition, il me posait des questions sur l'école, et je devais choisir entre lui faire plaisir et l'ignorer. Si je lui faisais plaisir, je me sentais malhonnête, faible, une cible facile. Si je l'ignorais, j'avais le cœur qui battait très fort et, ensuite, je n'arrivais plus à me regarder dans la glace. Et aussi, ça faisait pleurer ma mère.

C'était difficile de connaître la nature des humeurs de mon père. Parfois, il disparaissait pendant quelques jours et, à son retour, on le découvrait en train de vider mon livret d'épargne ou d'embarquer la télévision. Il lui arrivait de se cogner dans un meuble et de se mettre en colère. Une fois, il m'avait lancé une de mes chaussures d'école à la figure parce qu'il avait trébuché dessus. Elle avait atterri dans la cheminée, où je l'avais regardée rougir comme si c'était mon visage. J'avais appris à ne pas montrer ma peur, car ça ne faisait que l'énerver davantage. Alors je restais de marbre. Par la suite, ma mère m'a demandé : pourquoi tu n'as pas rattrapé ta chaussure dans le feu ? Tu n'aurais pas pu faire cet effort, au moins ? J'ai haussé les épaules. Même mon visage, je l'aurais laissé brûler dans les flammes.

Quand il rentrait du travail, je me figeais, et au bout de quelques secondes à peine, je savais avec certitude s'il avait ses humeurs ou pas. À sa façon de fermer la porte ou de manipuler ses clefs, je le devinais aussi clairement que s'il s'était mis à hurler dans toute la maison. Je disais à ma mère : il a ses humeurs. Et elle disait : arrête. Mais elle le savait aussi bien que moi. Un jour, alors que j'avais douze ans, il avait surgi sans prévenir à la sortie de l'école. Au lieu de rentrer à la maison, nous avions pris la direction de Blackrock. Le DART passait à notre gauche et je voyais les cheminées de la centrale thermique de Poolberg par la vitre. Ta mère veut briser notre famille, m'a dit mon père. J'ai aussitôt répondu : s'il te plaît, laisse-moi descendre. Pour mon père, ç'a été la preuve que ma mère m'avait intoxiquée à son sujet.

Quand il était reparti vivre à Ballina, au début, je lui rendais visite un week-end sur deux. En général, il était de bonne humeur. Nous allions chercher des plats préparés pour dîner, et nous nous rendions parfois au cinéma. Mais je guettais sans cesse l'étincelle signifiant que la période de bonne humeur était terminée, et qu'il allait se passer des choses terribles. N'importe quoi pouvait provoquer l'étincelle. Pourtant, quand nous allions au pub dans l'après-midi, les amis de mon père lui demandaient : c'est elle, ton petit prodige, Dennis ? Ils me pressaient de leur trouver les solutions des mots-croisés du journal ou bien d'épeler des mots difficiles. Et lorsque je réussissais, ils me donnaient des claques dans le dos et m'offraient une limonade rouge.

Un jour elle travaillera à la NASA, disait son ami Paul. Et toi, tu seras peinard.

Elle fera ce qu'elle voudra, répondait mon père.

Bobbi ne l'avait rencontré qu'une fois, le jour de notre remise de diplômes. Il était venu assister à la cérémonie à Dublin, vêtu pour l'occasion d'une chemise et d'une cravate pourpre. Ma mère lui avait dit pour Bobbi, et quand elle avait fait sa connaissance, il lui avait tendu la main en disant : c'était une belle performance. Nous étions dans la bibliothèque du lycée à grignoter des sandwichs triangulaires avec des verres de cola. Vous ressemblez à Frances, lui a dit Bobbi. Mon père et moi avons échangé un regard, et il a eu un rire penaud. Je n'en sais rien, a-t-il répondu. Après ça, il m'a dit que Bobbi était « un joli brin de fille » et il m'a déposé un baiser sur la joue pour me dire au revoir.

Une fois à l'université, j'ai cessé de lui rendre visite aussi souvent. Je me contentais d'aller à Ballina une fois par mois, et je dormais chez ma mère. Lorsqu'il a pris sa retraite, les humeurs de mon père sont devenues plus fréquentes. Je me rendais compte que je passais mon temps à le rassurer par une gaieté feinte, et à tout ramasser derrière lui. Mes mâchoires se crispaient, je sursautais au moindre bruit. Nos conversations sont devenues tendues, et plus d'une fois, il m'a accusée d'avoir modifié mon accent. Tu me méprises, a-t-il dit au cours d'une dispute. Ne dis pas n'importe quoi, ai-je répondu. Il a éclaté de rire en disant : là, voilà. La vérité est enfin sortie.

/

Après le dîner, j'ai annoncé à ma mère que j'irais le voir. Elle m'a malaxé l'épaule en me disant que c'était une bonne idée. C'est une excellente idée, a-t-elle dit. C'est bien, ma fille.

J'ai traversé la ville à pied, les mains dans les poches de ma veste. Le soleil était en train de se coucher, et je me demandais ce qu'il y avait à la télévision. Je sentais poindre une migraine, j'avais l'impression que le soleil passait directement du ciel dans mon cerveau. J'ai essayé de marcher aussi bruyamment que possible pour chasser les mauvaises pensées, mais les gens se sont mis à me regarder d'un air curieux, alors j'ai pris peur. Je savais que c'était une preuve de faiblesse. Bobbi n'avait jamais peur des inconnus, elle.

Mon père occupait une petite maison mitoyenne située non loin d'une station-service. J'ai sonné, puis j'ai remis les mains dans mes poches. Pas de réponse. J'ai sonné de nouveau et essayé de tourner la poignée, qui était couverte de graisse. La porte s'est ouverte. Je suis entrée.

Papa ? ai-je dit. Tu es là ?

La maison sentait l'huile de friture et le vinaigre. Le tapis de l'entrée, couvert de motifs quand il avait emménagé, était maintenant d'un marron uniforme. Une photo de famille, souvenir de vacances à Majorque, était accrochée au-dessus du téléphone. Dessus, j'avais quatre ans et je portais un T-shirt jaune avec l'inscription BE HAPPY.

Ohé ? ai-je dit.

Mon père apparut sur le seuil de la cuisine.

C'est toi, Frances ? a-t-il dit.

Oui.

Entre, j'étais en train de manger.

La cuisine avait une grande fenêtre en verre structuré qui donnait sur une cour en ciment. Des assiettes sales s'empilaient dans l'évier et la poubelle débordait tellement que le sol autour était jonché de tickets de caisse et d'épluchures de pommes de terre. Mon père est passé juste à côté comme s'il ne les voyait pas. Il mangeait directement dans un sachet en papier kraft posé sur une petite assiette bleue.

Tu as déjà dîné, hein ? a-t-il demandé.

Oui.

Raconte-moi les dernières nouvelles de Dublin.

Oh, pas grand-chose de neuf, ai-je répondu.

Après son repas, j'ai fait chauffer de l'eau que j'ai mélangée à du liquide vaisselle parfumé au citron dans l'évier. Mon père est passé au salon pour regarder la télévision. L'eau était trop chaude et chaque fois que j'en sortais les mains, je constatais qu'elles étaient rose vif. J'ai d'abord lavé les verres et les couverts, puis les assiettes, les casseroles et les poêles. Quand tout a été propre, j'ai vidé l'évier, passé un coup de chiffon dans la cuisine et balayé les épluchures pour les remettre dans la poubelle. En regardant les bulles de savon glisser en silence sur les lames des couteaux, j'ai tout à coup eu envie de me faire du mal. Mais je me suis contentée de ranger le sel et le poivre avant d'aller dans le salon.

J'y vais, ai-je dit.

Tu ne tiens pas en place.

Tu devrais sortir la poubelle.

À bientôt, m'a dit mon père.

7

Melissa nous a invitées à la fête qu'elle donnait pour son anniversaire en juillet. Cela faisait un petit moment que nous ne l'avions pas vue. Bobbi a commencé à se demander quoi lui offrir, si nous devions lui faire un cadeau chacune, ou un seul en commun. J'ai dit que, de toute façon, j'allais juste apporter une bouteille de vin, et ç'a marqué la fin de la discussion. Quand nous nous croisions, Melissa et moi évitions de plus en plus de nous regarder. Elle et Bobbi chuchotaient en riant comme des écolières. Je n'avais pas le courage de la détester vraiment, mais je savais que j'en avais envie.

Pour la fête, Bobbi a mis un T-shirt court moulant et un jean noir. Moi, une robe d'été avec des bretelles fines peu pratiques. La soirée était douce, et le ciel commençait à peine à s'assombrir quand nous sommes arrivées. Les nuages paraissaient verts et les étoiles me faisaient penser à des grains de sucre. Nous avons entendu le chien aboyer dans le jardin. Je n'avais pas vu Nick depuis très longtemps, me semblait-il, et je me sentais nerveuse parce que, dans nos échanges de mails, je faisais toujours mine d'être drôle et détachée.

C'est Melissa qui nous a ouvert. Elle nous a prises chacune à notre tour dans ses bras puis a déposé un baiser poudreux sur ma joue gauche. J'ai reconnu son parfum.

Ce n'était pas la peine, les cadeaux ! a-t-elle dit. Entrez et allez vous servir à boire. C'est génial de vous voir.

Nous l'avons suivie dans la cuisine sombre, pleine de musique et de gens qui portaient de longs colliers. Tout avait l'air propre et spacieux. Pendant quelques secondes, je me suis imaginée être chez moi, avoir grandi là, posséder tout ça.

Il y a du vin sur le comptoir, et les alcools forts sont dans le cellier, a dit Melissa. Servez-vous.

Bobbi s'est rempli un énorme verre de vin rouge et a emboîté le pas à Melissa en direction de la véranda. Je n'avais pas envie de les accompagner, alors j'ai fait mine de vouloir un alcool fort.

On accédait au cellier, de la taille d'un placard, par le fond de la cuisine. Cinq personnes y fumaient un joint en riant très fort. L'une d'elles était Nick. Quand je suis entrée, quelqu'un a crié : les flics ! Puis ils ont tous ri de plus belle. Je me sentais plus jeune qu'eux, et j'étais soudain très consciente du dos nu plongeant de ma robe. Nick était assis sur le lave-linge avec une bouteille de bière. Il portait une chemise blanche ouverte au col et je l'ai trouvé très rouge. La pièce était chaude et enfumée, bien plus que la cuisine.

Melissa a dit que les alcools étaient là, ai-je dit.

Ouais, a répondu Nick. Qu'est-ce que je te sers ?

Je lui ai demandé un verre de gin, sous les regards fixes et un peu stones du reste de l'assemblée. En plus de Nick, il y avait deux hommes et deux femmes. Les femmes ne se regardaient pas. J'ai jeté un coup d'œil à mes ongles pour m'assurer qu'ils étaient propres.

Tu es actrice, toi aussi ? a demandé quelqu'un.

Elle est écrivaine, a dit Nick.

Il m'a présentée aux autres, dont j'ai aussitôt oublié les noms. Il était en train de me servir une généreuse dose de gin dans un verre immense. Il a dit qu'il y avait du tonic quelque part, et j'ai attendu qu'il le trouve.

Ça n'avait rien d'agressif, c'est juste qu'il y a beaucoup d'actrices, a dit le type.

Ouais, Nick a intérêt à faire attention à là où il pose le regard, a dit quelqu'un d'autre.

Nick m'a lancé un coup d'œil, mais j'avais du mal à voir s'il était gêné ou simplement stone. Cette remarque était sexuelle, même si je ne savais pas vraiment dans quelle mesure.

Mais pas du tout, a-t-il dit.

Melissa doit être très ouverte d'esprit, alors, a dit quelqu'un d'autre.

Tout le monde a éclaté de rire, sauf lui. J'ai alors compris que mon irruption revêtait un caractère vaguement sexuel, et servait de prétexte à leurs blagues. Je ne me suis pas formalisée, et me suis même dit que je pourrais tourner ça en plaisanterie dans un mail par la suite. Nick m'a tendu mon gin tonic et je lui ai souri sans dévoiler mes dents. Je ne savais pas si, maintenant que j'avais mon verre, il attendait que je parte ou si, au contraire, ça serait impoli.

Comment s'est passé le séjour chez tes parents ? a-t-il demandé.

Bien, ai-je dit. Ils vont bien. Merci d'avoir posé la question.

D'où tu viens, Frances ? a demandé l'un des hommes.

Je suis de Dublin, mais mes parents habitent à Ballina.

Donc tu es une provinciale, a dit le type. Je ne savais pas que Nick avait des amis provinciaux.

J'ai grandi à Sandymount, ai-je dit.

Et quel est le comté irlandais que tu préfères ? a demandé quelqu'un.

J'ai inspiré la fumée ambiante par la bouche, cette odeur à la fois douçâtre et rance. Je suis une femme sans préférence, ai-je déclaré. C'était bon de me moquer des amis de Nick, même s'ils me paraissaient bien inoffensifs. Nick a ri dans sa barbe, comme s'il venait de penser à autre chose.

Dans la cuisine, quelqu'un a crié une remarque au sujet du gâteau, et tout le monde a quitté l'arrière-cuisine à part nous deux. Le chien est entré. Nick l'a fait sortir en le poussant du pied, puis a refermé la porte. Il me paraissait tout à coup timide, mais c'était peut-être uniquement parce qu'il était très rouge à cause de la chaleur. « Retrograde » de James Blake passait dans la cuisine. Nick m'avait dit dans un mail combien il aimait cet album, et je me suis demandé si c'était lui qui avait choisi la musique pour la fête.

Je suis désolé, a-t-il dit. Je suis tellement stone que je ne vois même pas clair.

Je suis jalouse.

Je me suis adossée au frigo, m'éventant le visage d'une main. Il a mis sa bouteille de bière contre ma joue. Le verre m'a paru merveilleusement frais et humide, à tel point que j'ai soupiré sans le vouloir.

C'est bon ? a-t-il dit.

Incroyablement bon. Et là ?

J'ai écarté une bretelle de ma robe, et il a posé la bouteille sur ma clavicule. Une goutte de condensation a roulé sur ma peau, ce qui m'a fait frissonner.

C'est tellement bon, ai-je dit.

Il n'a pas répondu. J'ai remarqué qu'il avait les oreilles rouges.

Pose-la sur ma jambe, là, ai-je demandé.

Il a passé la bouteille dans son autre main et l'a plaquée sur l'arrière de ma cuisse. Ses doigts étaient frais contre ma peau.

Comme ça ?

Oui, mais viens plus près.

On se cherche, là, non ?

Je l'ai embrassé. L'intérieur de sa bouche était chaud, et il a posé sa main libre sur ma taille, comme s'il avait envie de mon contact. Je le désirais tellement que je me sentais stupide, incapable de dire ou de faire quoi que ce soit.

Il s'est écarté au bout de quelques secondes et s'est essuyé les lèvres, mais délicatement, comme pour s'assurer qu'elles étaient toujours là.

On ne devrait pas faire ça ici, a-t-il déclaré.

J'ai dégluti et dit : je dois y aller. J'ai quitté le cellier en me pinçant la lèvre inférieure avec les doigts et en essayant de ne rien laisser paraître.

Bobbi discutait avec Melissa, assise sur un appui de fenêtre de la véranda. Elle m'a fait signe de les rejoindre, et je me suis sentie obligée de le faire, alors que je n'en avais pas envie. Elles dégustaient des petites tranches de gâteau avec deux fines lignes de crème et de confiture qui ressemblaient à du dentifrice. Bobbi mangeait avec les doigts, Melissa avec une fourchette. J'ai souri puis me suis de nouveau touché les lèvres de façon compulsive. Je savais que ce n'était pas malin, mais je ne pouvais pas m'en empêcher.

J'étais en train d'expliquer à Melissa à quel point on l'idolâtre, a dit Bobbi.

Melissa m'a adressé un regard scrutateur avant d'attraper un paquet de cigarettes.

Je ne crois pas que Frances idolâtre qui que ce soit, a-t-elle lancé.

J'ai haussé les épaules, puis j'ai terminé mon gin tonic et je me suis servi du vin blanc. J'avais envie que Nick réapparaisse pour que je puisse l'observer par-dessus le comptoir. Je regardais Melissa en me disant : je te déteste. Cette idée surgissait de nulle part, comme une plaisanterie ou une exclamation. Je n'avais même pas conscience de la détester, pourtant ces mots me paraissaient justes, comme les paroles d'une chanson dont je venais de me souvenir.

Des heures ont passé sans que je revoie Nick. Bobbi et moi avions prévu de dormir dans leur chambre d'amis, mais la plupart des invités sont restés jusqu'à quatre ou cinq heures du matin. À ce moment-là, je ne savais pas où était Bobbi. Je suis montée à la chambre, qui était vide. Je me suis couchée tout habillée en me demandant si j'allais éprouver une émotion, de la tristesse ou du regret. Je ressentais beaucoup de choses que je ne savais pas nommer. J'ai fini par m'endormir, et quand je me suis réveillée, Bobbi n'était toujours pas là. Dehors, le matin était gris et j'ai quitté la maison seule, sans croiser personne, pour aller prendre le bus qui me ramènerait en ville.

8

Cette après-midi-là, j'étais couchée sur mon lit en débardeur et culotte avec une cigarette, la fenêtre ouverte. J'avais la gueule de bois et j'étais toujours sans nouvelles de Bobbi. Dehors, la brise réorganisait le feuillage et deux enfants jouaient autour d'un arbre, l'un d'eux muni d'un sabre laser en plastique. Je trouvais la scène apaisante, en tout cas, elle m'empêchait de me sentir trop mal. J'avais un peu froid, pourtant je ne voulais pas briser le sort en enfilant des vêtements.

Je me suis levée vers trois ou quatre heures de l'après-midi. Je ne me sentais pas d'humeur à écrire. En fait, j'avais l'impression que si j'essayais d'écrire, ce serait laid et prétentieux. Je n'étais pas le genre de personne que je prétendais être. J'ai repensé au moment où j'avais voulu faire de l'esprit devant les amis de Nick dans le cellier, et ça m'a mise mal à l'aise. Je n'avais pas ma place dans une maison de riches. J'étais invitée dans des endroits comme ça uniquement grâce à Bobbi, qui se sentait bien partout et dont le comportement, par comparaison, me rendait invisible.

Ce soir-là, j'ai reçu un mail de Nick.

> salut frances, je suis vraiment désolé de ce qui s'est passé hier soir. j'ai été idiot et je me sens mal. je ne veux pas

être ce genre de personne et je ne veux pas que tu croies que je le suis. je m'en veux vraiment. je n'aurais jamais dû te mettre dans cette situation. j'espère que tu vas bien aujourd'hui.

Je me suis obligée à attendre une heure avant de répondre. J'ai regardé des dessins animés sur Internet et je me suis préparé un café. Puis j'ai relu son mail à plusieurs reprises. J'étais soulagée qu'il ait écrit en minuscules, comme d'habitude. Ça aurait ajouté au côté dramatique s'il avait introduit des majuscules dans un moment pareil. Pour finir, je lui ai répondu que c'était ma faute, que c'était moi qui l'avais embrassé, et que j'en étais désolée.

Il a très vite écrit :

non ce n'était pas ta faute. j'ai à peu près 11 ans de plus que toi et c'était l'anniversaire de ma femme. je me suis très mal comporté et je ne veux vraiment pas que tu te sentes coupable à ce sujet.

Dehors, le soir tombait. Je me sentais nerveuse, prise de vertiges. J'ai songé à aller faire un tour, mais il pleuvait et j'avais bu beaucoup de café. Mon cœur battait bien trop fort pour mon corps. J'ai cliqué sur répondre.

Tu embrasses souvent des filles pendant les fêtes ?

Il a répondu dans les vingt minutes qui ont suivi.

depuis mon mariage, jamais, même si je pense que ça n'a fait qu'empirer la situation.

Mon téléphone a sonné et j'ai décroché tout en continuant à regarder son mail.

Tu veux qu'on se mate *Brazil* ? a demandé Bobbi.

Hein ?

Tu veux qu'on regarde *Brazil* ensemble ? Allô ? Tu sais, la dystopie avec cet acteur des Monty Python. Tu voulais le voir.

Hein ? ai-je répété. Oui, d'accord. Ce soir ?

Tu dormais ou quoi ? Tu es toute bizarre.

Je ne dormais pas. J'étais en train de chercher un truc sur le Net. D'accord, ce soir.

En une demi-heure, elle était chez moi. Puis elle m'a demandé si elle pouvait rester dormir. J'ai accepté. Nous nous sommes assises sur mon lit en fumant et en discutant de la fête de la veille. Je sentais mon cœur tambouriner parce que je me savais fourbe, mais j'étais plutôt bonne menteuse. Une menteuse de compétition.

Tes cheveux ont beaucoup poussé, a dit Bobbi.

Tu penses qu'on devrait les couper ?

Nous avons décidé de nous y mettre. Je me suis installée sur une chaise devant le miroir du salon, avec de vieux journaux étalés par terre. Bobbi a pris mes ciseaux de cuisine, qu'elle a commencé par laver avec de l'eau bouillante et du produit vaisselle.

Tu penses toujours que Melissa t'aime bien ? l'ai-je questionnée.

Bobbi m'a adressé un sourire indulgent, comme si en réalité elle n'avait jamais avancé cette hypothèse.

Tout le monde m'aime bien, a-t-elle répondu.

Mais tu penses qu'elle se sent particulièrement proche de toi, par rapport à d'autres. Tu vois très bien de quoi je parle.

Je ne sais pas, elle n'est pas facile à cerner.

Je suis d'accord, ai-je dit. Parfois, j'ai l'impression qu'elle me hait.

Non, elle aime bien ta personnalité, c'est sûr. Je crois que tu lui fais penser à elle-même.

J'ai eu l'impression d'être encore plus malhonnête, et la chaleur a gagné mes oreilles. Peut-être que je me sentais vraiment menteuse à l'idée de trahir la confiance de Melissa, ou peut-être que ce lien imaginaire entre nous sous-tendait autre chose. Je savais que c'était moi qui avais embrassé Nick et non le contraire, mais j'étais aussi persuadée qu'il en avait eu envie. Si je rappelais à Melissa celle qu'elle était elle-même, se pouvait-il que je rappelle Melissa à Nick ?

On pourrait te faire une frange, a dit Bobbi.

Non, les gens nous confondent déjà suffisamment comme ça.

C'est pénible de voir à quel point ça t'est pénible.

Quand elle a eu fini de me couper les cheveux, nous avons préparé du café et nous nous sommes installées sur le canapé en discutant du club féministe de la fac. Bobbi l'avait quitté l'année précédente, le jour où ils avaient voulu inviter un conférencier ayant soutenu l'invasion de l'Irak. Quand Bobbi s'était opposée à cette invitation, la présidente du club l'avait qualifiée d'« agressive et sectaire » sur la page Facebook du groupe, ce que, entre nous, nous avions considéré comme débile, mais le conférencier n'ayant finalement pas accepté de venir, Philip et moi n'étions pas allés jusqu'à résilier notre adhésion. L'attitude de Bobbi envers ma décision variait beaucoup et tendait à devenir un indicateur du climat entre nous. Quand tout allait bien, elle y voyait un signe de tolérance, voire de sacrifice à la cause de la révolution du genre. Quand nous nous accrochions, elle s'en servait pour me rappeler que je manquais de loyauté et de structure idéologique.

Ils ont quelle position sur le sexisme ces derniers temps ? a-t-elle demandé. Ou bien il y a deux écoles, là aussi ?

Ils veulent voir plus de femmes PDG.

C'est vrai, j'ai toujours trouvé qu'on manquait vraiment de trafiquantes d'armes.

Nous avons fini par mettre le film, mais Bobbi s'est endormie. Je me demandais si elle préférait dormir chez moi parce que ça l'angoissait d'être chez ses parents. Elle n'en avait pas parlé alors qu'elle évoquait d'habitude assez librement les détails de sa vie émotionnelle, mais en matière de famille, c'était différent. Comme je n'avais pas envie de regarder le film toute seule, j'ai arrêté et, à la place, j'ai traîné sur Internet. Bobbi s'est finalement réveillée, et s'est couchée pour de bon, sur le matelas supplémentaire dans ma chambre. J'aimais qu'elle dorme pendant que j'étais éveillée, c'était quelque chose qui me rassurait.

Cette nuit-là, pendant qu'elle était au lit, j'ai repris mon ordinateur et répondu au dernier mail de Nick.

/

Je me demandais si je devais dire à Bobbi que j'avais embrassé Nick. Quelle que soit ma décision finale, j'avais répété avec soin cette annonce. Je savais sur quels détails j'insisterais et ceux que je laisserais de côté.

C'est arrivé comme ça, dirais-je.

C'est dingue, répondrait Bobbi. Mais j'ai toujours pensé qu'il avait un faible pour toi.

Je n'en sais rien. Il était stone, c'était idiot.

Mais dans le mail, il dit très clairement que c'est sa faute, non ?

Je voyais bien que j'utilisais le personnage de Bobbi pour me rassurer quant au fait que Nick s'intéresse à moi, car jamais Bobbi ne réagirait comme ça. Alors j'ai arrêté. Certes, j'avais besoin de le dire à quelqu'un qui comprenne la situation, mais je ne voulais pas prendre le risque que Bobbi rapporte ça à Melissa, ce qui, selon moi, était probable, non pour me trahir, mais pour s'immiscer davantage dans sa vie.

J'ai décidé de ne rien lui dire, ce qui signifiait que je ne pouvais en parler à personne, en tout cas à personne capable de comprendre la situation. J'ai confié à Philip que j'avais embrassé quelqu'un que je n'aurais pas dû embrasser, sans préciser de qui il s'agissait.

Bobbi ? a-t-il demandé.

Non, pas Bobbi.

C'est pire ou moins pire que si c'était Bobbi ?

Pire, ai-je dit. Bien pire. Allez, n'y pense plus.

Je me demande bien ce qu'il peut y avoir de pire.

Ça ne servait absolument à rien de le lui dire.

Une fois, j'ai embrassé une ex à une fête, a-t-il dit. Ça a fait un psychodrame pendant des semaines. J'étais incapable de me concentrer sur autre chose.

Allons bon.

Elle avait un nouveau petit ami, ce qui n'a fait que compliquer les choses.

J'imagine, ai-je dit.

/

Le lendemain avait lieu le lancement d'un livre à la librairie Hodges Figgis. Bobbi voulait récupérer un exemplaire signé. C'était une chaude après-midi de juillet. Avant la réception, j'ai passé une heure à démêler mes cheveux avec mes doigts en tirant si fort que j'arrachais des petites mèches. Je me suis dit : ils ne viendront sans doute même pas. À mon retour, je devrai balayer tous ces cheveux et je m'en voudrai. Il ne se passera plus jamais rien d'important dans ma vie et je devrai glisser tout ça sous le tapis jusqu'à ma mort.

J'ai retrouvé Bobbi à l'entrée de la librairie. Elle m'a fait signe. Son poignet gauche était chargé de bracelets qui tintaient avec élégance quand elle agitait le bras. Je me disais souvent que si je ressemblais à Bobbi, il ne pourrait rien m'arriver. Ça serait comme me réveiller avec un étrange et tout nouveau visage, et pourtant un visage que je connaissais bien, dont j'avais déjà imaginé qu'il était mien, et qui, par conséquent, me semblerait naturel.

Comme nous montions l'escalier, j'ai aperçu Nick et Melissa à travers les barreaux de la rampe. Ils se tenaient près d'un présentoir de livres. Melissa avait les mollets nus et très blancs. Elle portait des chaussures plates avec une lanière à la cheville. Je me suis arrêté net et j'ai porté une main à ma clavicule.

Bobbi, ai-je dit, est-ce que j'ai le visage qui brille ?

Bobbi s'est retournée et a plissé les yeux pour m'observer.

Oui, un peu, a-t-elle dit.

J'ai exhalé lentement. Étant déjà dans l'escalier, je ne pouvais plus rien faire. Je regrettais d'avoir posé cette question.

Mais ça te va bien, a-t-elle dit. Tu es jolie, alors pourquoi tu me demandes ça ?

J'ai secoué la tête comme nous continuions à gravir les marches. La lecture n'avait pas encore commencé, et les gens se promenaient avec un verre de vin à la main. Il faisait très chaud malgré les fenêtres ouvertes sur la rue et la petite brise qui me caressa le bras gauche me donna des frissons. Je transpirais. Bobbi m'a glissé quelque chose à l'oreille, et j'ai hoché la tête en faisant mine d'écouter.

Au bout d'un moment, Nick a levé les yeux et j'ai croisé son regard. J'ai eu l'impression qu'une clef s'enfonçait dans mon corps, tournant si fort que je ne pouvais l'en empêcher. Il a ouvert la bouche comme s'il allait dire quelque chose, mais s'est contenté de prendre une bouffée d'air, puis a dégluti. Aucun de nous deux n'a salué l'autre, nous avons simplement échangé quelques regards, comme si nous étions déjà lancés dans une conversation intime que personne d'autre ne pouvait entendre.

Au bout de quelques secondes, je me suis rendu compte que Bobbi s'était tue, et quand je me suis retournée, j'ai vu qu'elle aussi regardait Nick, la lèvre inférieure un peu en avant, ce qui signifiait : ah, maintenant je vois qui tu regardes. J'avais envie de coller un verre contre mon visage.

Eh bien, au moins, il sait s'habiller, a-t-elle dit.

Je n'ai pas demandé de qui elle parlait. Nick portait un T-shirt blanc et des chaussures en daim, des desert boots très à la mode à l'époque – même moi, j'en avais. Il avait l'air beau parce qu'il était beau, tout simplement, même si Bobbi n'était pas sensible à la beauté comme je l'étais.

Ou alors, peut-être que c'est Melissa qui lui achète ses vêtements, a ajouté Bobbi.

Elle a souri comme si elle entretenait un mystère, alors que son comportement était évident. Je me suis passé une main dans les cheveux et j'ai détourné les yeux. Il y avait sur la moquette un petit carré de soleil qui ressemblait à de la neige.

Ils ne couchent même pas ensemble, ai-je dit.

Nos regards se sont croisés, et Bobbi a levé le menton de façon presque imperceptible.

Je sais, a-t-elle répondu.

Pendant la lecture, nous n'avons pas chuchoté comme d'habitude. Il s'agissait d'un recueil de nouvelles écrit par une femme. J'ai jeté des coups d'œil à Bobbi, mais elle regardait droit devant elle, alors j'ai compris qu'elle me punissait.

À la fin de la lecture, nous sommes allées voir Nick et Melissa. Bobbi s'est approchée en premier, et je l'ai suivie en me rafraîchissant le visage avec le dos de la main. Ils se tenaient près de la table des boissons, et Melissa a tendu la main pour attraper deux verres de vin. Blanc ou rouge ? a-t-elle demandé.

Blanc, ai-je dit. Toujours blanc.

Bobbi a renchéri : quand elle boit du vin rouge, sa bouche devient comme ça, et là, elle a désigné sa propre bouche en décrivant un petit cercle. Melissa m'a tendu un verre en disant : ah, je vois. Mais ce n'est pas grave. Ça donne un petit côté sorcière assez attirant. Bobbi a acquiescé. C'est comme si tu avais bu du sang, a-t-elle dit. Et Melissa d'ajouter en riant : oui, du sang de vierge sacrifiée.

Je regardais le vin blanc, qui était très clair, d'une teinte tirant presque sur le vert comme de l'herbe sèche coupée. Quand j'ai relevé la tête, Nick avait les yeux fixés sur moi. La lumière de la fenêtre me chauffait la nuque. Je me demandais si tu viendrais, a-t-il dit. Ça fait plaisir de te voir. Puis il a glissé une main dans une poche, comme pour s'empêcher de faire quelque chose. Melissa et Bobbi étaient encore en train de parler. Personne ne faisait attention à nous. Ouais, ai-je dit. À moi aussi.

9

Melissa est partie travailler à Londres la semaine suivante. C'était l'époque la plus chaude de l'année. Bobbi et moi allions manger des glaces sur la pelouse du campus désert dans l'espoir de bronzer un peu. Une après-midi, j'ai envoyé un mail à Nick pour lui demander si je pouvais venir le voir, afin de discuter. Il a volontiers accepté. Je n'en ai pas parlé à Bobbi. J'ai glissé ma brosse à dents dans mon sac.

Quand je suis arrivée là-bas, les fenêtres et les portes étaient grandes ouvertes. J'ai quand même sonné et l'ai entendu dire entrez ! depuis la cuisine, sans même vérifier qui c'était. J'ai refermé la porte derrière moi. Lorsque je suis arrivée dans la cuisine, il était en train de s'essuyer les mains sur un torchon, comme s'il venait de faire la vaisselle. Il m'a souri en disant qu'il était nerveux à l'idée de me revoir. Le chien était couché sur le canapé. Je ne l'avais jamais vu là, et me suis dit que Melissa ne l'y autorisait peut-être pas. J'ai demandé à Nick pourquoi il était nerveux, il a ri avec un petit haussement d'épaules qui m'a semblé plus détaché qu'anxieux. Je me suis adossée au plan de travail pendant qu'il repliait le torchon.

Alors comme ça, tu es marié, ai-je dit.

Oui, faut croire. Tu veux boire quelque chose ?

J'ai accepté une petite bouteille de bière, mais uniquement parce que je voulais avoir quelque chose à la main. Je me sentais anxieuse, comme quand on a déjà commis l'irréparable et qu'on se demande quelles vont en être les conséquences. Je lui ai dit que je n'avais aucune intention de jouer les briseuses de couple, ni quoi que ce soit. Ce qui l'a fait rire.

C'est drôle, a-t-il dit. Qu'est-ce que tu veux dire par là ?

Ce que je veux dire, c'est que tu n'as jamais eu d'aventure extraconjugale. Et que je ne veux pas détruire ton mariage.

Oh, ce mariage a déjà résisté à plusieurs aventures, sauf qu'elles n'étaient pas de mon fait.

Il a dit ça avec un certain humour, et j'en ai ri, même si ç'a aussi eu l'effet, sans doute voulu, de me rassurer quant à l'aspect moral de la chose. Je n'avais pas particulièrement envie d'éprouver de la compassion pour Melissa, mais pour le coup, je me suis sentie complètement libérée, comme si elle appartenait en réalité à une autre histoire, avec d'autres personnages.

En montant à l'étage, j'ai annoncé à Nick que je n'avais jamais couché avec un homme. Il m'a demandé si c'était important, j'ai répondu que je ne pensais pas, mais que ça pouvait lui faire bizarre s'il l'apprenait ensuite. Pendant que nous nous déshabillions, j'essayais de paraître décontractée et d'empêcher mes membres de trembler violemment. J'avais peur de me dévêtir devant lui, mais je ne savais pas comment cacher mon corps sans avoir l'air gêné et peu sexy. Il avait un buste très imposant, comme celui d'une statue. J'aurais aimé retrouver la même distance entre nous que lorsque j'étais sur scène sous les applaudissements, car elle me semblait tout à coup protectrice, voire indispensable.

Pourtant, quand il m'a demandé si j'étais sûre de vouloir faire ça, je me suis entendue dire : je ne suis pas vraiment venue pour discuter, tu sais.

Au lit, il me demandait régulièrement si ça me plaisait. Je lui répondais que tout me plaisait. Je me sentais très rouge et je m'entendis faire beaucoup de bruit – des syllabes, pas de vrais mots. L'intérieur de mon corps était aussi bouillant que de l'huile. J'étais prise par une énergie si dévorante et intense qu'elle en paraissait menaçante. Je t'en prie, disais-je. Je t'en prie, je t'en prie. Nick a fini par se redresser pour attraper une boîte de préservatifs dans sa table de nuit, et je me suis dit : peut-être qu'après, je ne pourrai plus jamais parler. Mais je l'ai laissé faire. Il a murmuré un « désolé », comme si les quelques secondes d'attente constituaient une bévue de sa part.

Ensuite, je suis restée couchée sur le dos, tremblante. J'avais été tellement bruyante et démonstrative qu'il m'était désormais impossible de feindre l'indifférence comme je le faisais dans mes mails.

C'était plutôt agréable, ai-je dit.

Ah oui ?

Je pense que j'ai plus aimé que toi.

Nick a ri et soulevé le bras pour mettre une main derrière sa tête.

Non, a-t-il dit. Je t'assure que non.

Tu as été très attentionné.

Tu trouves ?

Sérieusement, j'ai apprécié que tu sois si attentionné, ai-je dit.

Eh, tout va bien ? a-t-il demandé.

Des larmes coulaient de mes yeux et commençaient à tremper l'oreiller. Je n'étais pas triste, j'ignorais pourquoi je pleurais. J'avais déjà connu ça avec Bobbi. Selon elle, c'était l'expression de mes émotions refoulées. Incapable de retenir ces larmes, j'ai ri, comme pour montrer que je n'étais pas vraiment impliquée dans ce processus. Je savais que je venais de me mettre dans une situation gênante, mais je n'y pouvais rien.

Ça m'arrive, des fois, ai-je dit. Ça n'a rien à voir avec toi.

Nick a alors posé une main juste sous mes seins. Je me suis sentie caressée comme un animal, et j'ai pleuré plus fort.

Tu es sûre ? a-t-il demandé.

Oui. Tu peux demander à Bobbi. Enfin, je ne préférerais pas.

Il a souri en disant : ne t'en fais pas. Il me caressait du bout des doigts comme il caressait son chien. Je me suis essuyé le visage d'un geste brusque.

Tu es vraiment très beau, ai-je dit.

Il a ri.

C'est tout ? a-t-il dit. Je croyais que tu aimais bien ma personnalité, aussi.

Ah, parce que tu en as une ?

Il a roulé sur le dos en regardant le plafond d'un air perplexe. Je n'arrive pas à croire qu'on ait fait ça, ai-je dit. Je me suis rendu compte que je ne pleurais plus. Je me sentais mieux dès que je pensais à autre chose. J'ai caressé l'intérieur de son poignet en disant : oui, tu en es capable.

Le lendemain matin, je me suis réveillée tard. Nick m'a fait du pain perdu, puis je suis rentrée en ville par le bus. Je me suis installée tout au fond près d'une fenêtre, où le soleil semblait me transpercer le visage et où le tissu du siège était incroyablement agréable contre ma peau nue.

I

Ce soir-là, Bobbi a déclaré qu'elle avait besoin d'échapper à la « tension domestique » qui régnait chez ses parents. Apparemment, au cours du week-end, Eleanor avait mis à la poubelle des affaires appartenant à Jerry et, dans la dispute qui avait suivi, Lydia s'était enfermée dans la salle de bains en disant qu'elle voulait mourir.

Pas cool du tout, a dit Bobbi.

Je lui ai dit qu'elle pouvait rester chez moi. Je n'avais pas vraiment le choix : elle savait que j'étais seule dans l'appartement. Ce soir-là, elle jouait sur mon piano électrique en lisant une partition sur mon ordinateur tandis que je vérifiais mes mails sur mon téléphone. Personne ne m'avait écrit. J'ai attrapé un livre, mais je n'avais pas envie de lire. Je n'avais rien écrit ce matin-là, ni la veille. Je m'étais mise à lire des interviews-fleuves d'écrivains et je constatais à quel point j'étais différente d'eux.

Tu as une notification sur ton truc de messagerie instantanée, m'a dit Bobbi.

Ne lis pas. Laisse-moi voir.

Pourquoi tu me demandes de ne pas lire ?

Je ne veux pas que tu lises, ai-je dit. Donne-moi l'ordinateur.

Elle me l'a tendu, mais j'ai vu qu'elle ne reprenait pas le piano. C'était un message de Nick.

Nick : je ne suis pas quelqu'un de bien, je sais
Nick : tu veux revenir cette semaine ?

Qui c'est ? a demandé Bobbi.

Tu peux me lâcher ?

Pourquoi tu m'as demandé de ne pas lire ?

Parce que je ne voulais pas que tu lises, ai-je répondu.

Elle s'est mordu l'ongle du pouce d'un air malicieux puis elle est venue près de moi sur le lit. J'ai refermé mon ordinateur, ce qui l'a fait rire.

Je n'ai pas ouvert le message, a-t-elle dit, mais j'ai vu de qui c'était.

OK, tant mieux pour toi.

Tu as vraiment un faible pour lui, hein ?

Je ne vois pas de quoi tu parles, ai-je dit.

Le mari de Melissa. Tu es amoureuse de lui.

J'ai levé les yeux au ciel. Bobbi s'est allongée et a souri. À cet instant, je la détestais, et j'avais envie de lui faire mal.

Pourquoi, tu es jalouse ? ai-je demandé.

Elle a souri d'un air absent, comme si elle pensait à autre chose. Je n'avais rien à dire de plus. Elle a repris le piano un petit moment, puis décidé de se coucher. Quand je me suis réveillée le lendemain matin, elle était déjà partie.

/

J'ai passé presque toutes les nuits de cette semaine-là chez Nick. Comme il ne travaillait pas, il allait chaque matin à la salle de sport pendant deux heures tandis que je descendais à l'agence ou que je traînais en ville. Le soir, il me préparait à dîner, et moi, je jouais avec le cocker. Je lui disais que je n'avais jamais autant mangé de ma vie, ce qui était vrai. À la maison, mes parents n'avaient jamais cuisiné de chorizo ou d'aubergines. Je n'avais jamais goûté d'avocat frais non plus, mais ça, je ne le lui ai pas dit.

Un soir, je lui ai demandé s'il craignait que Melissa apprenne ce qui se passait entre nous, et il a dit qu'il n'y avait aucune raison que ça arrive.

Mais toi, tu l'as su, ai-je dit. Quand elle a eu des aventures.

Parce que c'est elle qui me l'a dit.

Vraiment ? Comme ça ?

La première fois, oui, a-t-il dit. C'était un peu surréaliste. Elle était partie à un festival de littérature et elle m'a appelé à cinq heures du matin pour me dire qu'elle devait me parler. De ça.

Putain.

Mais c'était juste un coup d'un soir, elle n'a plus revu la personne. La fois suivante, c'était beaucoup plus sérieux. Mais je ne devrais pas te raconter ces secrets, tu ne crois pas ? Je ne veux pas te donner une mauvaise image d'elle. En tout cas, je ne crois pas le vouloir. Je ne sais pas.

Pendant le dîner, nous avons parlé de nos vies. Je lui ai expliqué mon ambition de détruire le capitalisme, et que, selon moi, la masculinité nous opprimait. Nick m'a dit qu'il était « en gros » marxiste, et qu'il ne voulait pas que je le juge parce qu'il était propriétaire d'une maison. C'est ça ou payer un loyer à vie, a-t-il dit. Mais je reconnais que c'est gênant. Il me semblait que sa famille était riche, mais je craignais d'évoquer le sujet parce que je me sentais mal de ne rien payer pour mon logement. Ses parents étaient toujours mariés, il avait un frère et une sœur.

Pendant nos discussions, Nick riait de toutes mes blagues. Je lui ai dit que j'étais facilement séduite par les gens qui riaient à mes blagues et il a répliqué qu'il était séduit par les gens plus intelligents que lui.

J'imagine que tu ne dois pas en croiser souvent, ai-je dit.

Ah, tu vois, c'est agréable de faire des compliments, non ?

Le sexe était si bon que je criais souvent. Nick aimait bien que je sois sur lui car il pouvait alors s'adosser à la tête de lit et me parler. Je voyais qu'il aimait quand je lui disais combien c'était bon. C'était très facile de le faire jouir quand je répétais ces mots. Parfois, j'aimais faire ça rien que pour sentir mon pouvoir sur lui, et ensuite, il s'excusait : oh mon Dieu, je suis désolé, c'est vraiment gênant. J'aimais encore plus ça que le sexe.

Je me suis mise à aimer sa maison, aussi : tout y était impeccable, le parquet était frais sous les pieds le matin. Il y avait un moulin à café électrique dans la cuisine. Nick achetait du café en grains, et il en prélevait une petite quantité pour le réduire en poudre avant le petit déjeuner. Je ne savais pas si c'était prétentieux de faire ça, il n'empêche, le café était délicieux. Je lui ai tout de même dit que c'était prétentieux, et il a demandé : qu'est-ce que tu bois, d'habitude ? Du Nescafé dégueulasse ? Tu es étudiante, n'imagine pas que tu as du goût. Bien sûr, en secret, j'aimais tous les appareils onéreux qu'ils avaient dans leur cuisine, tout comme j'aimais regarder Nick presser si lentement le café qu'une couche de mousse sombre se formait en surface.

Il discutait presque chaque jour au téléphone avec Melissa. En général, elle appelait le soir et il emportait le téléphone dans une autre pièce pendant que je restais devant la télévision ou que je sortais fumer une cigarette. Leurs conversations duraient une bonne vingtaine de minutes, parfois plus. Un soir, j'ai eu le temps de regarder un épisode d'*Arrested Development* en entier – celui où la guérite de vente de bananes glacées brûle – avant qu'il revienne. Je n'entendais jamais ce qu'il disait au téléphone. Une fois, je lui ai demandé : elle ne se doute de rien, n'est-ce pas ? Il a secoué la tête en disant : non, tout va bien. Nick n'avait jamais de geste affectueux à mon égard en dehors de la chambre. Nous regardions la télévision comme si nous attendions ensemble que Melissa rentre du travail. Il me laissait l'embrasser si j'en avais envie, mais c'était toujours moi qui allais vers lui.

C'était dur de savoir ce qu'il ressentait. Au lit, il ne me mettait jamais la pression, et il était toujours très respectueux de mes envies. Et pourtant, c'était comme s'il était absent, réservé. Il ne me complimentait jamais sur mon physique. Il ne me touchait ni ne m'embrassait jamais de façon spontanée. Je me sentais encore nerveuse en me déshabillant, et la première fois que je lui ai fait une fellation, il est resté si silencieux que j'ai dû m'interrompre pour lui demander si je lui faisais mal. Il dit non, mais quand j'ai repris, il a gardé le silence. Il ne me touchait pas, je ne savais même pas s'il me regardait. Après, je me suis sentie très mal, comme si je lui avais fait endurer quelque chose qui ne nous avait procuré aucun plaisir, ni à l'un ni à l'autre.

En sortant de l'agence ce jeudi-là, je l'ai croisé en ville. J'étais avec Philip pour une pause café, et lui avec une grande femme qui maniait une poussette d'une main en téléphonant de l'autre. Nick tenait dans ses bras un bébé qui portait un bob rouge. Nick nous a fait signe, nous avons même échangé un petit regard, mais il ne s'est pas arrêté. Ce matin-là, allongé les mains derrière la tête, il m'avait regardée m'habiller.

Ce n'est pas son enfant, si ? m'a demandé Philip.

J'avais l'impression de jouer à un jeu vidéo dont je ne maîtrisais pas les commandes. Je me suis contentée de hausser les épaules en disant : je ne crois pas qu'il ait des enfants, si ? J'ai reçu peu après un sms de Nick : c'était ma sœur Laura et sa fille. Désolé de ne pas m'être arrêté, elle était pressée. J'ai répondu : joli bébé. Je peux venir ce soir ?

Au dîner, il m'a demandé : tu as vraiment trouvé que le bébé était joli ? Je lui ai dit que je ne l'avais pas bien vu, mais que de loin, il avait l'air joli, oui. Oh, Rachel est à tomber, a dit Nick. Rachel. Je n'aime pas beaucoup de choses dans la vie, mais elle, je l'adore. La première fois que je l'ai vue, j'ai fondu en larmes, tellement elle était petite. C'était le plus grand témoignage d'émotion que j'avais entendu dans la bouche de Nick, et j'ai ressenti une pointe de jalousie. J'ai songé à faire une blague là-dessus, mais l'idée d'être jalouse d'un bébé était angoissante, et je doutais que Nick apprécie cette plaisanterie. C'est mignon, ai-je dit. Il a paru remarquer mon manque d'enthousiasme, et il a dit d'un ton mal assuré : de toute façon tu es sans doute trop jeune pour t'intéresser aux bébés. Je me suis sentie blessée et j'ai ratissé mon risotto avec ma fourchette en silence. Puis j'ai dit : non, je trouve vraiment que ce que tu as dit était mignon. Ça m'a étonnée.

Pourquoi, d'habitude je suis bourru et agressif ? a-t-il demandé.

J'ai haussé les épaules. Nous avons continué à manger sans dire un mot. Je le sentais nerveux, je le voyais me jeter des coups d'œil par-dessus la table. Il n'était pas du tout bourru ou agressif, et je me suis promis d'y réfléchir plus tard, car il venait de trahir une crainte particulière chez lui.

Quand nous nous sommes déshabillés ce soir-là, les draps m'ont paru glacés, et j'ai dit que j'avais froid. Dans la maison ? a-t-il demandé. Tu trouves qu'elle est froide, le soir ?

Non, je parlais juste de maintenant, ai-je dit.

Je l'ai embrassé. Il m'a laissée faire d'un air absent, sans sentiment. Puis il s'est écarté et il a dit : si tu as froid, je peux mettre du chauffage.

Non, ai-je dit. C'est juste les draps qui étaient froids, rien de plus.

D'accord.

Nous avons fait l'amour, c'était bien, et après nous sommes restés allongés en regardant le plafond. L'air envahissait mes poumons, et je me sentais détendue. Nick a caressé ma main et dit : tu t'es réchauffée maintenant ? Oui, ai-je répondu. C'est touchant que tu te préoccupes de mon bien-être. Bah, a-t-il fait. Je ne voudrais pas que tu meures de froid ici. Il continuait de me caresser la main en disant ça. La police pourrait se poser des questions, ai-je dit. Il a ri. Ouais, a-t-il confirmé. Du genre, qu'est-ce que ce magnifique cadavre fait dans votre lit, monsieur ? Je plaisantais, jamais il n'aurait dit que j'étais magnifique en vrai. Néanmoins, cette blague m'a plu.

Le vendredi soir, veille du retour de Melissa, nous avons regardé *La Mort aux trousses* et bu une bouteille de vin. Nick partait en tournage à Édimbourg la semaine suivante, si bien que je ne le reverrais pas avant quelque temps. Je ne me rappelle presque rien de nos échanges ce soir-là. Je me souviens de la scène du train où le personnage interprété par Cary Grant drague la blonde, et, allez savoir pourquoi, d'avoir répété une réplique de celle-ci avec un accent américain, en mâchant mes mots. « Et je n'aime pas particulièrement le livre que j'ai commencé. » Ça l'a beaucoup fait rire, sans raison apparente, peut-être simplement parce que mon accent était affreux.

Imite Cary Grant, toi, lui ai-je suggéré.

Avec un fort accent de la côte Est, Nick a dit : « Dès que je croise une belle femme, je dois faire comme si je n'avais aucun désir de lui faire l'amour. »

Et tu fais semblant pendant longtemps ? ai-je questionné.

À toi de me dire, a répliqué Nick en reprenant sa voix normale.

Je crois que j'ai vite su. Mais je craignais de me leurrer moi-même.

J'éprouvais la même chose à ton égard, tu sais.

Il était en train de nous resservir du vin.

Donc c'est juste pour le sexe, entre nous, ou tu m'aimes bien, aussi ? ai-je demandé.

Frances, tu as trop bu.

Tu peux me le dire, je ne le prendrai pas mal.

Non, je sais. Je pense que tu veux que je te dise que c'est juste pour le sexe.

J'ai ri. J'étais heureuse qu'il dise ça, parce que c'était ce que je voulais lui faire croire, et parce que je me doutais qu'il le savait et qu'il plaisantait.

Ne te reproche rien, ai-je dit. Le sexe est extrêmement plaisant entre nous. Je crois te l'avoir déjà dit.

Une ou deux fois, peut-être. Mais j'aimerais bien que tu me mettes ça par écrit. Pour le relire sur mon lit de mort.

Il a glissé une main entre mes genoux. Je portais une robe à rayures et j'avais les jambes nues. À l'instant où sa main m'a touchée, je me suis sentie bouillante et passive, comme endormie. J'avais l'impression que toutes mes forces m'avaient abandonnée et, quand j'ai voulu parler, j'ai bégayé.

Comment on va faire, quand ta femme sera là ? ai-je dit.

On verra. On trouvera bien un moyen.

10

Je n'avais pas parlé à Bobbi depuis la nuit qu'elle avait passée chez moi. Comme j'allais chaque soir chez Nick et que je n'étais pas capable de penser à autre chose, je n'avais même pas essayé de l'appeler, et je ne m'étais pas vraiment demandé pourquoi elle n'appelait pas. Après le retour de Melissa à Dublin, j'ai reçu un mail de Bobbi avec pour objet : jalouse ???

> écoute, je m'en tape que tu sois amoureuse de nick, je ne voulais pas te mettre dans l'embarras ni rien, désolée si c'est l'impression que ça a donné (et je ne te ferai pas la morale sur le fait qu'il soit marié, je suis presque sûre que melissa a des histoires de son côté). MAIS c'était vraiment nul de ta part de m'accuser d'être jalouse de lui. c'est très homophobe d'accuser une lesbienne d'être jalouse des hommes en secret, et je sais que tu le sais. Mais, pire encore, c'est très dévalorisant vis-à-vis de notre amitié, de sous-entendre que je me bats contre un homme pour obtenir ton attention. ça en dit long sur ce que tu penses de moi. que tu fasses passer notre relation après une histoire de cul avec un type marié et trentenaire, tu vois, ça, ça me blesse.

J'avais consulté ce mail au travail, alors que j'étais seule dans le bureau. J'ai relu plusieurs fois le message.

Sans savoir pourquoi, je l'ai effacé, puis je l'ai presque aussitôt récupéré dans le dossier des messages supprimés. Je l'ai ensuite marqué comme non lu et l'ai ouvert pour le relire comme si c'était la première fois. Bobbi avait raison, évidemment. Je lui avais dit qu'elle était jalouse pour la blesser. Je ne savais pas que ç'avait fonctionné, qu'il était possible de la blesser d'une quelconque manière. Prendre conscience non seulement que je pouvais la faire souffrir, mais aussi que je l'avais fait sans m'en rendre compte, ça m'a vraiment ébranlée. J'ai erré dans les bureaux, puis je suis allée chercher de l'eau à la fontaine dans un gobelet en plastique alors que je n'avais pas soif. Pour finir, je me suis rassise.

Il m'a fallu plusieurs jets pour trouver la réponse convenable.

> Hello, tu as raison, c'était bizarre et injuste de dire ça, ce que je n'aurais jamais dû faire. j'étais sur la défensive, je voulais juste t'énerver. je m'en veux de t'avoir blessée pour une histoire aussi stupide. je suis désolée.

Après avoir envoyé ce message, j'ai fermé ma boîte pour travailler un peu.

Philip est arrivé vers onze heures, et nous avons discuté un petit moment. Quand je lui ai dit que je n'avais rien écrit depuis une semaine, il a haussé les sourcils.

Je croyais qu'avec toi, c'était la discipline avant tout, a-t-il dit.

C'était vrai.

Tu traverses une période compliquée ? C'est l'impression que tu donnes.

À la pause déjeuner, j'ai rouvert ma boîte mail. Bobbi m'avait répondu.

d'accord je te pardonne, mais franchement, nick ? c'est ça qui te fait tripper maintenant ? pour moi ce type est du genre à lire au premier degré un article intitulé « l'astuce insolite pour avoir des abdos parfaits »
quitte à ce que ce soit un homme j'aurais imaginé quelqu'un de plus gringalet et efféminé comme Philip. là, c'est vraiment surprenant.

Je n'ai pas répondu. Bobbi et moi avions le même mépris pour le culte de la domination physique masculine. Très récemment, nous avions été priées de quitter un Tesco parce que nous lisions tout haut des passages ineptes issus de magazines masculins dans le supermarché. Mais Bobbi se trompait au sujet de Nick. Il n'était pas vraiment comme ça. Il aurait ri de l'impression qu'il faisait à Bobbi, sans chercher pour autant à la faire changer d'avis. Pourtant, je ne pouvais pas lui dire ça. Je ne pouvais pas lui dire que ce que je trouvais le plus sexy chez lui, c'était qu'il soit attiré par une femme banale et aussi peu démonstrative que moi.

À la fin de ma journée de travail, j'étais fatiguée et j'avais une solide migraine. Je suis rentrée chez moi à pied et j'ai décidé de m'étendre un moment sur mon lit. Il était cinq heures. Je me suis réveillée à minuit.

/

Je n'ai pas revu Nick avant son départ pour l'Écosse. Par la suite, comme il tournait de bonne heure, notre seul moyen de communiquer, c'était par Internet tard le soir. En général, il était fatigué à cette heure-là, et donc pas très bavard, alors j'ai fini par ne plus envoyer que des réponses laconiques à ses messages, voire rien du tout. Il ne me parlait que de choses triviales, m'expliquant à quel point il détestait les gens avec qui il travaillait. Il ne disait jamais que je lui manquais, ou qu'il pensait à moi. Quand je faisais allusion aux moments passés chez lui, il avait tendance à changer de sujet. Si bien que, par ricochet, je devenais de plus en plus froide et sarcastique.

> Nick : la seule personne sensée sur ce plateau c'est stephanie
> Moi : dans ce cas pourquoi tu ne couches pas avec elle ?
> Nick : je pense que ça ne ferait que ruiner nos rapports de travail
> Moi : quel est le sous-entendu ?
> Nick : et puis elle a au moins 60 ans
> Moi : et toi tu as, rappelle-moi... 63 ?
> Nick : très drôle
> Nick : je lui soumettrai l'idée
> Moi : oh oui je t'en prie

Chez moi, je regardais sur YouTube des extraits de films ou de séries où il apparaissait. Il avait interprété le jeune père d'un enfant kidnappé dans un épisode d'une interminable série criminelle. Dans une scène, il fondait en larmes au commissariat. C'était l'extrait que je regardais le plus souvent. Il pleurait exactement comme il le ferait, selon moi, dans la vraie vie : il s'en voulait de pleurer, tellement que ses sanglots redoublaient. J'ai pris conscience que si je regardais cette vidéo avant qu'on se parle, j'avais tendance à être plus douce avec lui. Il avait aussi un site de fans en HTML très basique qui n'avait pas été mis à jour depuis 2011 ; je le regardais parfois pendant qu'on discutait.

Ces jours-là, j'avais une cystite. L'inconfort et la fièvre modérée me semblant psychologiquement appropriés à ma situation, je ne me suis pas soignée tout de suite. Mais je suis finalement allée consulter un médecin à la fac, qui m'a prescrit des antibiotiques et des antidouleurs, lesquels me mettaient dans le coaltar. Je passais mes soirées à observer mes mains ou à essayer de me concentrer sur l'écran d'ordinateur. Je me sentais sale, comme si mon corps était rempli de dangereuses bactéries. Je savais bien que Nick ne souffrait d'aucun effet secondaire à notre relation. Nous n'étions pas sur un pied d'égalité. Il m'avait froissée comme une feuille de papier, puis jetée.

J'ai voulu me remettre à écrire, mais ce que je produisais était plein d'une amertume dont j'avais honte. J'effaçais certains poèmes, j'en rangeais d'autres dans des dossiers que je n'ouvrais jamais. Je prenais à nouveau tout trop au sérieux. Je pensais au prétendu mal que Nick m'avait fait, à ces paroles dures qu'il avait eues ou sous-entendues, pour lui en vouloir et transformer mes sentiments à son égard en haine pure. Mais je devais bien admettre que la seule chose qu'il avait faite pour me blesser, ç'avait été de contenir son affection, ce qui était son droit le plus strict. À part ça, il avait toujours été courtois et attentionné. Parfois, je me disais que c'était le plus grand malheur que j'aie eu à vivre, pourtant c'était aussi un malheur bien peu profond, qu'il pouvait balayer en prononçant un seul mot et remplacer par un bonheur béat.

Un soir, en ligne, je lui ai demandé s'il avait des penchants sadiques.

Nick : pas que je sache
Nick : pourquoi tu me demandes ça ?
Moi : c'est l'impression que tu donnes
Nick : hum
Nick : c'est préoccupant

Quelques instants se sont écoulés. J'ai regardé l'écran sans rien taper. Je n'avais plus qu'un jour de traitement antibiotique.

Nick : tu as un exemple à me donner ?
Moi : non
Nick : ok
Nick : je crois que quand je fais du mal aux gens c'est plutôt par égoïsme
Nick : sans que ça soit voulu
Nick : j'ai fait quelque chose qui t'a blessée ?
Moi : non
Nick : tu es sûre ?

J'ai laissé passer un peu de temps. Avec le bout de mon doigt, j'ai caché son nom sur l'écran.

Nick : tu es toujours là ?
Moi : oui
Nick : ah
Nick : alors sans doute que tu n'as plus envie de parler
Nick : pas grave, il faut que j'aille au lit de toute façon

Le lendemain, il m'a envoyé un mail qui disait :

Je me rends compte que tu n'as pas très envie d'être en contact avec moi en ce moment, donc je vais arrêter de t'écrire, d'accord ? On se verra à mon retour.

J'ai songé à répondre quelque chose de méchant, mais je me suis contentée de ne rien faire.

Le lendemain soir, Bobbi a proposé qu'on regarde un film de Nick.

Ça ferait bizarre, ai-je dit.

Pourquoi ça ferait bizarre, c'est un ami, non ?

Elle était en train de faire des recherches sur Netflix avec mon ordinateur. J'avais préparé du thé à la menthe et nous attendions qu'il infuse.

Il est sur Netflix, a-t-elle dit. J'ai vu qu'il y était. Celui sur la demoiselle d'honneur qui épouse son patron.

Pourquoi tu cherches ses films ?

Il a un tout petit rôle dedans mais il apparaît torse nu. C'est ton truc, non ?

S'il te plaît, arrête.

Elle s'est tue. Elle était assise en tailleur par terre. Elle s'est servi un peu de thé pour voir s'il était assez infusé.

Tu l'aimes en tant que personne ? a-t-elle dit. Ou c'est juste qu'il est beau et marié à quelqu'un d'intéressant ?

Je voyais à cette remarque qu'elle était encore blessée, mais je lui avais déjà présenté mes excuses. Je refusais de cautionner son hostilité envers Nick, d'autant que je n'étais pas en contact avec lui en ce moment. Pour moi, il était évident que Bobbi n'était plus vraiment blessée – voire qu'elle ne l'avait jamais été –, qu'elle aimait simplement se moquer de moi quand j'éprouvais des sentiments pour quelqu'un. Je la regardais comme si elle était très loin de moi, une amie d'autrefois ou quelqu'un dont j'avais oublié le nom.

Melissa n'est pas si intéressante que ça, ai-je dit.

Une fois Bobbi rentrée chez elle, j'ai regardé le film dont elle avait parlé. Il était sorti six ans plus tôt, quand j'avais quinze ans. Nick y interprétait un personnage avec qui l'héroïne a une regrettable aventure d'une nuit. Je suis passée directement à la scène où il sortait de la douche chez elle le lendemain matin. Il avait l'air plus jeune et son visage était différent, même s'il était déjà plus âgé que je l'étais. J'ai regardé deux fois la scène. Après son départ, la fille appelait une amie et elles partaient dans un éclat de rire hystérique en songeant au connard qu'était le personnage de Nick, ce qui renforçait leur amitié.

Je lui ai envoyé un mail après ça. J'ai écrit :

> D'accord, si c'est ce que tu veux. J'espère que le tournage se passe bien.

Il a répondu vers une heure du matin.

> j'aurais dû t'en parler plus tôt, mais je serai dans le nord de la france presque tout le mois d'août avec melissa et des amis. une immense villa à Étables, un petit village. les gens vont et viennent alors tu es la bienvenue quelques jours même si je peux comprendre que ça ne te fasse pas envie.

J'étais assise en tailleur sur mon lit, j'essayais de travailler sur un poème quand j'ai reçu la notification. J'ai répondu :

> On a toujours une liaison ou c'est fini ?

Il n'a pas répondu tout de suite. J'ai cru qu'il était parti se coucher, mais la possibilité que ce ne soit pas le cas m'empêchait de travailler. Je me suis fait une tasse de café instantané et j'ai regardé quelques vidéos YouTube sur des gens qui faisaient des performances poétiques.

J'ai finalement reçu une notification sur messenger.

> Nick : tu dors ?
> Moi : non
> Nick : ok, bon, je voulais te dire
> Nick : je ne sais pas ce que tu veux

Nick : de toute évidence on ne peut pas se voir très souvent
Nick : et avoir une liaison est assez stressant
Moi : ahah
Moi : tu es en train de rompre ?
Nick : si on ne se voit jamais vraiment
Nick : alors cette liaison consiste juste
Nick : à se prendre la tête sur cette liaison
Nick : tu vois ce que je veux dire
Moi : je n'arrive pas à croire que tu rompes sur messenger
Moi : je croyais que tu allais quitter ta femme pour qu'on puisse s'enfuir tous les deux
Nick : pas besoin de mal le prendre
Moi : comment tu sais ce dont j'ai besoin ?
Moi : peut-être que je suis vraiment bouleversée
Nick : tu l'es ?
Nick : je n'ai jamais la moindre idée de ce que tu éprouves
Moi : ben ça n'a plus d'importance maintenant, si

Il devait être sur le plateau de bonne heure le lendemain, alors il a mis un terme à la conversation. J'ai repensé au jour où je lui avais fait une fellation, et qu'il était resté totalement passif. J'avais envie de lui dire que c'était la première fois que je faisais ça. Tu aurais pu me dire que c'était nul, plutôt que de me laisser continuer. Ce n'était pas gentil. Je me sentais stupide. Mais je savais qu'il n'avait rien fait de mal. J'ai eu envie d'appeler Bobbi pour tout lui avouer, avec l'espoir qu'elle le dise à Melissa et que ça détruise la vie de Nick. Mais c'était une histoire trop humiliante pour que je la raconte.

11

Incapable de me réveiller, je ne suis pas allée au travail le lendemain. J'ai envoyé un mail de plates excuses à Sunny qui m'a répondu : on a survécu. J'ai pris ma douche à midi, enfilé une robe-T-shirt noire et je suis sortie faire un tour, même s'il faisait trop chaud pour que ce soit agréable. Dehors, l'air était irrespirable. Les vitrines des magasins renvoyaient des rayons de soleil éblouissants, et j'étais moite. Je me suis assise seule sur les gradins du terrain de cricket et j'ai fumé deux cigarettes coup sur coup. J'avais mal à la tête et je n'avais rien dans le ventre. J'avais l'impression que mon corps était épuisé, inutile. Je n'avais plus envie de le gaver ni de médicaments ni de nourriture.

Lorsque je suis revenue dans l'après-midi, j'avais un mail de Nick.

> j'ai l'impression que notre conversation d'hier soir a été plutôt étrange. tu te doutes que ce n'est pas facile pour moi de savoir ce que tu veux vraiment et si tu plaisantes sur le fait d'avoir été bouleversée. c'est très déstabilisant de discuter par écrit avec toi. j'espère que tu n'es pas en colère ni rien.

J'ai répondu :

N'y pense plus. On se verra en septembre, j'espère que tu auras beau temps en France.

Après ça, il a cessé de m'écrire.

Trois jours plus tard, Melissa nous a invitées, Bobbi et moi, à venir passer quelques jours à Étables en août. À partir de là, Bobbi n'a eu de cesse de m'envoyer des liens vers le site de Ryanair pour me convaincre d'y aller une semaine, voire juste cinq jours. Je pouvais me payer le billet et Sunny ne voyait pas d'inconvénient à ce que je m'absente quelques jours.

Pour finir, j'ai dit : d'accord. Allons-y.

/

Bobbi et moi avions déjà voyagé plusieurs fois à l'étranger ensemble. Nous prenions toujours les vols les moins chers, très tôt le matin ou tard le soir, si bien que nous passions en général la première journée de mauvaise humeur à la recherche de wifi gratuit. Le seul jour que j'avais passé à Budapest, j'étais restée dans un café pour garder nos bagages tandis que Bobbi buvait des expressos et se disputait par messagerie au sujet des attaques de drones, ce qu'elle me relatait tout haut. Quand je lui avais dit que je n'avais pas particulièrement envie de suivre sa conversation, elle avait rétorqué : des enfants sont en train de mourir, Frances. Après ça, nous n'avions plus échangé un seul mot pendant plusieurs heures.

Dans les jours précédant notre départ, Bobbi m'envoyait plein de sms au sujet de choses qu'il ne fallait pas oublier. C'était dans ma nature de penser au nécessaire, et dans celle de Bobbi de tout oublier. Un soir, elle a débarqué chez moi avec une liste. Quand j'ai ouvert la porte, elle tenait son téléphone coincé entre l'épaule et l'oreille.

J'arrive chez Frances, là, disait-elle. Ça te dérange si je mets sur haut-parleur ?

Bobbi a refermé la porte puis m'a emboîté le pas jusqu'au salon, où elle a posé sans précaution le téléphone sur la table, haut-parleur activé.

Salut, Frances, ai-je entendu dire Melissa.

Je lui ai dit bonjour, même si en réalité je voulais dire : j'espère que tu ne sais pas que j'ai couché avec ton mari.

C'est la maison de qui exactement ? a demandé Bobbi.

Elle appartient à Valerie, l'une de mes amies, a expliqué Melissa. Enfin, je dis une amie mais elle a une soixantaine d'années, donc c'est plus un mentor. Elle a beaucoup aidé à la publication de mon livre, et tout ça. Bref, elle vient d'une famille riche et elle aime bien que les gens profitent de ses propriétés quand elle n'y est pas.

J'ai déclaré qu'elle avait l'air intéressante.

Elle te plairait, a dit Melissa. Tu la croiseras peut-être, en général elle passe nous voir un ou deux jours à Étables. Elle habite la plupart du temps à Paris.

Les riches me donnent la nausée, a dit Bobbi. Mais je ne doute pas qu'elle soit géniale.

Comment vas-tu, Frances ? a demandé Melissa. J'ai l'impression qu'on ne s'est pas vues depuis des siècles.

J'ai marqué une pause, puis j'ai dit : bien, merci. Et toi ? Melissa a elle aussi hésité avant de répondre : bien.

Comment ça s'est passé à Londres ? ai-je demandé. Tu y étais le mois dernier, non ?

C'était déjà le mois dernier ? a-t-elle dit. C'est fou comme le temps passe.

Puis elle a annoncé qu'elle devait retourner dîner, et elle a raccroché. Je n'avais pas la même perception du temps qu'elle.

Quand Bobbi est partie ce soir-là, j'ai passé une heure et demie à écrire des poèmes où je voyais mon corps comme un déchet, un emballage vide, un fruit à moitié croqué puis jeté. Travailler sur ma détestation de moi ne m'a pas fait aller mieux, en revanche, ça m'a épuisée. Après cela, je me suis allongée sur le flanc avec *A Critique of Postcolonial Reason* à moitié ouvert sur l'oreiller. Parfois, je levais un doigt pour tourner une page et laissais la syntaxe pesante et confuse pénétrer par mes yeux puis se répandre comme un fluide dans mon cerveau. Je m'améliore, me suis-je dit. Je vais finir par devenir tellement intelligente que personne ne me comprendra plus.

Avant le départ, j'ai envoyé un mail à Nick pour le prévenir de notre visite. J'ai précisé : je ne doute pas que Melissa te l'ait déjà dit, mais je voulais juste te rassurer quant au fait que je ne ferai pas de scène. Il a répondu : cool, je suis ravi de te voir. J'ai regardé plusieurs fois ce message, je l'ai même rouvert pour le lire de nouveau. Il était à ce point neutre et sans signification que ça me rendait malade. Comme si, depuis la fin de notre relation, il m'avait remise à ma place de simple connaissance. Notre liaison est peut-être terminée, me suis-je dit, mais quelque chose de terminé, ce n'est pas comme quelque chose qui n'a jamais eu lieu. Furieuse, je me suis mise à chercher dans mes mails et autres sms des « preuves » de notre histoire, qui se limitaient à quelques messages pratiques et sans intérêt quant à l'heure à laquelle il serait de retour chez lui, et celle de mon arrivée. Aucune déclaration d'amour passionnée ni de sms sexuellement explicite. C'était logique, puisque cette liaison avait lieu dans la vraie vie et non virtuellement, mais je me sentais malgré tout dépossédée.

Dans l'avion, j'ai partagé mes écouteurs avec Bobbi qui avait oublié les siens. Nous avions poussé le volume au maximum de façon à entendre par-dessus le bruit des réacteurs. Bobbi avait peur en avion, en tout cas c'est ce qu'elle prétendait, même si je pense qu'elle en jouait. Elle m'obligeait à lui tenir la main chaque fois qu'on voyageait ensemble. J'aurais aimé lui demander comment me comporter à Étables, mais j'étais sûre que si elle apprenait toute l'histoire, elle serait horrifiée que je songe même à y aller. D'une certaine manière, moi aussi, j'étais horrifiée, mais également fascinée. Avant cet été-là, j'ignorais être le genre de personne à accepter l'invitation d'une épouse dont j'avais couché plusieurs fois avec le mari. La suite m'intéressait de façon morbide.

Bobbi a dormi pendant presque tout le vol et s'est réveillée au moment de l'atterrissage. Elle a serré ma main pendant que les autres passagers se levaient pour récupérer leurs bagages, et m'a dit : c'est tellement agréable de prendre l'avion avec toi. Tu as une attitude stoïque. L'aéroport sentait le désodorisant, et Bobbi est allée nous chercher deux cafés noirs pendant que je me renseignais sur le car que nous devions prendre. Elle avait étudié l'allemand à l'école et ne parlait pas un mot de français, mais dès qu'on était à l'étranger, elle communiquait avec ses mains et l'expression de son visage. J'ai vu le type qui servait les cafés lui sourire comme à une chère cousine, tandis que j'essayais en vain de faire comprendre le nom de notre destination à la dame du guichet des cars.

Bobbi se sentait partout chez elle. Elle avait beau affirmer qu'elle détestait les riches, sa famille l'était et les personnes aisées l'identifiaient en tant que telle. Elles considéraient ses opinions politiques comme de l'autodérision bourgeoise, rien de bien sérieux, et lui conseillaient des restaurants ou des hôtels où séjourner à Rome. Dans ce genre de situation, je ne me sentais pas à ma place, je me trouvais ignorante et amère, et je craignais qu'on me voie telle que j'étais : plutôt pauvre et communiste. Pourtant, j'avais aussi du mal à discuter avec les gens du milieu de mes parents, car je craignais que mon vocabulaire paraisse trop prétentieux, ou que le grand manteau pourtant acheté aux puces me fasse passer pour une richarde. Philip souffrait d'avoir l'air riche, lui aussi, même si lui, il l'était vraiment. Ainsi nous nous taisions souvent quand Bobbi discutait actualités avec un chauffeur de taxi.

Il était six heures du matin quand nous sommes montées dans le car pour Étables. J'étais épuisée et migraineuse, si bien que je devais plisser les yeux pour déchiffrer les tickets. Nous avons traversé une campagne verdoyante recouverte de brume trouée par les rayons de soleil. À la radio, nous entendions des voix en français, quelques rires puis de la musique. Il y avait des fermes de part et d'autre de la route, des vignes avec des panneaux rédigés à la main ainsi que des boulangeries annoncées par des caractères sans fioritures. La circulation était fluide, car il était encore tôt.

À sept heures, le ciel était devenu d'un bleu infini. Bobbi dormait sur mon épaule. Je me suis endormie à mon tour et j'ai rêvé que j'avais mal aux dents. Ma mère était assise très loin de moi, au bout de la pièce et disait : ça coûte très cher de les faire soigner, tu sais. Alors, obéissante, je passais ma langue sous une dent douloureuse jusqu'à ce qu'elle tombe dans ma bouche et que je la recrache. C'est fini ? disait ma mère, mais je ne pouvais pas répondre parce que j'avais du sang plein la bouche. Il avait un goût fort et salé, et je le sentais s'écouler dans ma gorge. Eh bien, crache, disait ma mère. Je crachais en vain par terre. Mon sang avait la couleur des mûres. Quand je me suis réveillée, j'ai entendu le chauffeur annoncer : Étables. Bobbi me tirait tout doucement les cheveux.

12

Melissa nous attendait à l'arrêt de bus situé non loin du port. Elle portait une robe portefeuille rouge décolletée avec un ruban en guise de ceinture. Elle avait une belle poitrine et une silhouette pulpeuse, tout le contraire de moi. Elle était accoudée au garde-fou face à la mer, laquelle paraissait aussi lisse qu'une bâche en plastique. Elle a proposé de nous aider à porter nos bagages, mais nous avons dit que nous pouvions nous en charger, alors elle s'est contentée de hausser les épaules. La peau de son nez pelait. Elle était jolie.

Quand nous avons atteint la maison, le chien s'est précipité dehors et s'est mis à japper et à sauter sur ses pattes arrière comme un animal de cirque. Melissa ne lui a prêté aucune attention en ouvrant le portail. La maison avait une façade en pierre avec des volets bleus aux fenêtres et un perron blanc. À l'intérieur, tout était impeccable, il flottait une discrète odeur de produit ménager et de crème solaire. Les murs étaient couverts d'un papier peint à motif de voiliers, et j'ai vu que les étagères étaient pleines de romans en français. Nos chambres se situaient en contrebas. Celle de Bobbi donnait sur le jardin et la mienne sur la mer. Nous avons déposé nos bagages, puis Melissa nous a annoncé que les autres prenaient leur petit déjeuner dans le jardin.

Là, il y avait un grand barnum qui abritait une table et des chaises, ses ouvertures en toile roulées et retenues par des rubans. Le chien ne me quittait pas d'une semelle, il réclamait mon attention. Melissa nous a présentées à ses amis, un couple du nom d'Evelyn et Derek. Ils semblaient avoir le même âge qu'elle, peut-être quelques années de plus. Ils étaient en train de mettre la table. Le chien a de nouveau aboyé vers moi et Melissa a dit : il t'aime vraiment bien. Tu sais qu'il lui faut un passeport pour quitter le pays ? C'est comme un bébé. J'ai ri, juste comme ça, tandis que le chien se cognait la tête contre mes tibias en gémissant.

Nick est apparu avec des assiettes. J'ai dégluti. Il paraissait amaigri et fatigué. Il avait le soleil dans les yeux et clignait des paupières, l'air de ne pas nous avoir vues. Puis il a fini par remarquer notre présence et a dit : oh, bonjour, comment s'est passé le voyage ? Il a détourné le regard, et le chien s'est mis à hurler. Sans anicroche, a dit Bobbi. Nick a posé les assiettes et s'est passé la main sur le front, comme s'il était en sueur, ce qui ne semblait pas être le cas.

Tu as toujours été si maigre ? a dit Bobbi. Je te voyais plus costaud.

Il a été malade, a déclaré Derek. Il a eu une grosse bronchite, il est encore convalescent.

Une pneumonie, a précisé Nick.

Et tu vas mieux ? ai-je demandé.

Nick a regardé mes chaussures en acquiesçant. Il a dit : oui, oui, ça va. Il avait vraiment l'air différent, son visage était plus émacié, avec de grands cercles noirs autour des yeux. Il a dit qu'il venait de terminer son traitement antibiotique. Je me suis pincé fort le lobe de l'oreille pour penser à autre chose.

Melissa a fini de mettre la table et je me suis installée à côté de Bobbi, qui amusait la galerie et riait beaucoup. Tout le monde paraissait sous son charme. La table était recouverte d'une nappe en plastique un peu collante et chargée de croissants frais, de confitures et de café chaud. Je ne trouvais rien à dire qui ne fasse pas déplacé. Je suis donc restée silencieuse et me suis resservi trois fois du café. Dans un bol près de mon coude, il y avait des petits cubes de sucre blancs et brillants que j'ai plongés un à un dans ma tasse.

À un certain moment, Bobbi a évoqué l'aéroport de Dublin et Derek a dit : ah, l'ancienne tanière de Nick.

Tu aimes l'aéroport ? a dit Bobbi.

Nick est un grand voyageur. C'est quasiment sa deuxième maison, a dit Evelyn.

Il a même eu une liaison torride avec une hôtesse de l'air, a dit Derek.

Mon cœur s'est serré, mais je n'ai pas levé les yeux. Mon café avait beau être déjà trop sucré, j'ai pris un autre cube blanc que j'ai déposé sur ma sous-tasse.

Ce n'était pas une hôtesse de l'air, a précisé Melissa. Elle travaillait au Starbucks.

Arrêtez, a dit Nick. Les filles vont croire que vous êtes sérieux.

Comment elle s'appelait, déjà ? a demandé Evelyn. Lola ?

Louisa, a dit Nick.

J'ai fini par le regarder, mais lui n'a pas tourné les yeux vers moi. Il souriait du coin des lèvres.

Nick a eu un rendez-vous galant avec une fille rencontrée à l'aéroport, nous a dit Evelyn.

Sans le faire exprès, a dit Nick.

Enfin, un peu quand même, a dit Derek.

Nick regardait Bobbi avec un air faussement exaspéré, genre : allez, c'est reparti. Mais en vérité, il ne semblait pas gêné de répéter cette histoire.

Ça date d'il y a environ trois ans, a-t-il dit. Je passais ma vie à l'aéroport ou presque, à l'époque. Alors je croisais souvent cette fille, on discutait quand elle prenait ma commande. Bref, un jour, elle m'a proposé d'aller boire un café en ville. Je me suis dit…

Et là, tous les autres se sont mis à parler en même temps, à rire et à faire des remarques.

Je me suis dit, a insisté Nick, qu'elle avait juste envie de prendre un café.

Et qu'est-ce qui s'est passé ? a demandé Bobbi.

À mon arrivée, j'ai compris que pour elle, c'était plus que ça. Alors j'ai paniqué et je me suis senti mal.

Les autres l'ont de nouveau interrompu – Evelyn riait, Derek disait qu'il doutait que Nick se soit senti si mal que ça. Sans quitter son assiette des yeux, Melissa a prononcé des mots que je n'ai pas compris.

Alors je lui ai dit que j'étais marié, a poursuivi Nick.

Tu devais tout de même bien avoir une idée de ce qu'elle te voulait, a dit Derek.

Non, je t'assure, a dit Nick. Les gens prennent tout le temps des cafés ensemble, alors non, ça ne m'a pas traversé l'esprit.

Ça ferait une bonne histoire à raconter dans un magazine, ça, a dit Evelyn. Si tu avais eu une aventure avec elle.

Elle était jolie ? a demandé Bobbi.

Nick a ri en montrant ses paumes, l'air de dire, qu'est-ce que tu crois ?

Ravissante, a-t-il répondu.

Melissa a ri, et il a souri la tête baissée, comme s'il était content de l'avoir distraite. Sous la table, je m'écrasais les orteils avec mon talon.

Elle était aussi terriblement jeune, non ? a dit Derek. Vingt-trois ans ou quelque chose comme ça.

Peut-être qu'elle savait que tu étais marié, a dit Evelyn. Il y a des femmes qui aiment les hommes mariés. Pour elles, c'est une sorte de défi.

Je m'écrasais le pied si fort que la douleur est remontée dans ma jambe et que j'ai dû me mordre la lèvre pour m'empêcher de crier. En levant le talon, j'ai senti mes orteils palpiter.

Je ne crois pas, a dit Nick. Elle avait l'air très déçu quand je le lui ai dit.

Après le petit déjeuner, Evelyn et Derek sont partis à la plage, et Bobbi et moi avons défait nos bagages. Nous entendions Melissa et Nick parler à l'étage, mais seulement leurs voix, pas les mots. Un bourdon est entré par une fenêtre ouverte et a projeté une ombre en forme de virgule sur le papier peint avant de disparaître. Quand j'ai eu fini, j'ai pris une douche et enfilé une robe en coton gris sans manches en écoutant Bobbi qui chantait du Françoise Hardy dans la chambre voisine.

Il était deux ou trois heures de l'après-midi quand nous avons quitté la maison tous les quatre. La route pavée qui menait à la plage serpentait sur une petite colline, passait devant deux maisons blanches, puis il y avait un escalier en zigzag aménagé dans la paroi rocheuse. La plage était pleine de jeunes familles avec des serviettes colorées qui se mettaient de la crème dans le dos. La marée s'était retirée en déposant une croûte d'algues vertes et sèches. Un groupe d'adolescents jouait au volleyball près des rochers. On les entendait crier avec des accents étrangers. Le soleil se réverbérait sur le sable et je me suis mise à transpirer. Nous avons vu Evelyn et Derek nous faire signe, Evelyn en maillot une pièce marron, ses cuisses couvertes de cellulite semblables à de la crème fouettée.

Nous avons étendu nos serviettes et Melissa a passé de la lotion sur la nuque de Bobbi. Derek a annoncé à Nick que l'eau était « revigorante ». L'odeur du sel me piquait la gorge. Bobbi s'est mise en bikini. J'ai détourné les yeux de Melissa et Nick quand ils se sont déshabillés. Elle lui a proposé quelque chose, et je l'ai entendu dire : non merci. Evelyn l'a averti : tu vas prendre des coups de soleil.

Tu ne veux pas te baigner, Frances ? a demandé Derek.

Tout le monde s'est tourné vers moi. J'ai mis la main sur la branche de mes lunettes de soleil et j'ai vaguement haussé une épaule.

J'ai juste envie de m'allonger au soleil, ai-je répondu.

En vérité, je refusais de me mettre en maillot de bain devant eux. J'avais l'impression de devoir ça à mon corps. Personne ne s'en est formalisé, et ils m'ont laissée seule sur la plage. Après leur départ, j'ai retiré mes lunettes afin d'éviter les marques de bronzage sur le visage. Non loin, des enfants jouaient avec des objets en plastique en criant en français, une langue qui m'a paru très raffinée et sophistiquée parce que je ne la comprenais pas. Comme j'étais couchée sur le ventre, je ne les voyais pas, mais parfois, à la limite de mon champ de vision, j'apercevais une tache de couleur primaire, une pelle ou un seau, voire une cheville. Mes articulations étaient lourdes, comme couvertes de sable. Je repensais à la chaleur dans le car ce matin-là.

En me retournant sur le dos, j'ai vu Bobbi sortir de l'eau, tremblante et toute blanche. Elle s'est enveloppée dans une immense serviette de plage puis a mis une autre serviette, bleu ciel celle-ci, autour de sa tête, comme la Vierge Marie.

C'est la Baltique, a-t-elle dit. J'ai cru faire un arrêt cardiaque.

Tu aurais dû rester là. J'ai même un peu trop chaud.

Elle a retiré la serviette de sa tête et s'est secoué les cheveux comme un chien jusqu'à ce qu'une pluie de gouttelettes atteigne ma peau nue et que je peste. C'est tout ce que tu mérites, a-t-elle dit. Puis elle s'est assise et a ouvert son livre, toujours enveloppée dans sa grande serviette à l'effigie de Super Mario.

Tu as été le grand sujet de conversation quand on allait à l'eau, a-t-elle dit.

Quoi ?

Oui, il y a eu une discussion à ton sujet. Apparemment, tu es très impressionnante. De toute évidence, je ne m'en étais pas rendu compte.

Qui a dit ça ? ai-je demandé.

On a le droit de fumer sur la plage ?

Je lui ai répondu qu'à mon avis, non. Elle a poussé un soupir exagéré et s'est essoré les cheveux pour chasser l'eau de mer qui y restait. Puisque Bobbi refusait de me dire qui avait fait des compliments sur moi, j'en ai déduit que c'était elle.

Nick n'a rien dit, a-t-elle repris. Sur le fait que tu sois impressionnante. Mais je l'ai observé, et il avait l'air très mal à l'aise.

Peut-être parce que, justement, tu le regardais.

Ou parce que Melissa le regardait.

J'ai toussé en guise de réponse. Bobbi a sorti une barre de céréales de son sac et mordu dedans.

Alors, sur une échelle de un à dix, à quel point tu es amoureuse ? a-t-elle demandé. Dix étant comparable à ce que tu éprouvais pour moi au lycée.

Et un, à de vrais sentiments d'amour ?

Elle a ri, la bouche pleine de céréales.

Bref, a-t-elle dit. C'est juste du genre, ça t'amuse d'échanger des messages avec lui, ou bien tu as envie de l'ouvrir en deux pour boire son sang ?

Je n'ai pas envie de boire son sang.

J'avais un peu trop appuyé sur ce dernier mot sans le vouloir, ce qui a fait ricaner Bobbi. Je ne suis pas prête à me figurer ce que tu as envie de boire d'autre, a-t-elle dit. C'est dégueulasse. J'ai songé à lui raconter ce qui s'était passé entre Nick et moi sur le ton de l'humour, puisque de toute façon, tout était fini entre nous. Mais curieusement, je n'ai rien dit, et elle s'est contentée de conclure : le sexe avec un mec, ça doit être bizarre.

13

Le lendemain matin, tandis que nous débarrassions la table du petit déjeuner, Melissa a demandé à Nick s'il voulait bien se rendre en voiture jusqu'à un centre commercial à l'extérieur de la ville pour acheter des nouvelles chaises longues. Elle a expliqué qu'elle voulait le faire la veille, mais qu'elle avait oublié. Nick ne paraissait pas ravi, mais il a accepté. Il a simplement fait une remarque du genre : mais c'est à des kilomètres, ton truc. Sans grande conviction, toutefois. Il était en train de faire la vaisselle et moi de l'essuyer pour la tendre ensuite à Melissa qui la rangeait dans les placards. Je me sentais mal à l'aise et de trop entre eux deux, et j'étais certaine que Bobbi voyait que j'étais toute rouge. Elle était assise sur la table de la cuisine, balançant les jambes en mangeant un fruit.

Emmène les filles avec toi, a suggéré Melissa.

S'il te plaît, Melissa, ne nous traite pas de filles, a dit Bobbi.

Melissa lui a décoché un regard, et Bobbi a mordu dans sa nectarine d'un air innocent.

Emmène ces jeunes femmes avec toi, alors, a corrigé Melissa.

Quoi, pour que ce soit moins pénible pour moi ? Je crois qu'elles préféreraient aller à la plage.

Tu pourrais leur montrer le lac, a dit Melissa. Ou cet endroit, tu sais, à Châtelaudren.

C'est toujours ouvert ?

Ils ont débattu sur cette question. Puis, les mains et les poignets humides, Nick s'est tourné vers Bobbi.

Ça te dit de passer la journée en voiture ? a-t-il demandé.

Ne l'écoute pas, ce n'est pas si loin que ça, a lancé Melissa. Vous allez vous amuser.

Elle a ri en disant cela, comme pour montrer qu'elle savait bien que ce ne serait pas le cas. Elle nous a donné une boîte de gâteaux ainsi qu'une bouteille de rosé, au cas où nous voudrions faire un pique-nique. Puis elle a serré brièvement la main de Nick dans la sienne en guise de remerciement.

La voiture était restée toute la matinée au soleil, si bien que nous avons dû descendre les vitres avant de pouvoir nous y installer. L'habitacle sentait la poussière et le plastique chaud. J'ai pris place sur la banquette arrière et Bobbi à l'avant, passant son petit visage par la vitre du passager tel un terrier. Nick a mis la radio et Bobbi a rentré la tête en disant, tu as un lecteur de CD ? On peut écouter de la musique ? Nick a dit : oui, d'accord. Bobbi a passé les CD en revue en tâchant de deviner ceux qui appartenaient à Melissa ou à Nick.

Qui est-ce qui aime Animal Collective ? Melissa ou toi ? a-t-elle demandé.

Nous deux, je crois.

Mais qui a acheté le CD ?

Je ne me rappelle plus. Tu sais, on partage pas mal de choses, alors je suis incapable de te dire ce qui est à qui.

Bobbi s'est retournée pour me jeter un coup d'œil. Je n'y ai pas prêté attention.

Frances ? Tu savais que Nick était apparu dans un documentaire sur Channel 4 en 1992 au sujet des enfants surdoués ?

J'ai relevé la tête en disant : hein ? Mais Nick demandait déjà : d'où tu tiens ça ? Bobbi avait attrapé l'une des pâtisseries dans la boîte et était en train d'en manger la crème chantilly avec les doigts.

C'est Melissa qui me l'a dit, a-t-elle répondu. Frances était une enfant surdouée, elle aussi, alors je me suis dit que ça pouvait l'intéresser. Même si elle, elle n'est pas passée à la télé. Et qu'en 1992, elle n'était même pas née.

Ça a été le début de la fin pour moi, a dit Nick. Pourquoi Melissa te raconte ce genre de truc ?

Elle le regardait en léchant la crème d'un geste plus insolent que séducteur.

Je suis dans ses petits papiers, a-t-elle soufflé.

J'observais Nick dans le rétroviseur, mais il se contentait de regarder la route.

J'ai un ticket avec elle, a poursuivi Bobbi. Mais je ne crois pas que ça mènera quelque part parce qu'elle est mariée, il me semble.

Oui, mais juste à un acteur, a dit Nick.

Bobbi a dévoré la pâtisserie en trois ou quatre bouchées, puis elle a mis le CD d'Animal Collective très fort. Au magasin de meubles, Bobbi et moi avons attendu sur le parking en fumant une cigarette pendant que Nick allait faire ses achats. Il est réapparu les chaises sous le bras, avec une allure très masculine. J'ai écrasé ma cigarette sous la semelle de ma sandale pendant qu'il ouvrait le coffre en disant : je crains que le lac ne soit une déception.

Vingt minutes plus tard, Nick garait à nouveau la voiture, et nous avons descendu à pied un petit chemin bordé d'arbres. Le lac était bleu et plat, le ciel s'y reflétait. Il n'y avait personne. Nous nous sommes assis sur l'herbe à l'ombre d'un saule près de l'eau pour déguster les pâtisseries à la crème. Bobbi et moi buvions tour à tour au goulot de la bouteille le vin presque sucré et chaud.

On peut se baigner ? a demandé Bobbi. Dans le lac.

Oui, je crois, a dit Nick.

Elle a étiré ses jambes sur l'herbe et déclaré qu'elle avait envie d'essayer.

Mais tu n'as pas apporté ton maillot de bain, ai-je fait remarquer.

Et alors ? Il n'y a personne, de toute façon.

Si, il y a nous.

Bobbi a ri, puis rejeté la tête en arrière. Son rire est monté jusqu'aux arbres. Elle portait un chemisier en coton sans manches avec un imprimé de petites fleurs, et dans l'ombre, ses bras paraissaient minces et bronzés. Elle a entrepris de déboutonner son chemisier. Bobbi, ai-je dit. Tu ne vas quand même pas faire ça.

Il a le droit d'enlever sa chemise, lui, non ? a-t-elle protesté.

J'ai levé les mains au ciel. Nick a émis une petite toux amusée.

Je n'avais pas l'intention de me mettre torse nu, a-t-il dit.

Si toi aussi tu t'y mets, je vais me sentir vexée, a rétorqué Bobbi.

Ce n'est pas moi, c'est Frances.

Oh, elle survivra, a conclu Bobbi.

Elle a déposé ses vêtements soigneusement pliés sur l'herbe et s'est avancée jusqu'au lac. Les muscles de son dos glissaient sous sa peau, et dans la lumière du soleil, ses marques de maillot étaient presque invisibles, à tel point qu'elle semblait parfaite. On n'entendait que ses jambes qui remuaient l'eau. Il faisait très chaud et nous avions terminé la boîte de gâteaux. Le soleil avait progressé dans le ciel et nous n'étions plus à l'ombre. J'ai bu une gorgée de vin en cherchant Bobbi des yeux.

Elle n'a honte de rien, ai-je dit. J'aimerais être comme elle.

Nick et moi étions assis tellement près que si j'inclinais la tête, je pouvais la poser sur son épaule. Le soleil tapait incroyablement fort. J'ai fermé les yeux et laissé d'étranges formes se dessiner sous mes paupières. La chaleur se déversait sur ma tête et des insectes bourdonnaient dans les buissons. Je sentais l'odeur de lessive des vêtements de Nick et le gel douche à l'orange que j'utilisais depuis mon arrivée.

C'était bizarre hier, a-t-il dit. Au sujet de la fille de l'aéroport.

J'ai essayé de lui adresser un sourire gentil et impartial, mais le ton qu'il avait employé m'avait déstabilisée. C'était comme s'il avait attendu cette occasion de me parler en tête à tête pour pouvoir de nouveau se confier à moi.

Certaines filles aiment bien les hommes mariés, ai-je fait remarquer.

Je l'ai entendu rire. J'ai gardé les yeux fermés et laissé les formes rouges se déployer comme dans un kaléidoscope sous mes paupières.

J'ai précisé que je n'adhérais pas à cette théorie, a-t-il dit.

C'était loyal de ta part.

Je craignais que tu les prennes au sérieux.

Elle ne te plaisait pas ?

Louisa ? Oh… Elle était gentille. Mais non, je ne rêvais pas d'elle la nuit.

Nick ne m'avait jamais dit qu'il rêvait de moi, ni même qu'il m'appréciait particulièrement. En termes de déclaration, « je ne rêvais pas d'elle la nuit » était la première allusion à un possible statut spécial me concernant.

Tu sors avec quelqu'un en ce moment ? a-t-il demandé.

J'ai rouvert les yeux. Il ne me regardait pas, il observait un pissenlit qu'il tenait entre le pouce et l'index. Il avait l'air sérieux. J'ai serré les jambes très fort.

Il n'y a pas longtemps, oui, ai-je dit. Mais il me semble qu'il a mis fin à la relation.

Il entortillait la tige du pissenlit avec un sourire hésitant.

Ah bon ? a-t-il dit. Mais qu'est-ce qui lui a pris ?

En fait, je ne sais pas.

Il m'a larguée. J'avais peur de l'expression sur mon visage.

Je suis heureux que tu sois ici, a-t-il dit. C'est bon de te revoir.

J'ai haussé un sourcil, puis détourné la tête. Je voyais le sommet du crâne de Bobbi apparaître et disparaître dans l'eau argentée à la manière d'un phoque.

Et je suis désolé, aussi, a-t-il dit.

J'ai eu un sourire machinal, et j'ai dit : de m'avoir blessée ? Nick a soupiré, comme s'il se débarrassait enfin d'un poids trop lourd. Il s'est détendu et je l'ai senti changer de position. Je me suis allongée, laissant les brins d'herbe me caresser les épaules.

Si ça a été le cas, oui, a-t-il dit.

Tu as déjà prononcé des mots sincères dans ta vie ?

J'ai dit que j'étais désolé. C'était sincère. Je viens de te dire combien c'était bon de te revoir. Qu'est-ce que tu veux de plus ? Je pourrais ramper à tes pieds, mais je ne pense pas que tu apprécierais.

Et à quel point tu penses me connaître ? ai-je demandé.

Il m'a décoché un regard, comme s'il laissait enfin tomber le masque. C'était un regard gentil, mais je savais qu'il pouvait, comme tout le reste, être travaillé.

J'aimerais apprendre à mieux te connaître, a-t-il dit.

Nous avons vu Bobbi ressortir de l'eau, pourtant je suis restée dans l'ombre procurée par Nick, et il n'a pas bougé son bras qui frôlait presque mon visage. Bobbi est arrivée sur la berge en frissonnant et en s'essorant les cheveux. Quand elle s'est rhabillée, son chemisier collait presque entièrement à son buste. Nous lui avons demandé comment était l'eau, et elle a dit : c'est incroyable comme elle était froide.

Pendant le trajet du retour, je me suis installée à l'avant de la voiture, et Bobbi a étendu ses jambes à l'arrière. Chaque fois que nos regards se croisaient, Nick et moi détournions aussitôt les yeux, mais pas assez vite pour éviter de sourire. De la banquette arrière, Bobbi a lancé : qu'est-ce qu'il y a de drôle ? Mais elle a demandé ça négligemment, sans vraiment exiger de réponse. J'ai mis Joni Mitchell dans le lecteur CD et je me suis tournée vers la fenêtre pour sentir l'air frais sur mon visage. Nous sommes arrivés à la maison en début de soirée.

/

Ce soir-là, au dîner, Nick et moi étions assis côte à côte. Après le repas, Melissa a ouvert une autre bouteille de vin et Nick s'est penché pour allumer ma cigarette. Il a secoué l'allumette pour l'éteindre, puis posé le bras sur le dossier de ma chaise, comme si de rien n'était. Personne n'a semblé s'en apercevoir, mais moi, j'étais incapable de me concentrer sur quoi que ce soit d'autre. Le reste de la tablée parlait des réfugiés. Evelyn n'arrêtait pas de dire : certains sont diplômés, ce sont des docteurs et des professeurs. J'avais déjà remarqué la tendance des gens à insister sur les qualifications des réfugiés. Derek a rétorqué : imaginez refuser l'asile à des docteurs. C'est dingue.

Qu'est-ce que ça sous-entend ? a demandé Bobbi. Qu'il ne faut accepter que les médecins migrants ?

Evelyn a déclaré que ce n'était pas ce que voulait dire Derek, et ce dernier l'a interrompue en parlant du système de valeurs occidental et de relativisme culturel. Bobbi a dit que le droit universel à l'asile faisait partie du « système de valeurs occidental », si tant est que ce genre de choses existe. Elle a mimé les guillemets.

Ah, le rêve naïf du multiculturalisme, a dit Derek. Žižek en parle très bien. Mais les frontières, ça a une raison d'être, tu sais.

Tu ne sais pas à quel point tu as raison, a dit Bobbi. Mais je pense que nous ne sommes pas d'accord sur ladite raison.

Nick a éclaté de rire. Melissa a détourné le regard, comme si elle ne s'intéressait pas à cette conversation. J'ai un peu reculé les épaules pour sentir le bras de Nick contre ma peau.

On est tous du même bord, ici, a dit Derek. Nick, tu es un mâle blanc dominant, soutiens-moi.

En fait, je suis d'accord avec Bobbi, a dit Nick. Malgré mon côté dominant.

Au secours, mon Dieu ! s'est exclamé Derek. Mais qui a encore besoin de démocratie libérale ? On devrait brûler les bâtiments publics et voir où ça nous mène.

Je sais que tu en rajoutes, a dit Nick, mais c'est de plus en plus dur de te contredire.

Quand es-tu devenu aussi radical ? a demandé Evelyn. Tu passes trop de temps avec des étudiants, ils te mettent des idées en tête.

Melissa a fait tomber la cendre de sa cigarette dans le cendrier qu'elle tenait de la main gauche. Elle arborait un petit sourire ironique.

Oui, Nick, avant, tu adorais l'État policier. Qu'est-ce qui s'est passé ?

Tu as invité des étudiantes en vacances avec nous, a-t-il répondu. Je n'étais pas en position de résister.

Elle s'est reculée sur sa chaise et l'a observé à travers la fumée. Il a retiré le bras de mon dossier et écrasé sa cigarette dans le cendrier. J'ai eu le sentiment que la température chutait d'un coup, et les couleurs se sont faites moins vives.

Vous êtes allés voir le lac ? a-t-elle demandé.

Oui, sur le chemin du retour, a dit Nick.

Frances a pris des coups de soleil, a ajouté Bobbi.

Ce n'étaient pas vraiment des coups de soleil, mes bras et mon visage étaient juste un peu roses et chauds au toucher. J'ai haussé les épaules.

Bobbi a absolument tenu à se déshabiller pour se baigner, ai-je dit.

Traîtresse, a-t-elle lancé. Tu me fais honte.

Melissa regardait encore Nick. Il ne semblait pas troublé. Il lui a adressé un sourire détendu et spontané qui décuplait son charme. Elle a agité la tête, l'air amusé ou exaspéré, et, pour finir, l'a détournée.

Nous nous sommes couchés tard ce soir-là, vers deux heures du matin. J'ai passé dix ou vingt minutes étendue sur mon lit dans le noir à écouter les légers crissements du parquet au-dessus de ma tête et les portes se fermer.

Aucune voix. La chambre de Bobbi était totalement silencieuse. Je me suis rassise, puis recouchée. Je songeais à aller chercher un verre d'eau à l'étage, même si je n'avais pas vraiment soif. Je me suis surprise à justifier ma soif par le vin que j'avais bu au dîner, comme si je risquais un interrogatoire au sujet de ma présence en haut. Je me suis redressée et tâté le front, qui n'était pas particulièrement chaud. J'ai quitté ma chambre sans un bruit, vêtue de ma chemise de nuit blanche avec les petits boutons de rose et j'ai gravi l'escalier. Il y avait de la lumière dans la cuisine. Mon cœur s'est mis à battre la chamade.

Nick était en train de ranger les verres à vin dans le placard. Il m'a dit : tiens, salut. Aussitôt, comme si je récitais ma leçon, j'ai lâché : j'avais soif. Il a fait une drôle de tête, l'air incrédule, mais m'a malgré tout tendu un verre. Je l'ai rempli et me suis appuyée à la porte du frigo pour le boire. L'eau était tiède et avait un goût de chlore. Au bout d'un moment, il s'est posté devant moi et a dit, bon : il n'y a plus de verres à ranger. Nous nous sommes regardés. Je lui ai confié qu'il avait été très nul, et il a dit qu'il en avait « parfaitement conscience ». Il a posé les mains sur ma taille, et mon corps s'est de lui-même hissé vers lui. J'ai touché la boucle de sa ceinture en disant : on peut passer la nuit ensemble si tu veux, mais sache que, me concernant, c'est par pure ironie.

La chambre de Nick se trouvait au même étage que la cuisine. C'était la seule, les autres étant en haut ou en bas, comme la mienne. Sa fenêtre donnait sur la mer. Il a tout doucement fermé les volets pendant que je me glissais dans le lit. Quand il a été en moi, j'ai pressé le visage contre son épaule en disant : ça te plaît, comme ça ?

J'ai sans arrêt envie de te dire merci, a-t-il soufflé. C'est bizarre, non ?

Je lui ai demandé de me le dire. Il l'a fait. Puis je lui ai dit que j'allais jouir et il a fermé les yeux en disant, oh. Ensuite, je me suis redressée et adossée au mur en le regardant reprendre son souffle, allongé sur le dos.

J'ai passé quelques semaines difficiles, a-t-il dit. Je suis désolé au sujet de nos échanges.

Je sais que j'ai été froide avec toi. J'ignorais que tu avais une pneumonie.

Il a souri en caressant du bout des doigts l'intérieur de mes genoux.

Je croyais que tu voulais que je te laisse tranquille, a-t-il dit. J'étais vraiment malade et seul, tu sais. Mais j'ai eu l'impression que tu ne voulais plus rien savoir de moi.

J'ai songé à dire : non, je voulais que tu me dises que tu rêvais de moi la nuit.

Pour moi non plus, ça n'a pas été facile, ai-je dit. Oublions tout ça.

C'est généreux. Je pense que j'aurais pu me comporter bien mieux que ça.

Je te pardonne, donc tout va bien.

Il s'est redressé sur les coudes pour me regarder.

Oui, mais tu m'as très vite pardonné, alors que j'ai essayé de rompre. Tu aurais pu me faire mariner plus longtemps, si tu avais voulu.

Non, j'avais juste envie de me retrouver dans un lit avec toi.

Il a ri, comme s'il était ravi de m'entendre dire ça. Il s'est rallongé en éloignant son visage de la lumière, les yeux fermés.

Je ne pense pas avoir été très malin, a-t-il dit.

Tu t'en tires bien.

Je croyais que j'avais été nul.

Oui, mais j'ai pitié de toi, ai-je dit. Et puis, au lit c'est très bien.

Il n'a rien dit. Je ne pouvais pas prendre le risque de dormir avec lui et que quelqu'un me voie ressortir de sa chambre le lendemain matin, alors j'ai regagné mon lit et me suis couchée seule, roulée en boule, me faisant la plus petite possible.

14

Le lendemain, je me sentais chaude et tout ensuquée, comme une enfant. J'ai mangé quatre tranches de pain au petit déjeuner et bu deux grands bols de café avec de la crème et du sucre. Bobbi m'a traitée de petit cochon, tout en précisant qu'elle trouvait ça « mignon ». Je caressais la jambe de Nick sous la table en le regardant s'efforcer de ne pas rire. J'étais euphorique, même si je trouvais ma joie presque méprisable.

Trois jours se sont écoulés ainsi à Étables. Au cours des repas, que nous prenions dans le jardin, Nick, Bobbi et moi nous asseyions à un bout de la table et ne cessions de nous couper la parole. Nick et moi trouvions Bobbi très drôle et riions à tout ce qu'elle disait. Un jour, Nick a ri aux larmes quand Bobbi a imité leur ami David. Nous l'avions vaguement croisé lors d'événements littéraires à Dublin, mais Bobbi avait parfaitement capté sa voix. Nick nous aidait à améliorer notre français, et prononçait la lettre *r* à la demande. Bobbi lui a dit que je parlais français, mais que je prétendais le contraire pour avoir droit à ses leçons. On a vu que ça le faisait rougir, et elle m'a lancé un regard entendu.

L'après-midi, à la plage, Melissa s'installait sous un parasol avec le journal tandis qu'on bronzait en buvant de l'eau en bouteille et en se mettant sans cesse de la crème dans le dos l'une de l'autre. Nick aimait nager, et quand il ressortait de l'eau tout luisant, on aurait dit une pub pour de l'eau de Cologne. Derek a déclaré qu'il trouvait ça castrateur. J'ai tourné une page de mon livre de Robert Fisk en faisant mine de ne pas écouter. Derek a demandé : Melissa, il passe beaucoup de temps à se pomponner ? Melissa n'a pas relevé la tête non plus. Elle a répondu, non, j'ai bien peur que sa beauté soit naturelle. Voilà ce qui arrive quand on épouse quelqu'un pour son physique. Nick a éclaté de rire. J'ai tourné une nouvelle page de mon livre sans avoir lu la précédente.

Deux soirs d'affilée, je me suis glissée dans mon lit jusqu'à ce que la maison soit silencieuse, puis je suis montée rejoindre Nick dans le sien. Je ne me sentais pas trop fatiguée, même si pendant la journée, je m'assoupissais souvent sur la plage ou dans le jardin. Nous ne dormions sans doute pas plus de quatre ou cinq heures par nuit, mais Nick ne se plaignait jamais, et il ne me pressait pas de quitter sa chambre, même quand il était très tard. Après la première nuit, il a cessé de boire du vin au dîner. Je crois qu'il n'a plus bu une goutte d'alcool à vrai dire. Derek l'a fait remarquer plusieurs fois, et j'ai vu que Melissa continuait pourtant à lui en proposer.

Un jour, dans la mer, alors que nous revenions vers la plage, je lui ai demandé : tu ne penses pas qu'ils savent, si ? Nous avions de l'eau jusqu'à la taille. Il a mis une main en visière pour m'observer. Les autres avaient déjà rejoint leurs serviettes. Dans la lumière du soleil, mes bras couverts de chair de poule paraissaient blanc lilas.

Non, a-t-il dit. Je ne crois pas.

Ils pourraient nous entendre la nuit.

On fait très attention.

Ce qu'on fait est déraisonnablement risqué.

Certes. C'est maintenant que tu t'en rends compte ?

En plongeant les mains dans la mer, j'ai senti la piqûre du sel. J'ai pris de l'eau dans ma main en coupe et l'ai versée sur la surface.

Dans ce cas, pourquoi tu fais ça ? ai-je demandé.

Il a retiré sa main en visière et secoué la tête. Il était aussi blanc que le marbre. Il y avait quelque chose d'austère dans son regard.

Tu me provoques, ou quoi ? a-t-il demandé.

Allez, dis que tu as envie de moi.

Il m'a aspergée. L'eau qui m'a éclaboussé le visage était si froide qu'elle m'a presque fait mal. J'ai regardé le couvercle bleu uni du ciel.

Va te faire foutre, a-t-il dit.

Je l'aimais beaucoup, mais il n'avait pas besoin de le savoir.

/

Le quatrième soir, après dîner, nous sommes tous descendus à pied au village. Au-dessus du port, le ciel était couleur corail délavé, et l'océan gris plomb. Des yachts se balançaient le long des pontons, et des gens chics se promenaient pieds nus avec des bouteilles de vin. Melissa avait son appareil en bandoulière et prenait de temps en temps une photo. Je portais une robe en lin bleu marine avec des boutons.

Devant le glacier, mon téléphone a sonné. C'était mon père. Je me suis d'instinct écartée des autres pour décrocher, comme pour me protéger. Sa voix paraissait assourdie, il y avait du bruit derrière lui. Pendant qu'il parlait, je me suis mordu l'ongle du pouce dont j'ai senti l'épaisseur sous mes dents.

Ça va ? ai-je demandé.

Oui, oui. Je n'ai pas le droit de passer un coup de fil à ma fille unique de temps en temps ?

Sa voix changeait sans cesse d'intonation. Son ivresse m'a donné l'impression d'être sale. J'avais envie de prendre une douche ou de dévorer un fruit frais. Je m'éloignais en veillant toutefois à ne pas perdre les autres. Je me suis immobilisée près d'un réverbère tandis qu'ils hésitaient à acheter des glaces.

Bien sûr que si, ai-je répondu.

Alors, comment ça va ? Le travail ?

Tu sais que je suis en France, n'est-ce pas ?

Hein, quoi ?

Je suis en France.

J'étais très gênée de répéter une phrase aussi simple, même si je pense que personne ne m'a entendue.

Tu es en France ? a-t-il dit. Ah oui, c'est vrai. Désolé. Et comment ça se passe ?

Très bien, merci.

C'est génial. Écoute, c'est ta mère qui te versera ta pension le mois prochain, d'accord ? Pour tes études.

Très bien, ai-je dit. D'accord.

Bobbi m'a signalé qu'ils entraient dans la boutique du glacier, et je lui ai adressé ce qui a dû passer pour un sourire de démente accompagné d'un geste de la main.

Tu n'es pas trop juste financièrement, hein ? a dit mon père.

Quoi ? Non.

Les bonnes vieilles habitudes, tu sais. Les économies, il faut en faire.

Ouais, ai-je dit.

Par la vitrine, je voyais un long présentoir avec des tas de variétés de glaces, et Evelyn qui gesticulait à la caisse.

Combien d'argent tu as de côté pour l'instant ? a-t-il demandé.

Je ne sais pas. Pas grand-chose.

C'est une bonne habitude, Frances, tu sais. Les économies.

La discussion téléphonique a pris fin peu après. Quand ils sont ressortis de la boutique, Bobbi tenait deux cônes de glace et m'en a tendu un. J'en ai été extrêmement touchée. Je l'ai remerciée. Elle a scruté mon visage en me disant : ça va ? Qui c'était ? J'ai cligné des paupières et répondu : mon père. Rien de neuf. Elle a souri et dit : ah, d'accord. De rien pour la glace. Si tu n'en veux pas, je la mange. Du coin de l'œil, j'ai vu Melissa attraper son appareil photo et je me suis détournée d'un air agacé, comme si elle m'agressait en faisant cela, ou bien à cause d'un autre geste bien antérieur. Je savais que c'était juste de la mauvaise humeur, et je ne pense pas qu'elle l'ait remarqué.

/

Nous avons beaucoup fumé ce soir-là, et Nick était toujours stone quand je l'ai rejoint dans sa chambre alors que les autres dormaient. Encore habillé, assis au bord de son lit, il lisait sur son MacBook, mais en plissant les yeux, comme s'il ne voyait pas bien ou qu'il peinait à comprendre le texte. Il avait l'air d'avoir pris un petit coup de soleil. Il était beau. Je pense que moi aussi, j'étais un peu stone. Je me suis installée à ses pieds et j'ai posé ma tête contre son mollet.

Pourquoi tu te mets par terre ? a-t-il dit.

J'aime bien.

Oh, au fait, c'était qui au téléphone tout à l'heure ?

J'ai fermé les yeux et pressé plus fort ma tête contre lui jusqu'à ce qu'il me dise d'arrêter.

C'était mon père, ai-je répondu.

Il ne savait pas que tu étais ici ?

J'ai grimpé sur le lit et je me suis assise derrière lui en passant les bras autour de sa taille. J'ai alors découvert ce qu'il lisait : un long article sur les accords de Camp David. J'ai ri en disant : c'est ça, ce que tu fais quand tu as fumé, tu te cultives à propos du Moyen-Orient ?

C'est un article intéressant, a-t-il dit. Alors comme ça, ton père ne savait pas que tu étais ici ?

Je lui avais dit, mais il n'écoute pas souvent.

Je me suis doucement frotté le nez puis j'ai posé le front contre le dos de Nick qui portait encore son T-shirt blanc. Il sentait le propre, le savon, et aussi un peu l'eau de mer.

Il a un problème avec l'alcool, ai-je expliqué.

Ton père ? Tu ne me l'as jamais dit.

Il a fermé son MacBook pour me regarder.

Je ne l'ai jamais dit à personne, ai-je répliqué.

Nick s'est adossé à la tête de lit puis il a demandé : quel genre de problème ?

En général, quand il m'appelle, il est saoul. Mais on n'en a jamais sérieusement parlé. On n'est pas proches.

Je me suis assise sur les genoux de Nick de façon à le voir, et il a passé la main dans mes cheveux d'un geste machinal, comme si j'étais quelqu'un d'autre. Il ne me touchait jamais de cette manière. Mais dans la mesure où j'étais en face de lui, il savait forcément que c'était moi.

Ta mère est au courant ? a-t-il dit. Enfin, je sais qu'ils ne vivent pas ensemble.

J'ai haussé les épaules en déclarant qu'il avait toujours été comme ça. Je suis une fille horrible, ai-je dit. Je ne parle jamais vraiment à mon père. Pourtant, il me verse une pension pour mes études. C'est nul, non ?

Tu trouves ? a-t-il dit. Donc tu te sens coupable parce que tu acceptes sa pension mais que tu ne l'embêtes pas au sujet de l'alcool.

Je regardais Nick qui me regardait, l'air un peu hagard mais sérieux. Je me suis rendu compte qu'il était vraiment sérieux, qu'il avait réellement envie de me caresser les cheveux. Oui, ai-je dit. Sans doute.

Qu'est-ce que tu pourrais faire d'autre, de toute façon ? La dépendance financière, c'est nul. Moi, j'ai commencé à aller mieux quand j'ai arrêté de devoir emprunter de l'argent à mes parents.

Mais toi, tu aimes tes parents. Vous vous entendez bien.

Il a ri en disant : oh non, mon Dieu. N'oublie pas que ce sont eux qui m'ont mis un blazer pour me faire participer à une émission de télé à l'âge de dix ans où j'ai dû parler de Platon.

Ils t'ont obligé à faire ça ? Je croyais que c'était ton souhait.

Non. J'allais très mal à l'époque. Demande à mon psy.

Tu as vraiment un psy, ou ça aussi, c'est une blague ?

Il a émis un « hum » et m'a touché la main d'un geste curieux. Il était manifestement encore stone.

Je fais des épisodes dépressifs, a-t-il dit. Je suis sous traitement, tout ça.

Ah bon ?

Oui, j'ai été vraiment malade l'an dernier. Et, euh, à Édimbourg, j'ai eu une ou deux semaines très dures, entre la pneumonie et tout le reste. Mais c'est sans importance. Et je vais bien, maintenant.

Si, c'est important, ai-je protesté.

Je savais que Bobbi aurait su quelle attitude adopter dans ce genre de situation. Elle exprimait souvent ses opinions sur la santé mentale. Tout fort, j'ai déclaré : Bobbi considère que la dépression est la réponse de l'humain au stade le plus récent du capitalisme. Ce qui l'a fait sourire. Je lui ai demandé s'il avait envie de parler de sa maladie, et il a dit non, pas vraiment. Il avait les doigts dans mes cheveux, sur ma nuque, et son contact me donnait envie de me taire.

Pendant un moment, nous nous sommes embrassés en silence, même si je laissais de temps en temps échapper des remarques du genre : j'ai tellement envie de toi. Il respirait fort en poussant des « hmm » et des « c'est bon », comme toujours. Puis il a glissé une main sous ma robe pour caresser l'intérieur de mes cuisses. J'ai tout à coup saisi son poignet et il m'a regardée. C'est vraiment ce que tu veux ? ai-je demandé. Il a eu l'air perplexe, comme si je lui posais une devinette dont je connaissais la réponse. Ben oui, a-t-il dit. Et toi, c'est ce que tu veux ? J'ai senti ma bouche se crisper, mes mâchoires grincer.

Parfois, tu sais, tu n'as pas l'air très enthousiaste, ai-je dit.

Il a ri, ce qui n'était pas vraiment la réaction que j'espérais. Il a baissé les yeux et a dit en rougissant un peu : ah oui ?

Je me suis sentie vexée, alors j'ai insisté : je te dis tout le temps à quel point j'ai envie de toi, à quel point ça me plaît, et ce n'est jamais réciproque. Le plus souvent, je n'ai pas l'impression de te combler.

Il a levé la main et s'est frotté la nuque. Ah. Je suis désolé, dans ce cas, a-t-il dit.

Tu sais, pourtant, je cherche. S'il y a des choses que je ne fais pas bien, je veux que tu me le dises.

D'une voix un peu abattue, il a dit : tu ne fais rien de mal. C'est ma faute, je le sais. Je suis maladroit.

C'en est resté là. Je ne savais pas quoi ajouter, et de toute façon, il était clair que j'aurais beau tout faire – sans grande subtilité – pour être rassurée, je n'obtiendrais rien de lui. Nous avons repris nos baisers et j'ai essayé de ne plus y penser. Il m'a demandé si je voulais qu'il me prenne en levrette et j'ai dit oui. Nous nous sommes déshabillés sans nous regarder. J'ai posé la tête sur le matelas et j'ai senti qu'il me caressait les cheveux. Il a passé un bras autour de mon corps et il a dit : viens ici une seconde. Je me suis mise à genoux. Je sentais son torse contre mon dos, et quand j'ai tourné la tête, sa bouche a frôlé le bord de mon oreille. Frances, j'ai tellement envie de toi, a-t-il dit. J'ai fermé les yeux. Ces mots ont paru transpercer mon esprit et pénétrer dans mon corps pour y demeurer. Quand j'ai parlé, ça a été d'une voix grave et sensuelle. Tu mourrais si tu ne pouvais pas m'avoir ? Et il a dit : oui.

Quand il a été en moi, j'ai eu l'impression d'oublier de respirer. Il avait les mains autour de ma taille. Je n'arrêtais pas de lui demander d'y aller plus fort, même si ça faisait un peu mal. Il me demandait : tu es sûre que tu n'as pas mal ? Je lui disais que je voulais avoir mal, mais je ne savais pas si c'était vraiment le cas. Et Nick se contentait de répondre : d'accord. Au bout d'un moment, je me suis sentie si bien que je ne voyais plus rien et que j'étais incapable de prononcer la moindre phrase complète. Je n'arrêtais pas de dire, je t'en prie, je t'en prie, même si je ne savais pas ce que je lui demandais. Il a posé un doigt sur mes lèvres comme pour me signifier de me taire, et je l'ai englouti jusqu'à ce qu'il atteigne le fond de ma gorge. Je l'ai entendu dire : oh, non, pas ça. Mais c'était trop tard. Il a joui. Il transpirait, il n'arrêtait pas de dire : merde, je suis désolé. Merde. Je tremblais très fort. J'avais l'impression de ne pas comprendre ce qui se passait entre nous.

Le jour se levait, alors j'ai dû partir. Nick m'a regardée enfiler ma robe. Je ne savais pas quoi lui dire. Nous échangions des regards inquiets, puis détournions les yeux. Dans ma chambre, je n'ai pas réussi à m'endormir. Je suis restée assise sur mon lit, les genoux serrés contre ma poitrine à regarder le soleil se déplacer derrière les volets. J'ai finalement ouvert la fenêtre pour admirer la mer. C'était l'aube et le ciel était d'un splendide bleu argenté. Dans la pièce au-dessus, j'entendais Nick marcher. Si je fermais les yeux, j'avais l'impression d'être près de lui, assez proche pour entendre son souffle. Je suis restée à la fenêtre jusqu'à ce que des portes s'ouvrent à l'étage, que le chien aboie, et que quelqu'un mette la machine à café en route pour le petit déjeuner.

15

Le lendemain soir, Evelyn a voulu jouer à un jeu en équipe qui consistait à inscrire le nom d'une personne célèbre sur un bout de papier, puis à le mettre dans un saladier. Ensuite, vous piochiez au hasard, et vos coéquipiers devaient vous poser des questions auxquelles vous répondiez par oui ou par non jusqu'à ce qu'ils trouvent de qui il s'agissait. Il faisait nuit, nous étions dans le salon, les lumières allumées et les volets ouverts. De temps en temps, un papillon de nuit entrait. Nick l'attrapait entre ses mains pour le remettre dehors tandis que Derek l'encourageait à le tuer. Bobbi a demandé à Derek d'arrêter et il a rétorqué : tu ne vas quand même pas prétendre que le droit des animaux s'étend aux papillons de nuit, si ? Les lèvres de Bobbi étaient noires à cause du vin, elle était ivre.

Non, a-t-elle dit. Mais si tu veux qu'il meure, tue-le toi-même.

Melissa, Derek et moi formions une équipe. Nick, Bobbi et Evelyn l'autre. Melissa a apporté une autre bouteille de vin pendant que nous notions des noms à mettre dans le saladier ; nous avions pourtant déjà beaucoup bu au dîner. Nick a mis sa main sur son verre à eau vide quand Melissa lui en a proposé. Ils ont eu l'air d'échanger un regard particulier avant qu'elle remplisse le sien.

L'équipe adverse a commencé. Nick a tiré un nom, l'a lu, a froncé les sourcils puis dit : bon, d'accord. Bobbi a demandé si c'était un homme, et il a répondu non. C'est une femme ? a-t-elle enchaîné. Oui, oui. Evelyn a demandé si c'était une politicienne, une actrice ou une sportive, mais ce n'était rien de tout ça. Bobbi a proposé : une musicienne ? Et Nick a dit : non, pas que je sache.

C'est quelqu'un de célèbre ? a demandé Bobbi.

Précise la notion de célébrité, a-t-il dit.

On la connaît tous ? a demandé Evelyn.

Vous la connaissez toutes les deux, oui, a dit Nick.

Ah, a dit Bobbi. Bien. C'est donc quelqu'un qu'on fréquente dans la vraie vie ?

Il a acquiescé. Melissa, Derek et moi observions sans dire un mot. J'étais tout à coup très consciente du verre de vin que je tenais à la main, dont je serrais fort le pied.

C'est quelqu'un que tu aimes bien ? a demandé Bobbi, ou que tu n'aimes pas ?

Personnellement ? Oui, je l'aime bien.

Et elle, elle t'aime bien ?

Tu crois vraiment que ma réponse va t'aider à deviner qui c'est ? a-t-il demandé.

Ça pourrait, a dit Bobbi.

Je n'en sais rien, a-t-il répondu.

Donc tu l'aimes bien, mais tu ne sais pas si c'est réciproque, a résumé Bobbi. Tu ne la connais pas très bien ? Ou bien c'est quelqu'un de très secret ?

Il a secoué la tête en riant tout bas, comme s'il trouvait ces questions stupides. Je sentais notre silence, à Melissa, Derek et moi. Aucun de nous ne parlait ni ne buvait plus.

Sans doute un peu des deux, a-t-il dit.

Tu ne la connais pas bien et c'est quelqu'un de secret ? a dit Evelyn.

Elle est plus intelligente que toi ? a demandé Bobbi.

Oui, mais ça, c'est le cas de beaucoup de gens. Ces questions ne me semblent pas très stratégiques.

OK, OK, a dit Bobbi. Cette personne est-elle davantage portée sur les émotions ou bien le rationnel ?

Le rationnel, d'après moi.

Genre sans émotion, a dit Bobbi. Peu intelligente du point de vue des émotions.

Quoi ? Non. Ce n'est pas ce que j'ai dit.

Une chaleur diffuse envahissait mon visage. Je regardais mon verre. J'avais l'impression que Nick était un peu nerveux, en tout cas pas aussi calme et détendu qu'il faisait mine de l'être d'habitude. Puis je me suis demandé quand j'avais décidé que c'était une posture.

Extravertie ou introvertie ? l'a questionné Evelyn.

Introvertie, je pense, a dit Nick.

Jeune ou vieille ? a demandé Evelyn.

Jeune, très jeune.

Cette personne est-elle une enfant ? a demandé Bobbi.

Non, non, mon Dieu, c'est une adulte.

Une femme adulte, donc, a dit Bobbi. Que tu trouverais jolie en maillot de bain ?

Nick a observé Bobbi pendant une seconde qui parut interminable, puis il a posé le bout de papier.

Bobbi sait qui c'est, a dit Nick.

On sait tous qui c'est, a dit calmement Melissa.

Pas moi, a dit Evelyn. Qui c'est ? C'est toi, Bobbi ?

Bobbi a esquissé un petit sourire malicieux en répondant : c'était Frances. Je l'observais sans comprendre le but de la manœuvre. Bobbi était la seule à trouver la situation amusante, mais ça ne paraissait pas la déranger.

Elle donnait l'impression de l'avoir provoquée, même. J'ai compris, bien trop tard, que c'était sans doute elle qui avait glissé mon nom dans le saladier. Je me suis alors souvenue de son côté ingérable, de sa tendance à mettre de l'huile sur le feu, et j'ai tout à coup eu peur d'elle, ce qui n'était pas la première fois. Elle voulait livrer quelque chose d'intime sur mes sentiments, transformer un secret en autre chose, une plaisanterie ou un jeu.

Après ce tour, l'atmosphère dans la pièce a changé. J'ai d'abord craint que les autres aient tout compris, qu'ils nous aient entendus les nuits précédentes, que Melissa ait compris, puis je me suis rendu compte que c'était un autre genre de tension. Derek et Evelyn paraissaient gênés pour Nick, comme s'ils avaient l'impression qu'il me cachait les sentiments qu'il avait pour moi. Quant à moi, ils semblaient secrètement inquiets que je sois vexée ou en colère. Evelyn ne cessait de me lancer des regards amicaux. Après que Melissa eut trouvé Bill Clinton, je me suis excusée pour aller aux toilettes qui se trouvaient au bout du couloir. J'ai fait couler de l'eau froide sur mes mains et me suis tapoté sous les yeux, puis je me suis essuyée avec une serviette propre.

Melissa attendait dans le couloir. Quand je suis passée devant elle pour regagner le salon, elle m'a demandé : ça va ?

Oui, ai-je dit. Pourquoi ?

Elle a pincé les lèvres. Elle portait ce jour-là une robe bleue avec un décolleté très bas, qui se terminait en une jupe plissée. Moi, j'avais un jean avec des revers et une chemise blanche froissée.

Il n'a rien fait ? a-t-elle dit. Il ne t'a pas embêtée ?

J'ai compris qu'elle parlait de Nick, et je me suis sentie mal.

Qui ça ?

Elle m'a d'abord lancé un regard peu amène, puis un autre qui suggérait que je la décevais.

Ce n'est rien, a-t-elle dit. N'y pense plus.

Je m'en suis voulu, car elle faisait des efforts envers moi, des efforts qui lui étaient sans doute pénibles. J'ai répondu doucement : non, bien sûr que non. Il n'a pas… je ne sais pas quoi dire. Ce n'est rien. Je suis désolée. Je crois que c'est à cause de Bobbi, c'est tout.

Bon, c'est juste un béguin, je suis sûre que c'est innocent, a-t-elle dit. Mais je veux que tu saches que tu peux m'en parler si quelque chose te met mal à l'aise.

Merci, c'est vraiment gentil. Mais il n'y a pas… il n'y a rien qui me dérange.

Elle a souri, comme si elle était soulagée que je ne me sente pas mal à l'aise et que son mari n'ait pas eu de gestes inappropriés. Je lui ai adressé un sourire reconnaissant et elle s'est essuyé les mains sur le bas de sa robe.

Ça ne lui ressemble pas, a-t-elle dit. Mais je pense que tu es son genre.

Tout à coup prise de vertiges, j'ai regardé en direction de nos pieds.

Ou bien je cherche juste à me flatter ? a-t-elle ajouté.

J'ai croisé son regard et me suis aperçue qu'elle voulait me faire rire. Alors j'ai ri, par gratitude pour sa gentillesse et son apparente confiance en moi.

Je crois que c'est moi qui devrais être flattée, ai-je dit.

Pas à cause de lui, c'est un minable. Mais en matière de femmes, il a très bon goût.

Elle a désigné les toilettes. Je me suis écartée et elle est entrée. Je me suis passé le poignet sur le visage et j'ai senti que ce dernier était humide. Je me suis demandé ce qu'elle voulait dire en traitant Nick de « minable ».

Je ne savais pas si c'était affectueux, ou au contraire une critique au vitriol. Dans sa bouche, ça paraissait équivalent.

Après ça, la partie s'est terminée rapidement. Je n'ai pas adressé la parole à Bobbi avant qu'elle aille se coucher. Je suis restée sur le canapé jusqu'à ce que tout le monde parte, et au bout de quelques minutes, Nick est revenu. Il a fermé les volets puis s'est appuyé contre le rebord de fenêtre. J'ai bâillé et me suis passé la main dans les cheveux. Il a lancé : c'était bizarre, non ? Ce truc avec Bobbi. J'ai acquiescé. Nick semblait y aller à tâtons, comme s'il ne savait pas ce que je pensais d'elle.

Tu as arrêté de boire ? ai-je demandé.

Ça me fatigue. Et puis, pour affronter tout ça, je préfère être sobre.

Il s'est installé sur l'accoudoir du canapé, comme s'il était sur le départ. J'ai demandé : qu'est-ce que tu entends, par « tout ça » ? Il a répondu : oh, toutes ces passionnantes conversations nocturnes entre nous.

Tu n'aimes pas coucher quand tu as bu ?

Je pense que c'est mieux pour tout le monde que je ne boive pas.

Point de vue performance ? Je n'ai à me plaindre de rien.

Non, tu es très facile à satisfaire, a-t-il dit.

Je n'aimais pas qu'il dise ça, même si c'était vrai, et qu'il le pensait sans doute. Il a caressé l'intérieur de mon poignet avec sa main, et je me suis sentie frissonner.

Pas vraiment, ai-je dit. Je sais juste que tu aimes bien quand je reste couchée là à te dire combien tu es génial.

Il a fait une grimace et dit : aïe, ça, c'est dur. J'ai ri en disant : oh non, je viens de gâcher ton fantasme ?

Si tu préfères, je vais me remettre à soupirer en disant combien tu es fort et viril. Il n'a rien dit.

De toute façon, je ferais bien d'aller au lit, ai-je lancé. Je suis épuisée.

Il a passé une main dans mon dos, un geste qui m'a paru d'une étonnante tendresse. Je n'ai pas bougé.

Pourquoi tu n'avais jamais eu de liaison avant ? ai-je demandé.

Sans doute parce que je n'avais rencontré personne.

Qu'est-ce que ça veut dire ?

Un instant, j'ai cru qu'il allait dire : je n'avais jamais rencontré personne que je désire comme je te désire. Au lieu de ça, il a répondu, je ne sais pas. Pendant longtemps, on a été heureux ensemble, alors je n'y songeais pas vraiment. Quand tu es amoureux, tu ne penses pas à ce genre de choses.

Et quand as-tu cessé d'être amoureux ?

Il a retiré sa main, si bien que nos corps n'étaient plus en contact.

Je ne pense pas avoir cessé à proprement parler.

Donc tu es en train de me dire que tu es toujours amoureux.

Euh, oui.

Je regardais fixement le plafonnier. Il était éteint. Nous avions allumé la lampe sur la petite table avant le début du jeu, et elle projetait des ombres étirées en direction de la fenêtre.

Je suis désolé si ça te blesse, a-t-il dit.

Non, bien sûr que non. Mais dans ce cas, tu joues à un petit jeu avec elle, c'est ça ? Un peu comme si tu voulais qu'elle t'accorde plus d'attention parce que tu as une liaison avec une étudiante ?

Ouah. Attends. Pour qu'elle m'accorde de l'attention ?

Quoi ? Ce n'est pas comme si elle n'avait pas remarqué que tu me reluques. Elle m'a demandé tout à l'heure si ça me mettait mal à l'aise.

Oh mon Dieu, a-t-il dit. Bon. Et c'est le cas ?

Je me sentais incapable de lui dire non, alors je me suis contentée de lever les yeux au ciel et je me suis mise debout en lissant ma chemise.

Du coup, tu vas au lit, a-t-il dit.

J'ai répondu par l'affirmative. J'ai glissé mon téléphone dans mon sac sans relever la tête.

Tu sais, c'était blessant, a-t-il dit. Ce que tu viens de dire.

J'ai ramassé mon cardigan par terre et l'ai posé sur mon sac. Mes sandales étaient près de la cheminée.

Tu penses que je fais ça pour attirer l'attention, a-t-il dit. Qu'est-ce qui te fait croire ça ?

Peut-être le fait que tu sois toujours amoureux de ta femme, alors qu'elle ne s'intéresse plus à toi.

Il a ri, mais j'ai continué à ne pas le regarder. En jetant un coup d'œil dans le miroir au-dessus de la cheminée, j'ai vu que j'avais une tête affreuse, c'en était choquant. J'avais les joues rouges, comme si on m'avait giflée, et mes lèvres étaient sèches, presque blanches.

Frances, tu n'es tout de même pas jalouse, si ?

Tu t'imagines que j'ai des sentiments pour toi ? Ne sois pas ridicule.

Sur ce, je suis partie. Une fois dans mon lit, je me suis sentie mal. Je n'étais pas triste mais hébétée et étrangement vidée. J'avais l'impression qu'on m'avait secouée d'avant en arrière en me tenant par les épaules tandis que je suppliais qu'on arrête. Je savais que tout était ma faute : j'avais cherché la dispute avec Nick. Et là, seule dans ma chambre, dans la maison silencieuse, j'avais l'impression de ne plus avoir de contrôle sur rien.

Tout ce que je pouvais faire, c'était décider si je voulais ou non coucher avec Nick. En revanche, j'étais incapable de savoir quoi en penser ou ce que ça signifiait. Et si je pouvais provoquer une dispute avec lui et en choisir le sujet, je ne pouvais en revanche décider de ses répliques, ni à quel point elles me blesseraient. Blottie dans mon lit, les bras passés autour de mon corps, je me suis dit avec amertume : il a tout le pouvoir, et moi, aucun. Ce n'était pas entièrement vrai, mais ce soir-là, pour la première fois, j'avais clairement sous-estimé ma vulnérabilité. J'avais menti à tout le monde, à Melissa, et même à Bobbi, pour Nick. Je ne m'étais autorisée à me confier à personne, personne ne pouvait éprouver de la compassion pour moi. Et au bout du compte, il en aimait une autre. J'ai fermé les yeux et enfoncé ma tête dans l'oreiller. Je songeais à la veille au soir, quand il m'avait dit qu'il avait envie de moi, ce que j'avais ressenti. Admets-le tout simplement, me suis-je dit. Il n'est pas amoureux de toi. Et c'est ça qui te fait mal.

16

Le lendemain au petit déjeuner, la veille de notre départ, Melissa nous a appris que Valerie arrivait. S'est ensuivie une discussion au sujet de la chambre à lui attribuer tandis que j'observais une coccinelle rouge métallisé traverser vaillamment la table en direction des morceaux de sucre. Elle ressemblait à un robot miniature avec des pattes mécaniques.

Il faut faire des courses pour le dîner, disait Melissa. Certains d'entre vous peuvent aller au supermarché ? Je vais faire une liste.

Ça ne me dérange pas de m'en charger, a dit Evelyn.

Melissa étalait du beurre salé sur un croissant coupé en deux. Elle a agité le couteau tout en parlant.

Nick peut t'y conduire, a-t-elle dit. Il faut un bon dessert frais. Et des fleurs. Prenez quelqu'un d'autre pour vous aider. Frances. Ça ne te gêne pas, si ?

La coccinelle avait atteint le sucrier et entamait l'ascension de son bord blanc et brillant. J'ai regardé Melissa d'un air que j'espérais poli, et j'ai répondu : bien sûr que non.

Derek, tu pourras nous installer la grande table de la cuisine dans le jardin, a repris Melissa. Pendant ce temps, Bobbi et moi, on va ranger la maison.

La répartition des tâches ainsi effectuée, nous avons fini notre petit déjeuner et rapporté nos assiettes à la cuisine. Nick s'est mis en quête des clefs de la voiture tandis qu'Evelyn attendait assise sur le perron, les coudes sur les genoux – on aurait dit une adolescente avec ses lunettes. Adossée à l'appui de fenêtre, Melissa rédigeait la liste et, pendant ce temps, Nick soulevait les coussins du canapé en disant : quelqu'un les a vues ? Je me serrais contre le mur de l'entrée pour ne pas gêner le passage. Elles sont suspendues au crochet, ai-je dit, mais si doucement qu'il ne m'a pas entendue. Peut-être que je les ai laissées dans une poche ou quelque chose comme ça, a-t-il repris. Melissa ouvrait les placards à la recherche de divers ingrédients. Tu les as vues ? lui a-t-il lancé, mais elle l'a ignoré.

Pour finir, j'ai décroché les clefs en silence et les ai déposées dans la main de Nick quand il est passé devant moi. Oh, ah, a-t-il dit. Merci. Il évitait de me regarder, mais il faisait ça avec tout le monde depuis qu'il était levé. Tu les as trouvées ? a demandé Melissa depuis la cuisine. Tu avais regardé sur le crochet ?

Evelyn, Nick et moi avons rejoint la voiture. La matinée était brumeuse, mais Melissa avait dit que ça se dégagerait. Bobbi est apparue à la fenêtre de sa chambre à l'instant où je me retournais pour la chercher. Elle était en train d'ouvrir les volets. C'est ça, abandonne-moi, a-t-elle dit. Va t'amuser au supermarché avec tes nouveaux amis.

Peut-être que je ne reviendrai jamais, ai-je lancé.

À ta guise, a dit Bobbi.

Je me suis glissée sur la banquette arrière et j'ai mis ma ceinture de sécurité. Evelyn et Nick ont claqué leurs portières, créant ainsi une intimité dont je me sentais pourtant exclue. Evelyn a poussé un soupir las, et Nick a mis le contact.

Vous avez fini par régler votre histoire de voiture ? a demandé Nick à Evelyn.

Non. Derek refuse que j'appelle le concessionnaire. Il « s'en occupe ».

Nous avons quitté l'allée pour nous engager sur la route qui menait à la plage. Evelyn se frottait les yeux derrière ses lunettes en secouant la tête. La brume formait un voile gris. J'avais envie de me donner des coups de poing dans le ventre.

Ah, d'accord, il s'en occupe, a dit Nick.

Tu sais comme il est.

Nick a émis un bruit suggérant qu'il voyait très bien. Nous longions le port où les bateaux devenaient presque conceptuels dans le brouillard. J'avais le nez collé à la vitre.

Elle s'était plutôt bien comportée, a dit Evelyn. Je trouvais. Jusqu'à aujourd'hui.

C'est l'effet Valerie, a-t-il dit.

Mais avant, a dit Evelyn. Elle était assez détendue, non ?

Si, c'est vrai. Tu as raison.

Nick a mis son clignotant à gauche. Je ne disais pas un mot. De toute évidence, ils parlaient de Melissa. Evelyn avait retiré ses lunettes pour nettoyer les verres avec sa jupe en coton. Elle les a remises sur son nez et s'est observée dans le rétroviseur. Elle a vu mon reflet et a fait une sorte de grimace.

Frances, ne te marie jamais, a-t-elle déclaré.

Nick a ri et dit : Frances ne s'abaissera jamais à une telle institution bourgeoise. Il était en train de tourner le volant et ne quittait pas le virage des yeux. Evelyn a souri en regardant par la vitre en direction des bateaux.

Je ne savais pas que Valerie allait venir, ai-je dit.

Je ne t'avais pas prévenue ? Je croyais en avoir parlé hier soir. Elle vient seulement dîner, il est possible qu'elle ne dorme même pas ici. Mais elle a toujours droit à un traitement de reine.

Melissa a un faible pour elle, a précisé Evelyn.

Nick a jeté un coup d'œil par-dessus son épaule par la lunette arrière, mais sans me regarder. J'aimais bien lui parler quand il conduisait, parce que, ainsi, nous pouvions discuter sans faire attention l'un à l'autre. Évidemment qu'il n'avait pas mentionné Valerie la veille au soir, il était trop occupé à me dire qu'il était encore amoureux de sa femme et que je ne représentais rien pour lui. L'échange sur Valerie aurait impliqué une intimité entre nous dont j'avais à présent le sentiment qu'elle était perdue à jamais.

Je suis sûre que ça va bien se passer, a dit Evelyn.

Nick n'a rien dit, moi non plus. Son silence était parlant, mais pas le mien, parce que contrairement à moi, son opinion comptait.

Ça ne pourra pas être totalement insupportable, a-t-elle dit. La présence de Frances et Bobbi diluera la tension.

C'est donc ça, leur fonction ? Je me posais la question.

Evelyn m'a adressé un petit sourire dans le rétroviseur et a dit : elles sont également très décoratives.

Non que j'y voie une objection, a-t-il dit. Pas tout à fait.

Le supermarché était un grand bâtiment vitré situé en dehors de la ville avec une climatisation réglée très fort. Nick a pris un chariot, et nous avons franchi les barrières à l'entrée derrière lui pour déboucher directement sur le rayon des livres de poche et des montres pour hommes présentées dans des boîtes en plastique sécurisées. Nick a dit que les seules choses à garder à la main, c'étaient le dessert et les fleurs, que tout le reste pouvait aller dans le chariot. Evelyn et lui se sont entendus sur le dessert le moins susceptible de provoquer une dispute : un gâteau de qualité avec beaucoup de fraises recouvertes de glaçage. Evelyn est partie vers le rayon pâtisserie, Nick et moi, de notre côté.

Je viendrai choisir les fleurs avec toi en sortant, a-t-il dit.

Tu n'es pas obligé.

Si, parce que si on ne prend pas les bonnes, je préfère que ce soit ma faute.

Nous étions au rayon petit déjeuner. Il comparait les différentes marques et tailles de paquets de café moulu.

Tu n'as pas besoin de te montrer si chevaleresque, ai-je déclaré.

Non, mais je me dis qu'une dispute entre Melissa et toi, ce serait trop pour ma journée.

J'ai plongé les mains dans les poches de ma jupe tandis qu'il mettait des paquets de café de différentes marques dans le chariot.

Au moins, on sait de qui tu prendras la défense, ai-je dit.

Il a levé la tête, un paquet de café éthiopien dans la main gauche, l'air un peu ironique.

Et de qui ? a-t-il demandé. De celle qui ne s'intéresse plus à moi, ou de celle qui se sert de moi uniquement pour le sexe ?

J'ai senti mon visage devenir écarlate. Nick a déposé le paquet de café dans le chariot, mais avant qu'il puisse dire quoi que ce soit, je m'étais éloignée. J'ai marché jusqu'au fond du magasin, où se trouvaient la vitrine du traiteur et le vivier de crustacés. Ces derniers semblaient préhistoriques, on aurait dit des vestiges archéologiques. Ils tapaient leurs pinces inutiles contre la vitre et me fixaient d'un air accusateur. J'ai placé le côté frais de ma main contre mon visage et je leur ai à mon tour lancé des regards malveillants.

Evelyn est apparue près de la vitrine du traiteur avec une grande boîte en plastique bleuté contenant une tarte aux fraises.

Ne me dis pas qu'il y a du homard sur la liste des courses, a-t-elle lancé.

Pas que je sache.

Elle m'a regardée avec un nouveau sourire encourageant. L'encouragement semblait être le premier mode de rapprochement dont elle usait avec moi, sans que je sache pourquoi.

Tout le monde est un peu tendu, aujourd'hui, a-t-elle dit.

Nous avons aperçu Nick dans une allée, mais il a bifurqué sans nous voir. Il tenait la liste écrite par Melissa dans la main droite et conduisait le chariot de la gauche.

Il y a plus ou moins eu un incident l'an dernier, m'a expliqué Evelyn. Avec Valerie.

Ah.

Nous sommes parties rejoindre Nick. J'espérais qu'elle m'en dirait davantage, mais en vain. Près des caisses un fleuriste vendait des plantes en pots, et des œillets et des chrysanthèmes dans des seaux. Nick a choisi deux bouquets de roses roses et un autre de fleurs mélangées. Les roses avaient d'immenses pétales voluptueux et des cœurs dissimulés évoquant un cauchemar très sexuel. Je ne l'ai pas regardé quand il me les a tendues. Je me suis contentée de les porter en silence.

Nous avons quitté le supermarché ensemble et sans beaucoup nous parler. La pluie perlait sur notre peau et nos cheveux. Sur le parking, les voitures ressemblaient à des insectes morts. Evelyn a entrepris de raconter le jour où Derek et elle avaient pris le ferry avec leur voiture, puis été victimes d'une crevaison en route pour Étables. Nick avait dû venir changer leur roue. J'ai compris que cette histoire était destinée, de façon détournée et peut-être inconsciente, à remonter le moral à Nick en lui rappelant ses bonnes actions du passé. Je n'avais jamais été aussi heureuse de te voir de toute ma vie, a dit Evelyn.

Tu aurais très bien pu changer la roue toi-même, a répondu Nick. Si tu n'avais pas été mariée à un autocrate.

Quand Nick a garé la voiture à l'arrière de la maison, Bobbi a couru à notre rencontre, le chien sur ses talons. Il y avait toujours du brouillard, alors qu'il était près de midi. Elle portait un short en lin qui laissait voir ses longues jambes bronzées. Le chien a émis deux jappements. Laissez-moi vous aider, a-t-elle dit. Nick lui a tendu obligeamment un sac de courses, et elle l'a regardé comme si elle essayait de lui faire passer un message.

Tout s'est bien passé pendant notre absence ? a-t-il demandé.

Il y a eu des tensions, a dit Bobbi.

Eh mince, a dit Nick.

Il lui a tendu un autre sac qu'elle a plaqué contre son ventre. Il a pris le reste des courses pendant qu'Evelyn et moi entrions avec prudence, chargées des fleurs et du dessert telles deux servantes edwardiennes maussades.

Melissa était dans la cuisine, qui semblait vide sans ses chaises et sa table. Bobbi est repartie à l'étage finir de balayer la chambre de Valerie. Nick a posé sans un mot les courses sur l'appui de fenêtre et commencé à les ranger pendant qu'Evelyn plaçait la boîte à gâteau au-dessus du frigo. Ne sachant que faire des fleurs, je les ai gardées à la main. Elles dégageaient une odeur fraîche et suspecte. Melissa s'est essuyé les lèvres du revers de la main et a dit : ah, vous avez décidé de rentrer, finalement.

On n'est pas partis très longtemps, si ? a dit Nick.

Il va finalement pleuvoir à ce qu'il paraît, a dit Melissa, alors on a dû rentrer la table dans la salle à manger. C'est horrible, les chaises sont toutes dépareillées.

Ce sont les chaises de Valerie, a-t-il dit. Je suis sûr qu'elle sait qu'elles sont dépareillées.

Je n'avais pas l'impression que Nick faisait tous les efforts possibles pour amadouer Melissa. Je restais plantée là avec les fleurs en attendant de dire quelque chose comme : vous voulez que je mette ça quelque part ? Mais ces mots ne sont pas sortis. Evelyn aidait Nick à ranger les courses, et Melissa inspectait les fruits que nous avions achetés.

Tu n'as pas oublié les citrons, j'espère ? a dit Melissa.

C'était sur la liste ? a demandé Nick.

Melissa a posé les nectarines et mis une main sur son front, comme si elle allait s'évanouir.

Je n'arrive pas à y croire, a-t-elle dit. Je te l'ai dit au moment où tu sortais, je t'ai dit : surtout, n'oublie pas les citrons.

Eh bien, je n'ai pas entendu, a-t-il rétorqué.

Il y a eu un silence. Je me suis rendu compte que la partie charnue à la base de mon pouce pressait contre une épine et commençait à devenir très rouge. J'ai essayé de déplacer les bouquets dans ma main pour éviter de me blesser sans attirer l'attention.

J'irai en chercher à l'épicerie, a fini par dire Nick. Ce n'est pas la fin du monde.

Je n'arrive pas à y croire, a répété Melissa.

Vous voulez que je mette ça quelque part ? ai-je demandé. Je peux les disposer dans un vase ou autre chose ?

Ils se sont tous tournés vers moi. Melissa m'a pris un bouquet des mains pour l'examiner. Il faut couper les tiges, a-t-elle dit.

Je vais le faire, ai-je déclaré.

Parfait, a dit Melissa. Nick te montrera où sont rangés les vases. Je vais aider Derek à arranger la salle à manger. Merci pour votre soutien si efficace.

Elle a quitté la pièce en claquant la porte. J'ai pensé : elle ? C'est elle, la femme que tu aimes ? Nick m'a pris les fleurs des mains et les a déposées sur le plan de travail. Les vases étaient rangés dans un placard sous l'évier. Evelyn jetait des coups d'œil anxieux à Nick.

Je suis désolée, a-t-elle dit.

Tu n'y es pour rien, a répondu Nick.

Peut-être que je devrais aller les aider.

D'accord, vas-y.

Nick était en train de découper aux ciseaux l'emballage plastique des fleurs quand Evelyn est partie. Je peux le faire, ai-je dit. Va chercher les citrons. Il ne m'a pas regardée. Elle coupe les tiges en biais, a-t-il dit. Tu vois ? Comme ça. Il a sectionné un bout en diagonale. Je ne l'ai pas entendue parler des citrons, moi non plus, ai-je glissé. Il a souri, et à cet instant, Bobbi a surgi derrière nous. Tu prends ma défense, maintenant ? a-t-il demandé.

Je savais bien que vous étiez en train de faire copain-copain dans mon dos, a dit Bobbi.

Je croyais que tu nettoyais la chambre, toi, a lancé Nick.

Ce n'est qu'une chambre, a répliqué Bobbi. Elle ne peut pas être plus propre. Vous essayez de vous débarrasser de moi ?

Qu'est-ce qui s'est passé pendant qu'on n'était pas là ? a-t-il demandé.

Bobbi s'est assise d'un bond sur un appui de fenêtre et s'est mise à balancer les jambes d'avant en arrière pendant que je coupais une par une les tiges en laissant les bouts tomber dans l'évier.

Je pense que ta femme est un peu à cran, aujourd'hui, a dit Bobbi. Elle n'a pas été très impressionnée par ma technique de pliage de draps, tout à l'heure. Et elle ne veut pas que je fasse des remarques narquoises sur les gens riches en présence de Valerie. Je cite.

Nick a ri très fort à cette remarque. Si Bobbi semblait toujours l'amuser et le dérider, je voyais bien que, par comparaison, je lui avais sans doute apporté plus de soucis que de joie.

Melissa a passé le reste de la journée à nous réclamer de menus services. Elle trouvait que les verres n'étaient pas assez propres, j'ai donc dû tous les rincer dans l'évier. Derek a emporté un vase de fleurs dans la chambre de Valerie, ainsi qu'une bouteille d'eau pétillante et un verre propre à déposer sur la table de nuit. Bobbi et Evelyn ont repassé des taies d'oreiller dans le salon. Nick est allé chercher des citrons, puis il est reparti pour du sucre en morceaux. En tout début de soirée, tandis que Melissa faisait la cuisine et que Derek astiquait l'argenterie, Evelyn, Bobbi et moi nous sommes réfugiés avec Nick dans sa chambre, le regard dans le vide et sans vraiment parler.

On dirait des enfants punis, a dit Evelyn.

Allons chercher une bouteille de vin, a proposé Nick.

Tu as rédigé tes dernières volontés ? a demandé Bobbi.

Bonne idée, la bouteille de vin, a dit Evelyn.

Nick est parti au garage et revenu avec des gobelets en plastique et du sancerre. Bobbi était couchée sur le lit, exactement dans la même position et à la même place que moi après avoir joui. Evelyn et moi étions assises côte à côte par terre. Nick nous a servi du vin dans les gobelets et nous avons écouté Melissa et Derek discuter dans la cuisine.

À quoi elle ressemble, cette Valerie ? a demandé Bobbi.

Evelyn a toussé sans rien dire.

Ah, en a conclu Bobbi.

Une fois nos gobelets vides, nous avons entendu Melissa appeler Nick. Il s'est levé en me tendant la bouteille. Evelyn lui a dit : je t'accompagne. Ils sont partis ensemble en refermant la porte. Bobbi et moi sommes restées là en silence. Valerie avait dit qu'elle arriverait vers sept heures. Il était six heures et demie. J'ai rempli le gobelet de Bobbi puis le mien, et je me suis rassise, adossée au lit.

Tu sais que Nick en pince pour toi, n'est-ce pas ? a dit Bobbi. Tout le monde l'a remarqué. Chaque fois qu'il fait une blague, il te regarde pour voir si tu ris.

J'ai mordillé le bord de mon gobelet jusqu'à ce que je l'entende se fendiller. Quand j'ai baissé les yeux, j'ai vu une ligne blanche verticale qui partait du bord. J'ai songé au comportement de Bobbi la veille au soir, pendant que nous jouions à ce jeu.

On s'entend bien, ai-je finalement dit.

Ça pourrait arriver, tu sais. C'est un acteur raté et son mariage est mort. Les ingrédients parfaits.

Il a un peu de succès en tant qu'acteur, non ?

Apparemment, il avait tout pour devenir célèbre, mais ça ne s'est pas fait, et maintenant, il est trop vieux ou quelque chose dans le genre. Avoir une liaison avec une femme plus jeune, ça ferait sans doute du bien à son ego.

Il n'a que trente-deux ans, ai-je pointé.

Je crois que son agent l'a laissé tomber. Et il donne l'impression de s'excuser de vivre.

Je sentais la terreur monter en moi, une terreur discrète et physique qui partait des épaules à mesure que j'écoutais Bobbi. D'abord, je n'ai pas compris ce que c'était. Je me sentais prise de vertiges, ou bien de cette étrange sensation de flou qui précède une maladie sévère. J'ai essayé d'en trouver la cause – quelque chose que j'aurais mangé, le trajet en voiture dans la matinée. Ce n'a été qu'en me rappelant la soirée de la veille que j'ai su : je me sentais coupable.

Je suis presque certaine qu'il aime encore Melissa, ai-je dit.

On peut aimer quelqu'un et avoir une liaison en même temps.

Ça me déprimerait de coucher avec une personne qui en aime une autre.

J'ai entendu Bobbi se redresser. Elle a balancé les jambes hors du lit, et j'ai senti son regard sur moi, sur le sommet de ma tête.

J'ai comme l'impression que tu y as déjà réfléchi, a-t-elle dit. Il t'a fait des avances ou quelque chose comme ça ?

Pas à proprement parler. Je dis juste que je n'aimerais pas être un deuxième choix.

Pas à proprement parler ?

Enfin, peut-être juste pour la rendre jalouse, ai-je dit.

Elle s'est laissée glisser du lit avec la bouteille de vin, qu'elle m'a tendue. Nous nous sommes retrouvées assises par terre, nos bras l'un contre l'autre. J'ai versé un peu de vin dans mon gobelet fendillé.

On peut aimer plus d'une personne à la fois, a-t-elle dit.

C'est discutable.

C'est comme d'avoir plusieurs amis, non ? Je suis ton amie, mais tu as aussi d'autres amis. Est-ce que ça signifie que je ne compte pas pour toi ?

Je n'ai pas d'autres amis, ai-je dit.

Elle a haussé les épaules et m'a pris la bouteille des mains. J'ai fait pivoter mon gobelet pour ne pas en renverser par la fente et j'ai bu deux gorgées tièdes.

Il t'a fait des avances ? a-t-elle demandé.

Non, je dis juste que s'il le faisait, je ne serais pas intéressée.

Tu sais, un jour, j'ai embrassé Melissa. Je ne te l'avais jamais dit, si ?

Je me suis retournée pour la dévisager en tendant le cou. Elle a ri. Elle avait une expression un peu rêveuse qui la rendait encore plus sexy.

Quoi ? ai-je dit. Quand ça ?

Je sais, je sais. À sa fête d'anniversaire, dans le jardin. On avait bu toutes les deux, tu étais partie te coucher. C'était un geste stupide.

Elle regardait à l'intérieur de la bouteille de vin. J'observais son visage de profil, cette étrange vue partielle. Elle avait une petite blessure près de l'oreille, de la même couleur qu'une fleur rouge. Peut-être qu'elle s'était grattée.

Qu'est-ce qu'il y a ? a-t-elle dit. Tu es en train de me juger ?

Non, non.

J'ai entendu la voiture de Valerie dans l'allée et nous avons caché la bouteille sous l'oreiller de Nick. Bobbi a passé un bras sous le mien puis déposé un petit baiser sur ma joue, ce qui m'a surprise. Elle avait la peau douce, et ses cheveux sentaient la vanille.

Je me suis trompée, au sujet de Melissa, a-t-elle dit.

J'ai dégluti en répondant : ça arrive à tout le monde.

17

Au dîner, nous avons eu droit à du canard avec des pommes de terre rôties et une salade. La viande avait un bon goût de cidre et les morceaux bruns délicieusement fondants se détachaient sans effort de l'os. J'essayais de manger lentement pour ne pas paraître mal élevée, mais j'avais faim et besoin d'énergie. La salle à manger était vaste, lambrissée, avec une fenêtre qui donnait sur la rue où l'on voyait tomber la pluie. Valerie parlait avec l'accent anglais des gens riches, trop alambiqué pour être drôle. Derek et elle discutaient d'édition, et nous autres ne disions rien. Selon elle, dans ce milieu, il y avait beaucoup d'escrocs et d'écrivaillons, mais elle avait l'air de trouver ça plus amusant que déprimant. Elle a essuyé une tache sur son verre de vin avec le bord de sa serviette et nous nous sommes tous tournés vers Melissa, dont le visage se contractait et se détendait comme un ressort.

Melissa avait eu beau nous présenter au début du repas, au dessert, Valerie a demandé laquelle de nous était Bobbi. Quand Bobbi s'est signalée, Valerie a dit : ah oui, bien sûr. Mais j'ai bien peur que ce beau visage ne dure pas éternellement. Je le sais, parce que je suis vieille maintenant.

Heureusement, Bobbi n'a pas que la beauté pour elle, s'est interposée Evelyn.

Si tu veux un conseil, marie-toi jeune, a repris Valerie. Les hommes sont difficiles à attraper.

Merci pour le conseil, a dit Bobbi. Mais en fait, je suis gay.

Melissa a rougi et regardé dans son verre. J'ai pincé les lèvres en silence. Valerie a haussé un sourcil et pointé une fourchette entre Bobbi et moi.

Ah, je vois, a-t-elle dit. Et vous deux êtes…

Non, a dit Bobbi. Autrefois, oui, mais plus maintenant.

Non, bien sûr, a dit Valerie.

Bobbi et moi avons échangé un coup d'œil puis tourné la tête pour ne pas hurler ni éclater de rire.

Frances est écrivaine, a annoncé Evelyn.

Euh, plus ou moins, ai-je dit.

Ne dis pas plus ou moins, m'a repris Melissa. C'est une poétesse.

Et elle est douée ? a demandé Valerie.

Elle ne me regardait toujours pas.

Oui, elle l'est, a répondu Melissa.

Eh bien, a dit Valerie. Pour ma part, j'ai toujours considéré que la poésie n'avait pas d'avenir.

En tant que non-professionnelle, je n'avais aucun avis tranché sur l'avenir de la poésie, et puisque, de toute façon, Valerie ne semblait pas prendre ma présence en considération, je n'ai rien dit. Bobbi m'a écrasé un orteil sous la table en toussotant. Après le dessert, Nick est parti faire du café à la cuisine. Dès qu'il a eu disparu, Valerie a posé sa fourchette et jeté un coup d'œil en direction de la porte close.

Il n'a pas l'air très en forme, non ? Comment va sa santé ?

Je l'ai dévisagée. Elle ne m'avait pas adressé une seule fois la parole, et je savais qu'elle ferait mine de ne pas remarquer mon regard.

Il a des hauts et des bas, a dit Melissa. Ça allait beaucoup mieux, mais je pense qu'il a fait une rechute le mois dernier. À Édimbourg.

Il faut dire qu'il a eu une pneumonie, a précisé Evelyn.

Il n'y avait pas que la pneumonie, a dit Melissa.

C'est dommage, a dit Valerie. Le problème, c'est sa passivité vis-à-vis de tout ça. Il se laisse envahir. Souviens-toi, l'an dernier.

Ce n'est peut-être pas nécessaire de mêler les filles à ça, si ? a lancé Evelyn.

Inutile de faire des secrets, a rétorqué Valerie. On est entre amis. Nick souffre de dépression, je crains bien.

Je sais, ai-je dit.

Melissa m'a lancé un regard, mais je n'ai pas réagi. Valerie a observé les fleurs et en a déplacé une vers la gauche d'un geste absent.

Frances, tu es son amie, n'est-ce pas ? a demandé Valerie.

Je croyais que nous étions tous des amis, ici, ai-je dit.

Elle m'a enfin regardée. Elle portait un collier très original en résine marron et elle avait de splendides bagues aux doigts.

Je crois qu'il ne verrait pas d'inconvénient à ce que je m'enquiers de sa santé, a dit Valerie.

Dans ce cas, vous pouvez peut-être attendre qu'il soit dans la pièce pour le faire, ai-je rétorqué.

Frances, m'a sèchement reprise Melissa. Valerie est une très vieille amie.

Valerie a protesté en riant : Melissa, je t'en prie, je ne suis pas vieille à ce point, si ? J'avais le menton qui tremblait. J'ai repoussé ma chaise, je me suis excusée et j'ai quitté la pièce. Evelyn et Bobbi m'ont suivie des yeux à la manière de ces petits chiens qui hochent la tête sur la plage arrière d'une voiture. Nick revenait de la cuisine avec deux tasses de café. Hé, qu'est-ce qui se passe ? a-t-il lancé quand nous nous sommes croisés dans le couloir. J'ai secoué la tête en haussant les épaules, des gestes idiots qui ne signifiaient rien, puis je l'ai dépassé et j'ai dévalé les marches qui menaient au jardin. Comme je ne l'ai pas entendu me suivre, j'en ai déduit qu'il avait rejoint les autres dans la salle à manger.

Je suis allée jusqu'au bout du jardin et j'ai ouvert le portail du fond. Il pleuvait, je ne portais qu'un chemiser à manches courtes, mais je ne percevais pas le froid. J'ai claqué le portail derrière moi et je suis partie en direction de la plage. J'avais les pieds de plus en plus mouillés et je me frottais vigoureusement le visage avec le dos de la main. Je voyais la lumière blanche des phares de voitures, mais il n'y avait pas le moindre piéton. Le chemin de la plage n'était pas éclairé, et je commençais à avoir froid. Je suis restée là, tremblante, les bras croisés, tandis que la pluie mouillait mon chemisier dont le coton collait à ma peau.

Je ne pensais pas que les paroles de Valerie auraient dérangé Nick. S'il avait été présent, il se serait sans doute contenté de hausser les épaules. Mon inquiétude semblait détachée de ses sentiments, un phénomène que je connaissais bien. En terminale, Bobbi s'était présentée à l'élection des délégués de classe, mais c'était un garçon qui l'avait emporté par trente-quatre votes contre douze. Bobbi avait été déçue, mais pas bouleversée pour autant. Elle avait souri et félicité le gagnant, puis la cloche avait sonné et nous avions tous rangé nos affaires. Mais moi, au lieu de me rendre au cours suivant, je m'étais enfermée dans les toilettes de l'étage et j'avais pleuré jusqu'à l'heure du déjeuner à en avoir mal aux poumons et le visage irrité. Je ne savais pas ce qui me rendait à ce point furieuse, ce qui causait une telle détresse en moi, mais parfois, il m'arrivait encore de sentir mes yeux s'emplir bêtement de larmes en repensant à ce jour.

J'ai finalement entendu le portail s'ouvrir, un claquement de sandales, et Bobbi dire : grosse maligne. Qu'est-ce qui t'a pris ? Viens boire le café avec nous. Au début, je ne l'ai pas vue dans l'obscurité, puis j'ai senti son bras se glisser sous le mien, et j'ai entendu le bruissement de son imperméable. C'était un joli petit numéro, a-t-elle dit. Ça faisait longtemps que je ne t'avais pas vue te mettre en colère comme ça.

Quelle connerie, ce dîner, ai-je dit.

Ne te mets pas dans cet état.

Elle a posé sa petite tête chaude dans le creux de mon cou. Je l'ai revue se déshabiller entièrement au lac.

Je déteste cette femme, ai-je dit.

J'ai senti le souffle de Bobbi contre mon visage, son haleine de café amer, puis un baiser sur mes lèvres. Je lui ai saisi le poignet quand elle s'est écartée. Je voulais voir son visage, mais il faisait trop sombre. Elle m'a échappé telle une pensée.

On ne devrait pas faire ça, c'est évident, a-t-elle dit. Mais quand tu es furieuse comme ça, tu es adorable.

J'ai laissé retomber mon bras, et elle est repartie vers la maison. Dans les phares des voitures qui passaient, j'ai vu qu'elle avait les mains au fond des poches de son imperméable et qu'elle sautait dans les flaques. Je l'ai suivie sans savoir quoi dire.

À l'intérieur, les gens s'étaient répartis entre le salon et la cuisine, et il y avait maintenant de la musique. J'étais trempée et, dans le miroir, j'ai vu mon visage à la fois livide et étrangement rose. J'ai suivi Bobbi dans la cuisine, où Evelyn, Derek et Nick étaient en train de boire leur café debout. Oh, Frances, a dit Evelyn. Tu es toute mouillée. Appuyé contre l'évier, Nick a rempli une tasse de café et me l'a tendue. Nos yeux paraissaient avoir une conversation qui leur était propre. Désolée, ai-je dit. Evelyn m'a touché le bras. J'ai avalé mon café et Bobbi a dit : je vais chercher une serviette, d'accord ? Quelle soirée, je vous jure. Elle a refermé la porte derrière elle.

Je suis désolée, ai-je répété. J'ai perdu mon sang-froid.

C'est moi qui suis désolé d'avoir raté ça, a dit Nick. Je ne savais pas que tu pouvais te mettre en colère comme ça.

Nous avons continué à échanger des coups d'œil. Bobbi est réapparue dans la cuisine en me tendant une serviette. J'ai songé à sa bouche, ce goût étrangement familier, et j'ai frissonné. J'avais l'impression de ne plus avoir de prise sur les événements actuels ni futurs. C'était comme si une longue fièvre venait de se déclarer et que je devais rester au lit le temps de reprendre des forces.

Une fois mes cheveux secs, nous avons rejoint Melissa et Valerie dans la salle à manger. Valerie en a fait des tonnes en m'accueillant, déclarant vouloir lire ce que j'écrivais. Je lui ai répondu par un sourire mielleux en regardant autour de moi pour chercher quoi dire ou quoi faire. D'accord, ai-je dit. Sans faute, je vous enverrai des textes dès que je serai rentrée chez moi.

Nick a apporté du cognac, et quand il a servi un verre à Valerie, elle lui a attrapé la main d'un geste maternel en disant : ah, Nick, si seulement mes fils étaient aussi beaux que toi. Il lui a tendu le verre en demandant : qui d'autre en veut ?

Quand Valerie est partie se coucher, un silence tendu et plein de ressentiment s'est installé. Evelyn et Bobbi ont voulu raconter un film qu'elles avaient vu toutes les deux, mais ont fini par comprendre qu'elles ne parlaient pas du même, ce qui a mis fin à la discussion. Melissa s'est levée pour rapporter les verres vides à la cuisine en disant : Frances, tu peux me donner un coup de main ? Je me suis levée, Nick m'a regardée comme si j'étais sa mère et que je venais d'être convoquée chez son proviseur.

Nous avons emporté les verres restants dans la cuisine sombre. Melissa n'a pas allumé. Elle a mis les verres dans l'évier puis s'est immobilisée, le visage entre les mains. J'ai posé mes verres sur un plan de travail et lui ai demandé si tout allait bien. Elle a gardé le silence si longtemps que j'ai cru qu'elle allait se mettre à hurler ou à balancer des objets à travers la pièce. Puis, d'un geste rapide, elle a ouvert le robinet et entrepris de remplir l'évier.

Tu sais, moi non plus je ne l'aime pas, a-t-elle dit.

Je me suis contentée de la regarder. Dans la pénombre, sa peau paraissait argentée, presque spectrale.

Je ne veux pas que tu croies que je l'aime bien, a dit Melissa, ni que j'apprécie la façon dont elle parle de Nick, ni que je considère son comportement comme approprié. Ce n'est pas vrai. Je suis désolée qu'elle t'ait contrariée.

C'est moi qui suis désolée, ai-je dit. J'ai fait une telle scène. Je ne sais pas ce qui m'a pris.

Ne t'excuse pas. C'est ce que j'aurais fait si j'en avais eu le courage.

Melissa a fermé le robinet et s'est mise à rincer rapidement les verres dans l'évier, sans plus se soucier qu'il y ait des traces dessus.

Je ne crois pas que j'aurais pu publier ce livre sans elle, a dit Melissa. Et c'est affreusement gênant pour moi de devoir te dire ça.

Tu n'as aucune raison d'être gênée.

Et je suis désolée d'avoir été si agaçante aujourd'hui. Je sais ce que tu penses de moi. J'étais très anxieuse après ce qui s'est passé l'an dernier. Mais je veux que tu saches que je ne parle pas à Nick comme ça, d'habitude. C'est sûr que ce n'est pas parfait entre nous, mais je l'aime, tu sais. Je l'aime vraiment.

Bien sûr, ai-je dit.

Elle a continué à rincer les verres. Je suis restée près du frigo sans savoir quoi dire. Elle a sorti l'une de ses mains de l'eau pour se tamponner sous un œil puis l'a replongée dans l'évier.

Tu ne couches pas avec lui, n'est-ce pas, Frances ?

Oh mon Dieu, non.

D'accord. Je suis désolée. Je n'aurais pas dû te demander ça.

C'est ton mari.

Oui, je sais.

Immobile près du frigo, j'étais trempée de sueur. Je sentais les gouttes couler sur ma nuque, puis entre mes omoplates. Je n'ai rien dit, je me contentais de me mordre la lèvre.

Tu peux aller rejoindre les autres, si tu veux, a-t-elle déclaré.

Melissa, je ne sais pas quoi te dire.

Ne t'inquiète pas, vas-y.

Je suis retournée dans le salon. Ils m'ont tous regardée. Je crois que je vais me coucher, ai-je annoncé. Ils ont tous approuvé cette idée.

/

Ce soir-là, quand j'ai frappé à la porte de Nick, il avait éteint la lumière. Je l'ai entendu dire : entrez. C'est Frances, ai-je murmuré en refermant la porte. J'espère bien, a-t-il répondu. Il s'est redressé et a allumé la lumière, je suis restée debout près du lit. Je lui ai répété la question que Melissa m'avait posée, et il m'a dit qu'elle lui avait demandé la même chose un peu plus tôt, quand je suis sortie sous la pluie.

J'ai répondu non, a dit Nick. Toi aussi ?

Bien sûr.

La bouteille de sancerre était posée sur sa table de chevet. Je l'ai attrapée et j'ai retiré le bouchon. Nick m'a regardée boire, puis il a bu à son tour quand je la lui ai tendue. Il l'a terminée et reposée sur la petite table. Il a observé ses ongles de main, puis le plafond.

Je ne suis pas très bon pour ce genre de conversation, a-t-il dit.

On n'est pas obligés d'en parler, ai-je dit.

D'accord.

Je me suis mise au lit, et il m'a retiré ma chemise de nuit. J'ai passé les bras autour de son cou et je l'ai serré fort contre moi. Il a embrassé mon petit ventre rond et ferme, puis l'intérieur de mes cuisses. Quand il a commencé à me lécher, je me suis mordu la main pour ne pas faire de bruit. Sa bouche était dure. Mes dents aspiraient le sang sur mon pouce et j'avais le visage en sueur. Il a relevé la tête en me demandant : ça va ? J'ai acquiescé et j'ai senti la tête de lit heurter le mur. Il s'est agenouillé et j'ai laissé ma bouche former une sorte de longue syllabe silencieuse, comme un animal. Nick a voulu me caresser mais j'ai refermé les jambes en disant, non, j'y suis déjà presque. Oh, c'est bon, a-t-il dit.

Il a attrapé la boîte dans le tiroir de la table de chevet et j'ai fermé les yeux. Je sentais son corps, sa chaleur et son poids complexe sur moi. Je tenais fermement sa main entre le pouce et l'index comme si je voulais la rapetisser à la taille adéquate. Oui, ai-je dit. Je n'avais pas envie que ça se termine trop vite. Il était si profondément en moi que j'avais l'impression d'être sur le point de mourir. J'ai enroulé mes jambes autour de son dos, et il a dit : mon Dieu, que c'est bon. J'adore quand tu fais ça. On a répété encore et encore nos prénoms. Puis ça a été fini.

Ensuite, j'ai posé la tête sur sa poitrine et j'ai écouté son cœur battre.

Melissa a l'air d'être quelqu'un de bien, ai-je dit. Au fond, je veux dire.

Oui, je suis d'accord.

Est-ce que ça fait de nous des mauvaises personnes ?

Je n'espère pas. Pas toi, en tout cas. Moi, peut-être.

Son cœur battait comme une horloge folle ou cassée. J'ai repensé à Bobbi et à sa lecture idéologique et sans concession de l'amour non monogame, et j'ai eu envie d'en parler à Nick, peut-être sur le ton de la plaisanterie, histoire de sonder sa pensée.

Tu as déjà envisagé de lui dire, pour nous ? ai-je demandé.

Il a soupiré, le genre de soupir audible qui sonne comme un mot. Je me suis redressée, et il m'a regardée d'un air triste, comme si ce sujet lui pesait.

Je sais que je devrais le lui dire. Je m'en veux de t'obliger à mentir aux autres pour moi. Et je ne suis pas un très bon menteur. L'autre jour, Melissa m'a demandé si j'avais des sentiments pour toi, et j'ai dit oui.

Sous la paume de ma main posée sur son sternum, je sentais son sang pulser. Oh, ai-je dit.

Mais qu'est-ce qui se passerait, si je lui disais tout ? a-t-il poursuivi. Qu'est-ce que tu voudrais, toi ? Je n'ai pas l'impression que tu aies très envie que je vienne habiter chez toi.

J'ai ri, et lui aussi. Même si nous étions en train de rire de l'impossibilité de notre relation, c'était malgré tout agréable.

En effet, ai-je dit. Mais elle aussi a eu des aventures, et elle n'a pas déménagé pour autant.

Oui, mais les circonstances sont très différentes. Écoute, le mieux, c'est évidemment que je lui dise et qu'elle me réponde : eh bien, vis ta vie, pour ce que j'en ai à faire. Je ne dis pas que ça n'arrivera pas, je dis juste que ça peut ne pas se produire.

J'ai promené mon doigt sur ses clavicules en disant : je ne me souviens pas d'avoir pensé à ça au début. Que de toute façon, ça se terminerait mal.

Il a acquiescé en me regardant. Moi si, a-t-il dit. Mais j'ai considéré que ça valait quand même le coup.

On a gardé le silence pendant quelques secondes. Et qu'est-ce que tu en penses, maintenant ? ai-je demandé. J'imagine que ça dépend à quel point ça se termine mal.

Non, a dit Nick. Je n'ai pas l'impression que ce soit une condition. Mais je vais lui dire, d'accord ? On va trouver une solution.

Avant que je puisse répondre, nous avons entendu des pas dans l'escalier, et nous nous sommes tus. Les pas se sont approchés de sa porte. Quelqu'un a frappé, et Bobbi a dit : Nick ? Il a éteint avant de répondre : ouais, une seconde. Il est sorti du lit et a enfilé un pantalon de jogging. Je l'ai suivi des yeux depuis le lit. Il a ouvert la porte. Je ne voyais pas Bobbi par l'entrebâillement, uniquement le dos de Nick et son bras contre le chambranle.

Frances n'est pas dans sa chambre, a dit Bobbi. Je ne sais pas où elle est.

Ah.

Je suis allée voir dans la salle de bains et le jardin. Tu crois que je devrais partir à sa recherche ? On doit réveiller les autres ?

Non, a dit Nick. Elle, hum. Oh, et puis mince, elle est ici.

Il y a eu un long silence. Je ne voyais ni le visage de Bobbi ni celui de Nick. J'ai repensé au moment où elle m'avait embrassée un peu plus tôt, en me disant que furieuse, j'étais adorable. C'était terrible que Nick le lui ait annoncé de cette façon. Je devinais combien ça devait être terrible pour elle.

Je ne savais pas, a dit Bobbi. Je suis désolée.

Non, bien sûr.

Bon, désolée. Et bonne nuit.

Il lui a souhaité une bonne nuit et a refermé la porte. Nous l'avons écoutée redescendre l'escalier. Et merde, a dit Nick. Merde. D'un ton égal, j'ai déclaré : elle ne le dira à personne. Nick a poussé un soupir exaspéré et répondu : j'espère. Il semblait ailleurs, comme s'il ne faisait plus attention à ma présence. J'ai remis ma chemise de nuit et je lui ai annoncé que j'allais dormir en bas. D'accord, oui, bien sûr, a-t-il dit.

Nick n'était pas levé quand Bobbi et moi sommes parties le lendemain matin.

Melissa nous a accompagnées à pied à la gare routière avec nos bagages et, sans dire un mot, nous a regardées monter dans le car.

Deuxième partie

18

Nous étions fin août. À l'aéroport, Bobbi m'a demandé : et ça dure depuis combien de temps entre vous deux ? Je lui ai tout avoué. Elle a haussé les épaules, genre, d'accord. À Dublin, dans le bus qui nous ramenait de l'aéroport, il a été question à la radio d'une femme morte à cause de l'hôpital. J'avais un peu suivi l'affaire, avant de passer à autre chose. De toute façon, nous étions trop lasses pour en parler. La pluie ruisselait sur les vitres du bus quand nous sommes descendues près de Trinity College. J'ai aidé Bobbi à extraire sa valise du compartiment à bagages, puis elle a rabaissé les manches de son imperméable. Et bien sûr, il pleut des trombes, a-t-elle dit. J'allais prendre le train directement pour Ballina afin de passer quelques jours avec ma mère. J'ai dit à Bobbi que je l'appellerais. Elle a hélé un taxi tandis que je me suis dirigée vers l'arrêt du 145 qui me déposerait à la gare de Heuston.

À mon arrivée à Ballina, ma mère avait préparé des pâtes bolognaise. Je me suis assise dans la cuisine en démêlant les nœuds dans mes cheveux avec mes doigts. Par la fenêtre, je voyais les feuilles des arbres dégouliner comme des bouts de soie détrempés. Elle m'a dit que j'étais bronzée. J'ai laissé tomber quelques cheveux sur le sol de la cuisine en lançant : ah bon ? Même si je le savais.

Tu as eu des nouvelles de ton père pendant ton séjour ? a-t-elle demandé.

Il m'a appelée une fois. Il ne savait pas où j'étais. Il avait l'air saoul.

Elle a sorti du pain à l'ail sous plastique du frigo. J'avais mal à la gorge et je ne savais pas quoi dire.

Il n'a pas toujours été comme ça, n'est-ce pas ? ai-je demandé. Ça a empiré.

C'est ton père, Frances. C'est à toi de me le dire.

Je ne le fréquente pas au quotidien.

La bouilloire s'est arrêtée automatiquement et a craché un nuage de vapeur au-dessus de la plaque de cuisson et du grille-pain. Je frissonnais. Je n'arrivais pas à croire que, le matin même, je m'étais réveillée en France.

Ce que j'aimerais savoir, c'est s'il était comme ça à l'époque où vous étiez mariés.

Elle n'a pas répondu. Je regardais la mangeoire pour oiseaux accrochée au bouleau dans le jardin. Ma mère favorisait certaines espèces, si bien que la mangeoire n'était accessible qu'aux jolis petits oiseaux vulnérables. Elle ne portait pas les corbeaux dans son cœur et les chassait dès qu'elle en voyait. Ce sont tous des oiseaux, faisais-je remarquer. Elle répondait : oui, mais certains sont capables de se débrouiller tout seuls.

J'ai senti la migraine arriver en mettant la table, mais je n'en ai pas parlé. Dès que je disais à ma mère que j'avais mal à la tête, elle me rétorquait que c'était parce que je ne mangeais pas assez, que j'étais en hypoglycémie. Je n'avais jamais cherché d'allégations scientifiques à ce sujet. Quand le repas a été prêt, j'avais également mal au dos, une douleur nerveuse ou musculaire qui rendait la position assise très inconfortable.

Après le dîner, j'ai aidé ma mère à mettre les assiettes au lave-vaisselle, puis elle m'a annoncé qu'elle allait regarder la télévision. J'ai porté ma valise jusqu'à ma chambre, peinant à me tenir droite dans l'escalier. Ma vision était plus vive que d'habitude. J'avais peur de faire un geste trop brusque. Je suis allée à petits pas jusqu'à la salle de bains, j'ai fermé la porte et posé les mains sur le lavabo.

Je saignais à nouveau. Cette fois, le sang avait traversé mes vêtements, mais je ne me sentais pourtant pas la force de m'en débarrasser tout de suite. En m'y prenant à plusieurs fois, agrippée au lavabo, j'ai réussi à me déshabiller. Mes vêtements se sont détachés de moi comme la peau d'une banane. Je me suis enveloppée dans une robe de chambre accrochée à la porte, puis assise sur le rebord de la baignoire, les mains enfoncées dans l'abdomen. Mes vêtements tachés de sang étaient éparpillés par terre. D'abord, je me suis sentie mieux, puis plus mal. J'avais envie de prendre une douche, mais je craignais de m'évanouir.

J'ai remarqué qu'en plus du sang, il y avait aussi de gros caillots gris, comme du tissu de peau. Je n'avais jamais vu ça, et ça m'a fait si peur que la seule idée réconfortante qui m'est venue a été : ce n'est peut-être pas réel. Je revenais à ça chaque fois que je commençais à paniquer, comme si devenir folle et avoir des hallucinations était une réalité moins effrayante. Peut-être que ce n'est pas réel. J'ai laissé mes mains trembler et attendu de me sentir à nouveau normale, puis j'ai compris qu'il ne s'agissait pas simplement d'une sensation que je pouvais ignorer, mais d'une réalité contre laquelle j'étais impuissante. Je n'avais jamais connu de douleur comme ça.

Je me suis baissée pour attraper mon téléphone et j'ai composé le numéro de la maison. Lorsque ma mère a décroché, j'ai dit : tu peux venir un instant ? Je ne me sens pas très bien. Je l'ai entendue monter les marches en disant : Frances ? Ma chérie ? Quand elle est arrivée, je lui ai tout expliqué. J'avais trop mal pour ressentir de la gêne ou du dégoût.

Tu avais un retard de règles ? a-t-elle demandé.

J'ai essayé d'y réfléchir. J'avais toujours eu des règles irrégulières, et j'estimais que les dernières remontaient à cinq semaines, même si c'était sans doute plutôt six.

Je ne sais pas, ai-je dit. Peut-être. Pourquoi ?

J'imagine qu'il n'y a aucune chance que tu sois enceinte ?

Je n'ai pas répondu.

Frances ? a-t-elle dit.

C'est très peu probable.

Mais ce n'est pas impossible ?

Dans les faits, rien n'est impossible, ai-je dit.

Dans ce cas, je ne sais pas quoi te dire. Si tu as mal à ce point, il faut aller à l'hôpital.

Je suis restée agrippée de la main gauche au bord de la baignoire jusqu'à ce que mes jointures deviennent blanches, puis j'ai tourné la tête pour vomir dans la baignoire. Au bout de quelques secondes, quand j'ai senti que la nausée était passée, je me suis essuyé la bouche du revers de la main et j'ai dit : ouais, on devrait peut-être aller à l'hôpital.

/

Aux urgences, après une longue attente, on m'a attribué un box avec un lit. Ma mère m'a annoncé qu'elle rentrait à la maison essayer de dormir un peu, mais que je devais l'appeler s'il y avait du nouveau. La douleur avait un peu diminué, mais elle restait présente. Je lui ai pris la main quand elle m'a dit au revoir, cette large surface plane, comme quelque chose sorti de terre.

Quand j'ai été installée, une infirmière m'a posé une perfusion sans m'expliquer pourquoi. J'ai essayé de regarder le plafond et de faire un compte à rebours mental de dix à zéro. Les autres patients étaient plus âgés, à l'exception d'un jeune homme qui avait l'air ivre ou drogué. Je ne le voyais pas, mais je l'entendais pleurer et s'excuser auprès de chaque infirmière qui passait. Toutes répondaient, oui, oui, Kevin, tout va bien, reste tranquille.

Le médecin qui est venu me voir et me faire une prise de sang n'avait pas l'air beaucoup plus âgé que moi. Il a eu besoin d'une grosse quantité de sang, ainsi que d'un échantillon d'urine. Il m'a posé des questions sur ma sexualité. Je lui ai dit que je n'avais jamais eu de rapports sans préservatif, et il a agité la lèvre inférieure d'un air sceptique en disant : jamais, d'accord. J'ai toussoté puis ajouté : pas jusqu'au bout, en tout cas. Il a levé la tête de son écritoire à pince. À son expression, c'était clair qu'il me prenait pour une idiote.

Pas de préservatif jusqu'au bout ? a-t-il dit. Je ne vous suis pas.

J'ai senti mon visage devenir brûlant, mais j'ai répondu de la voix la plus sèche et détachée possible.

Pas de sexe sans préservatif jusqu'au bout, ai-je dit. Bien.

Puis je l'ai regardé en disant : ce que je veux dire, c'est qu'il n'a pas joui en moi. Je peux difficilement être plus claire. Il a de nouveau baissé la tête vers son écritoire. Notre détestation mutuelle était palpable. Avant de partir, il m'a annoncé qu'on allait me faire un test de grossesse. Le taux de hCG reste élevé pendant une dizaine de jours, a-t-il lancé en sortant.

J'avais compris qu'ils croyaient que je faisais une fausse couche. Je me suis demandé si c'étaient les caillots qui leur faisaient penser à ça. Une angoisse poignante m'a saisie, toujours la même, quel qu'en soit le déclencheur : d'abord, la conscience que j'allais mourir, puis que tout le monde allait mourir, et pour finir, que l'univers lui-même se dissoudrait sous l'effet d'une chaleur intense. À partir de là, mes pensées devenaient trop vastes pour être contenues dans mon corps. Je tremblais, j'avais les mains moites et j'étais certaine que j'allais de nouveau vomir. J'ai donné de vains coups de pied, comme si ça pouvait empêcher l'univers de voler en éclats. Puis j'ai trouvé mon téléphone sous mon oreiller et j'ai appelé Nick.

Il a décroché au bout de plusieurs sonneries. Je n'entendais pas ma propre voix, mais je crois que je lui ai dit que j'avais envie de lui parler. J'avais les dents qui s'entrechoquaient et je n'étais peut-être pas très claire. Quand il a répondu, ça a été tout bas.

Tu as bu ? a-t-il demandé. Qu'est-ce qui te prend de m'appeler comme ça ?

J'ai dit que je ne savais pas. J'avais les poumons en feu et le front en sueur.

Il n'est que deux heures du matin ici, a-t-il dit. Personne n'est couché, ils sont tous dans la pièce à côté. Tu veux me faire avoir des ennuis ou quoi ?

J'ai répété que je ne savais pas, et il m'a dit que j'avais l'air saoule. Sa voix était à la fois discrète et coléreuse, les deux s'alimentant au fur et à mesure : la nécessité de chuchoter ajoutait et inversement.

N'importe qui aurait pu voir que c'était toi qui appelais, a-t-il dit. Bon sang, Frances, comment je vais expliquer ça, si on me demande ?

Je me suis sentie tout à coup furieuse, ce qui était toujours mieux que la panique. Très bien, ai-je dit. Au revoir. Il ne m'a pas rappelée, mais il m'a envoyé un sms consistant en une ligne de points d'interrogation. Je suis à l'hôpital, ai-je tapé. Puis j'ai appuyé sur la touche effacer jusqu'à ce que mon message disparaisse. J'ai remis mon téléphone sous mon oreiller.

J'ai essayé de réfléchir de façon logique. L'angoisse n'était qu'un phénomène chimique qui causait des sensations désagréables. Les émotions, c'étaient juste des émotions, elles n'avaient aucune réalité matérielle. Même si j'avais été enceinte, j'étais probablement en train de faire une fausse couche, de toute façon. Alors où était le problème ? Cette grossesse était terminée, pas besoin de se soucier de la législation irlandaise, d'autorisation de voyager, de l'état de mes finances, etc. Néanmoins, ça signifiait que, pendant un moment, j'avais porté l'enfant de Nick sans le savoir, ou plutôt, un enfant qui était un mystérieux mélange de Nick et de moi. Je devais me faire à cette idée, même si je ne savais pas comment, ni ce que ça signifiait. Je ne savais même pas si j'étais réellement logique. J'étais épuisée et j'avais les yeux fermés. Je me suis surprise à me demander si ça aurait été un garçon.

Le médecin est revenu plusieurs heures plus tard pour m'annoncer que je n'étais pas enceinte, que je n'avais pas fait de fausse couche, qu'il n'y avait aucun signe d'infection ni taux anormal dans mes analyses sanguines. Il voyait que je tremblais, que mon visage était couvert de sueur ; j'avais sans doute l'air d'un chien apeuré, mais il ne m'a pas demandé comment j'allais. Donc, ai-je pensé, je n'ai rien. Il m'a dit que la gynécologue passerait me voir en prenant son service à huit heures. Et il est parti en laissant le rideau ouvert. Le jour se levait, je n'avais pas dormi. Ce bébé inexistant était maintenant à ranger dans une nouvelle catégorie de non-existence, pas celle des choses qui avaient cessé d'exister, mais qui n'avaient jamais existé. Je me suis sentie idiote, et l'idée d'avoir été enceinte me paraissait maintenant naïvement nostalgique.

La gynécologue est arrivée à huit heures. Elle m'a posé des questions sur mon cycle, puis a fermé avec soin le rideau pour me faire un examen pelvien. Je ne savais pas ce qu'elle faisait avec ses mains, mais ça me faisait atrocement mal. C'était comme si elle tordait une chose déjà très sensible en moi. Après ça, les bras autour de mon torse, j'ai acquiescé à tout ce qu'elle disait même si je n'étais pas sûre de bien entendre. Elle venait de pénétrer mon corps pour y causer l'une des pires douleurs que j'avais connues, et le fait qu'elle continue de parler, comme si elle s'attendait à ce que je me souvienne de ce qu'elle disait, me paraissait dingue.

Je me rappelle cependant qu'elle m'a dit que je devais passer une échographie pour déterminer précisément ce que j'avais. Puis elle m'a fait une ordonnance pour une pilule contraceptive et m'a expliqué que si je voulais, je pouvais prendre deux plaquettes à la suite afin de n'avoir mes règles qu'au bout de six semaines. J'ai répondu que j'allais faire ça. Elle m'a aussi annoncé que je recevrais dans les jours à venir une date de rendez-vous par courrier pour l'échographie.

C'est bon, a-t-elle conclu. Vous pouvez partir.

Ma mère m'a récupérée devant l'hôpital. Quand j'ai refermé la portière, elle a dit : on dirait que tu reviens de la guerre. Je lui ai déclaré que si l'accouchement était comparable à cet examen pelvien, j'étais surprise que l'humanité ait survécu aussi longtemps. Elle a ri en me caressant les cheveux. Ma pauvre Frances, a-t-elle dit. Qu'est-ce qu'on va faire de toi ?

De retour à la maison, j'ai dormi sur le canapé jusque dans l'après-midi. Ma mère avait laissé un mot disant qu'elle était au travail et que je n'hésite pas à l'appeler si besoin. Je me sentais suffisamment bien pour marcher sans être pliée en deux et me préparer un café instantané avec un toast. J'ai étalé une épaisse couche de beurre et mangé lentement, par petites bouchées. Puis j'ai pris une douche jusqu'à me sentir vraiment propre et je me suis péniblement dirigée vers ma chambre, enveloppée dans une serviette. Je me suis assise sur le lit et, tandis que l'eau dégoulinait de mes cheveux dans mon dos, j'ai pleuré. Je pouvais me le permettre parce que personne ne me voyait et que je ne le dirais jamais à personne.

Ensuite, j'ai eu très froid. Le bout de mes doigts avait pris une couleur gris-blanc un peu inquiétante. Je me suis essuyée avec soin et me suis séché les cheveux jusqu'à ce qu'ils crissent. J'ai palpé la partie tendre au creux de mon coude gauche et l'ai pincée si fort que je me suis arraché de la peau. C'était fini. À partir de là, tout irait bien.

19

Ma mère est rentrée de bonne heure du travail et a préparé du poulet froid pendant que je buvais un thé assise dans la cuisine. Elle avait l'air un peu distante et n'a presque pas décroché un mot jusqu'à ce que nous nous mettions à table.

Donc tu n'es pas enceinte, a-t-elle dit.

Non.

Tu ne semblais pas trop savoir, hier soir.

Le test est sans ambiguïté, ai-je répondu.

Elle m'a fait un drôle de petit sourire et a attrapé la salière. Elle a saupoudré de sel son poulet puis a replacé la salière près du moulin à poivre.

Tu ne m'avais pas dit que tu fréquentais quelqu'un, a-t-elle déclaré.

Qui te dit que je fréquente quelqu'un ?

Ce n'est tout de même pas cet ami avec qui tu es partie en vacances. Le beau type, l'acteur.

J'ai bu mon thé sans un mot. Je n'avais plus faim.

Tu te souviens que c'est sa femme qui nous a invitées, ai-je dit.

Je n'entends plus beaucoup parler de lui. Avant, tu le mentionnais souvent.

Et pourtant, tu n'as pas l'air de te souvenir de son nom.

Elle a ri tout fort et elle a dit : si, je m'en souviens, c'est Nick quelque chose. Nick Conway. Un type plutôt agréable à regarder. Je l'ai même vu à la télé un soir, il me semble que je l'ai enregistré sur Sky Plus pour toi.

C'était très attentionné de ta part, maman.

Je n'aimerais pas penser que ça puisse être en rapport avec lui.

Je lui ai dit que le repas était bon, que j'appréciais qu'elle l'ait préparé pour moi.

Tu entends quand je te parle, Frances ? a-t-elle dit.

Je n'ai pas envie de discuter de ça, vraiment pas.

Nous avons achevé le repas en silence, puis je suis montée dans ma chambre et j'ai observé mon bras dans le miroir, à l'endroit où je l'avais pincé. Il était rouge et un peu gonflé, douloureux au toucher.

/

J'ai passé quelques jours tranquilles à lire. J'avais beaucoup de lectures à faire pour la fac sur lesquelles j'aurais pu m'avancer, mais au lieu de ça, je me suis plongée dans les Évangiles. Allez savoir pourquoi, ma mère avait laissé un petit exemplaire du Nouveau Testament relié en cuir sur une étagère de ma chambre, entre *Emma*, de Jane Austen, et une anthologie des premiers écrits américains. J'ai appris par le Net qu'il valait mieux commencer par Marc, puis lire, dans l'ordre : Matthieu, Jean et Luc. J'ai parcouru rapidement Marc. Son Évangile se décomposait en plein de petits textes, ce qui le rendait très accessible. J'ai noté les passages les plus intéressants dans un carnet rouge. Jésus ne parlait guère dans cet Évangile, ce qui m'a encore plus donné envie de découvrir les autres.

Petite, je détestais la religion. Ma mère m'avait conduite à la messe tous les dimanches jusqu'à mes quatorze ans alors qu'elle ne croyait pas en Dieu, mais elle considérait la messe comme un rituel social pour lequel il convenait que je me lave les cheveux. Et pourtant, j'ai abordé la Bible avec l'idée que Jésus était sans doute philosophiquement raisonnable. En réalité, j'ai découvert des propos souvent sibyllins et désagréables. « Mais à celui qui n'a pas, on ôtera même ce qu'il a » ne me plaisait pas, même si je n'étais pas sûre de bien comprendre. Il y avait également dans Matthieu un passage où les Pharisiens interrogent Jésus sur le mariage, que j'ai lu vers huit ou neuf heures ce soir-là, tandis que ma mère parcourait les journaux. Selon Jésus, dans l'union, l'homme et la femme ne font plus deux, mais une seule chair. Si bien que ce que Dieu a réuni, l'humain ne doit pas le séparer. Lire cela m'a un peu démoralisée. J'ai posé la bible, mais ça ne m'a pas soulagée.

Le lendemain de ma nuit à l'hôpital, j'avais reçu un mail de Nick.

> hello. désolé pour ma réaction au téléphone hier soir. J'ai juste eu peur que quelqu'un ait vu ton nom sur l'écran et que ça fasse toute une histoire. mais personne n'a rien vu et j'ai dit que c'était ma mère (évitons l'explication psychanalytique). mais j'ai bien remarqué que tu étais bizarre. tout va bien ?
>
> ps tout le monde me dit que je suis de mauvaise humeur depuis ton départ et evelyn pense que je me languis de toi, ce qui est gênant.

J'ai lu de nombreuses fois son message, mais je n'ai pas répondu. Le lendemain, j'ai reçu la lettre de l'hôpital qui me donnait un rendez-vous pour une échographie au mois de novembre. Je trouvais ce délai très long, mais ma mère a dit que c'était ça, les services de santé publique. Mais ils ne savent pas ce que j'ai, ai-je protesté. Elle m'a dit que s'il y avait quelque chose de grave, ils ne m'auraient pas laissée sortir. Moi, je n'en étais pas si sûre. Je suis néanmoins allée chercher ma pilule à la pharmacie, et j'ai entamé une plaquette.

J'ai appelé deux fois mon père, mais il ne m'a pas répondu et ne m'a pas non plus rappelée. Ma mère m'a suggéré de « faire un saut » chez lui, à l'autre bout de la ville. J'ai dit que je me sentais encore trop faible et que je ne voulais pas marcher pour rien, dans la mesure où il ne décrochait jamais. Elle s'est contentée de répondre : c'est ton père. C'était presque un mantra, chez elle. J'ai laissé courir. Il ne m'appelait toujours pas.

Ma mère détestait la façon dont je parlais de mon père, comme si c'était n'importe qui, et non mon distingué géniteur, une petite célébrité en soi. Son irritation m'était destinée, mais c'était aussi le symptôme de sa déception quant au fait que mon père ait échoué à mériter le respect qu'elle aurait aimé que j'éprouve à son égard. Je savais qu'à l'époque où ils étaient mariés, elle devait dormir avec son porte-monnaie caché dans sa taie d'oreiller. Le jour où il s'était endormi en sous-vêtements dans l'escalier, je l'avais retrouvée en larmes. Lui, je l'avais découvert là, immense et tout rose, la tête au creux d'un bras, ronflant comme si c'était la meilleure nuit de sa vie. Elle ne pouvait pas comprendre que je n'éprouve pas d'amour pour lui. Tu dois l'aimer, me disait-elle quand j'avais seize ans. C'est ton père.

Qui dit que je dois l'aimer ? disais-je.

J'ai envie de croire que tu es le genre de personne qui aime ses parents.

Crois ce que tu veux.

Je crois que je t'ai appris à être gentille avec les autres. Voilà ce à quoi je crois.

Étais-je gentille ? La réponse n'était pas évidente. Je craignais que, si ma véritable personnalité se révélait enfin, je ne fasse partie des méchants. Cette question me taraudait-elle uniquement parce que, en tant que femme, je sentais que je devais faire passer les besoins des autres avant les miens ? La gentillesse était-elle simplement synonyme de soumission ? Adolescente, voici le genre de choses que j'écrivais dans mon journal : en tant que féministe, j'ai le droit de n'aimer personne.

J'ai trouvé la vidéo dont Bobbi m'avait parlé en France, une émission télé de 1992 qui s'appelait *Kid Genius !* Nick n'était pas le seul petit génie présenté dans cette émission, ils étaient six en tout, chacun dans un domaine différent. J'ai passé en accéléré jusqu'à découvrir Nick en train de regarder des livres, une voix off disant qu'à l'âge de dix ans à peine, « Nicholas » avait déjà lu plusieurs œuvres majeures de philosophes antiques et rédigé des essais sur la métaphysique. Petit, Nick était maigre comme un clou. Sur la première image, on voyait une immense maison de Dalkey avec deux grosses voitures garées devant. Puis il apparaissait sur un fond bleu, et une journaliste lui posait des questions sur l'idéalisme selon Platon, auxquelles il répondait de façon juste et sans paraître imbu de lui-même. La journaliste lui a demandé : mais pourquoi tu aimes tant l'histoire ancienne ? Nick a jeté des regards nerveux tout autour de lui, comme s'il cherchait ses parents. Je n'aime pas ça, a-t-il répondu. Je l'étudie, c'est tout. Donc tu ne te vois pas comme un philosophe-roi en herbe ? lui a demandé la journaliste sur le ton de l'humour. Non, a répondu très sérieusement Nick. Il tirait sur la manche de son blazer en jetant encore des coups d'œil comme s'il attendait que quelqu'un vienne à son secours. Ce serait mon pire cauchemar, a-t-il dit. La journaliste a ri et Nick s'est visiblement détendu. Le rire des femmes le met toujours à l'aise, me suis-je dit.

Quelques jours après l'incident de l'hôpital, j'ai appelé Bobbi pour lui demander si nous étions toujours amies. J'ai senti ma voix prendre une intonation stupide en posant cette question, même si je tentais de faire passer ça pour une blague. Je croyais que tu m'appellerais l'autre soir, a-t-elle dit. J'étais à l'hôpital, ai-je répondu. Dans ma bouche, ma langue paraissait énorme et fourchue.

Qu'est-ce que tu racontes ?

Je lui ai expliqué ce qui s'était passé.

Ils ont cru que tu faisais une fausse couche, a-t-elle dit. C'est dingue, non ?

Ah bon ? Je ne sais pas. Je ne sais pas quoi en penser.

Elle a émis un soupir audible. J'avais envie de lui expliquer que je ne savais pas ce que j'avais le droit de ressentir à ce sujet, ni au moment de l'annonce ni à présent. J'ai paniqué, avais-je envie de lui dire. Je me suis remise à penser à la dissolution de l'univers. J'ai appelé Nick, puis je lui ai raccroché au nez. Mais tout cela s'était produit uniquement parce que j'avais cru qu'il m'arrivait quelque chose qui, en fait, ne m'était pas arrivé. L'idée du bébé, avec son poids émotionnel et son potentiel de chagrin durable, avait été réduite à néant. Je n'avais jamais été enceinte. C'était impossible, voire blessant, de regretter une grossesse qui ne s'était jamais produite, même si, sur le moment, les émotions que j'avais éprouvées étaient bien réelles. Autrefois, Bobbi était réceptive à mes analyses quant à ma détresse personnelle, mais cette fois, je craignais de ne pouvoir argumenter sans pleurer au téléphone.

Je suis désolée que tu aies eu l'impression que je te mentais au sujet de Nick.

Tu es désolée que j'aie eu cette impression. D'accord.

C'est juste que c'était compliqué.

Ouais, a dit Bobbi. J'imagine que c'est le cas de toutes les relations extraconjugales.

Tu es toujours mon amie ?

Oui. Bon, quand est-ce que tu passes cette écho ?

Je lui ai répondu que ce serait en novembre. Que le médecin m'avait posé des questions sur mes relations sexuelles sans protection, ce qui l'a fait ricaner. J'étais sur mon lit, les pieds glissés sous le couvre-lit. Dans le miroir, je voyais ma main gauche se déplacer nerveusement de haut en bas sur la couture de la taie d'oreiller. Je l'ai laissée retomber et l'ai regardée inerte sur la couverture.

Je n'arrive pas à croire que Nick ait voulu faire ça sans capote, a dit Bobbi. Ça craint.

Sur la défensive, j'ai marmonné quelques mots comme : oh, on n'a pas… tu vois, ce n'était pas vraiment…

Je ne te reproche rien, a-t-elle dit. Je m'étonne de son comportement à lui, c'est tout.

J'ai essayé de trouver quelque chose à répondre. Aucun des actes idiots que nous avions commis ne me semblait être la faute de Nick, qui se contentait de me suivre.

C'était sans doute mon idée, ai-je dit.

Quand tu parles comme ça, on dirait que tu as subi un lavage de cerveau.

Non, mais en réalité, il est très passif.

D'accord, mais il avait le droit de refuser, a dit Bobbi. Peut-être qu'il aime bien être passif juste pour ne pas se sentir coupable.

Dans le miroir, j'ai remarqué que ma main avait recommencé à tripoter l'oreiller. Ce n'était pas cette conversation que j'avais voulu avoir.

À t'entendre, ce serait un grand manipulateur, ai-je protesté.

Je ne dis pas qu'il fait ça volontairement. Tu lui as raconté que tu étais à l'hôpital ?

J'ai répondu par la négative. J'ai senti ma bouche s'ouvrir pour expliquer mon coup de téléphone, quand il m'avait accusée d'être saoule, puis je me suis ravisée, et j'ai simplement répondu : ouais, non.

Mais tu es proche de lui. Tu te confies à lui.

Je ne sais pas. Je ne sais pas à quel point on est proches.

En tout cas, tu lui en dis plus qu'à moi.

Non, ai-je dit. Moins. D'ailleurs il doit trouver que je ne lui raconte jamais rien.

Ce soir-là, j'ai décidé de relire mes conversations par messagerie instantanée avec Bobbi. J'avais déjà fait ça une fois, peu après notre séparation. Cette fois-ci, j'avais un stock de messages qui s'étalait sur plusieurs années. Ça m'a réconfortée de voir que mon amitié avec Bobbi n'était pas uniquement cantonnée à mes souvenirs, qu'il existait une preuve écrite de son ancienne affection pour moi, laquelle, si nécessaire, survivrait à son affection actuelle. Pour des raisons évidentes, j'en étais déjà consciente à l'époque de notre séparation. Il était important que Bobbi ne puisse jamais nier l'amour qu'elle avait éprouvé pour moi.

Cette fois, j'ai rassemblé tous nos échanges sous forme d'un long document où figuraient les dates et heures d'envoi. Puis, me disant qu'il était trop gros pour être lu in extenso, d'autant qu'il n'avait aucune forme narrative, j'ai décidé de faire des recherches par mots-clefs puis d'explorer tout autour. Le premier mot que j'ai tapé, c'était « amour », ce qui m'a menée à un échange datant de six mois :

Bobbi : à condition de voir l'amour comme autre chose qu'un phénomène interpersonnel
Bobbi : et de tenter de le comprendre en tant que système de valeur sociale
Bobbi : dans ce cas il devient antithétique au capitalisme, en ce qu'il défie l'axiome de l'égoïsme
Bobbi : lequel dicte toute la logique de l'inégalité
Bobbi : et pourtant il est également servile et facilitateur
Bobbi : c.f. une mère qui élève ses enfants en toute abnégation et sans recherche de profit
Bobbi : ce qui paraît entrer en contradiction avec les exigences du marché à un certain niveau
Bobbi : et pourtant permet juste de fournir des travailleurs gratuits
Moi : oui
Moi : le capitalisme enchaîne l'amour au nom du profit
Moi : l'amour est la pratique discursive et le travail non rémunéré en est l'effet
Moi : donc j'en conclus que je suis contre l'amour en tant que tel
Bobbi : c'est insipide ça frances
Bobbi : ça ne suffit pas de dire qu'on est contre quelque chose

J'ai quitté mon lit après avoir lu cet échange et me suis déshabillée pour me regarder dans le miroir. Parfois, je faisais ça de façon compulsive, même si rien en moi ne paraissait jamais changer. Mes hanches saillaient toujours de façon peu élégante de part et d'autre de mon pelvis, mon abdomen était toujours dur et rond au toucher. J'avais l'impression d'être le contenu d'une cuiller tombé avant d'avoir eu le temps de se déposer. Mes épaules étaient parsemées de petits vaisseaux violets. Je suis restée devant le miroir un moment et j'ai senti le dégoût monter, comme si j'essayais de savoir jusqu'où je pouvais aller. Et puis j'ai entendu une sonnerie dans mon sac et j'ai cherché mon portable.

En le trouvant, je me suis aperçue que j'avais manqué un appel de mon père. J'ai tenté de le rappeler, mais il n'a pas décroché. Je commençais à avoir froid, alors je me suis rhabillée et je suis descendue dire à ma mère que j'allais faire un saut chez lui. Elle lisait le journal assise à table. C'est bien, a-t-elle lancé sans lever les yeux. Dis-lui que j'ai demandé de ses nouvelles.

J'ai traversé la ville à pied comme je l'avais fait tant de fois. Je n'avais pas mis de veste, et après avoir sonné chez lui, j'ai sautillé d'un pied sur l'autre pour me réchauffer. Ma respiration faisait de la buée sur le verre de la porte. J'ai de nouveau sonné, en vain. Quand j'ai ouvert, je n'ai entendu aucun bruit dans la maison. L'entrée sentait l'humidité et même pire, une odeur aigre. Un sac-poubelle était abandonné sous la petite table. J'ai appelé mon père par son prénom : Dennis ?

Voyant de la lumière dans la cuisine, j'ai poussé la porte et aussitôt, par réflexe, j'ai mis la main devant mon visage. L'odeur était tellement âcre qu'elle en devenait palpable, un peu comme la chaleur ou le contact physique. Des restes de plusieurs repas à différents stades de décomposition s'accumulaient sur la table et le plan de travail, ainsi que des mouchoirs sales et des bouteilles vides. La porte du frigo était entrouverte, dessinant un triangle de lumière jaune par terre. Une mouche à viande rampait sur un couteau abandonné dans un gros pot de mayonnaise, et quatre autres se cognaient à la fenêtre de la cuisine. À l'intérieur de la poubelle, j'ai vu une poignée d'asticots s'agiter comme du riz en train de cuire. Je suis sortie à reculons de la cuisine en refermant la porte.

Dans le couloir, j'ai de nouveau appelé Dennis sur son téléphone. Il n'a pas répondu. Me trouver chez lui comme ça, c'était comme regarder une connaissance me faire un sourire édenté. J'avais à nouveau envie de me blesser pour retrouver le refuge de mon être de chair. Au lieu de ça, j'ai tourné les talons et je suis sortie. J'ai tiré ma manche par-dessus ma main pour éviter de toucher la poignée en fermant la porte.

20

Mon stage à l'agence se terminait officiellement début septembre. Philip et moi devions passer un entretien avec Sunny pour discuter de nos projets d'avenir et de ce que nous retirions de cette expérience, même si je ne pensais pas avoir quoi que ce soit à dire sur aucun de ces sujets. Je me suis présentée dans son bureau le dernier jour. Elle m'a demandé de fermer la porte et de m'asseoir.

Alors comme ça, tu ne veux pas devenir agent littéraire, a-t-elle dit.

J'ai souri comme si elle plaisantait, tandis qu'elle regardait quelques papiers avant de les mettre de côté. Elle a posé les coudes sur son bureau et le menton dans ses mains avec un air contemplatif.

Je m'interroge sur toi, a-t-elle dit. J'ai l'impression que tu n'as aucun projet d'avenir.

Oui, ça c'est indéniable.

Tu espères juste retomber sur tes pattes.

J'ai regardé par la fenêtre les splendides immeubles géorgiens et les bus qui passaient. Il pleuvait de nouveau.

Parle-moi de tes vacances, a-t-elle dit. Où en est Melissa de son livre ?

Je lui ai raconté Étables, Derek qu'elle connaissait, et Valerie dont elle avait entendu parler. Sunny a dit que c'était une « femme extraordinaire ». J'ai fait une petite grimace, et nous avons ri toutes les deux. Je me suis rendu compte que je n'avais pas envie de quitter son bureau, que j'avais le sentiment de laisser quelque chose d'inachevé.

Je ne sais pas ce que je vais faire, ai-je lancé.

Elle a hoché la tête avec un haussement d'épaules résigné.

Eh bien, tes fiches de lecture étaient toujours très bonnes, a-t-elle dit. Si tu as besoin d'une recommandation, tu sais où me trouver. Et je suis sûre que je te reverrai bientôt.

Merci, ai-je conclu. Pour tout.

Elle m'a regardée une dernière fois d'un air compatissant ou désespéré, puis a repris les papiers sur son bureau. Elle m'a demandé d'appeler Philip en sortant. Ce que j'ai fait.

/

Ce soir-là chez moi, j'ai ponctué de virgules jusque très tard un long poème sur lequel je travaillais. J'ai vu que Nick était connecté, alors je lui ai envoyé un petit bonjour. J'étais assise à la table de la cuisine avec un thé à la menthe parce que le lait avait tourné dans le frigo. Il m'a demandé si j'avais reçu son mail cinq jours plus tôt. J'ai dit oui, et qu'il ne devait pas s'inquiéter au sujet de mon étrange coup de fil. Je n'avais pas envie d'expliquer que j'étais allée à l'hôpital ni pourquoi. C'était une histoire sans conclusion, et gênante qui plus est. Il m'a dit qu'en France, on leur manquait, Bobbi et moi.

Moi : autant l'une que l'autre ?
Nick : ahah
Nick : peut-être qu'à moi, tu manques un peu plus
Moi : merci
Nick : je me réveille la nuit dès que j'entends des pas dans l'escalier
Nick : puis je me rappelle que tu es partie
Nick : et là c'est une terrible déception

J'ai ri même s'il n'y avait personne pour me voir. J'adorais quand il était disponible pour moi, quand notre relation était comme un document Word qu'on rédigeait et mettait en forme ensemble, ou une longue plaisanterie que personne d'autre ne pouvait comprendre. J'aimais imaginer qu'il était mon collaborateur. J'aimais me dire qu'il se réveillait la nuit en pensant à moi.

Moi : c'est très mignon ça
Moi : ton beau et adorable visage me manque
Nick : tout à l'heure j'ai eu envie de t'envoyer une chanson qui me fait penser à toi
Nick : mais je me suis dit que j'aurais une réponse sarcastique alors je me suis dégonflé
Moi : ahahah
Moi : je te promets de ne pas être sarcastique
Nick : ça te va si je t'appelle
Nick : j'ai bu et ça m'épuise d'écrire
Moi : ah tu es saoul, c'est pour ça que tu es gentil
Nick : je pense que john keats avait un nom pour les femmes de ton espèce
Nick : un nom français
Nick : tu vois où je veux en venir
Moi : je t'en prie, appelle

Il m'a téléphoné. Il ne paraissait pas vraiment ivre, plutôt agréablement assoupi. Nous nous sommes répété combien nous nous manquions. Je sentais la tasse de thé à la menthe refroidir entre mes doigts. Nick s'est à nouveau excusé pour l'autre soir. Je ne suis pas quelqu'un de bien, a-t-il déclaré. Je lui ai demandé de ne pas dire ça. Non, je ne suis pas quelqu'un de bien, a-t-il insisté. Je suis néfaste. Il m'a raconté ce qui s'était passé à Étables depuis notre départ, la météo, le château qu'ils étaient allés visiter. Je lui ai détaillé la fin de mon stage, et il a dit que je ne lui avais jamais paru très investie. Peut-être étais-je trop préoccupée par le feuilleton de ma vie personnelle, ai-je répondu.

D'ailleurs, je voulais te demander, a-t-il dit. Comment ça va, entre Bobbi et toi ? Ce n'était pas la meilleure façon de l'apprendre pour elle, j'imagine.

Ouais, ça a été bizarre. Et ça m'ennuie un peu.

C'est la première relation que tu as depuis elle, n'est-ce pas ?

Il faut croire. Tu penses que c'est pour ça que c'est bizarre ?

En fait, vous n'avez pas vraiment l'air séparées. Dans le sens où vous passez votre temps ensemble.

C'est elle qui a rompu.

Nick s'est tu, et quand il a repris la parole, il donnait l'impression de sourire de façon curieuse. Oui, je sais, a-t-il dit. Ça a une incidence ?

J'ai levé les yeux au ciel, mais j'étais contente de lui parler. J'ai posé ma tasse de thé. Ah, je vois, ai-je dit. Je comprends maintenant pourquoi tu m'appelles.

Pourquoi ?

Tu veux une partie de sexe au téléphone.

Il s'est mis à rire. C'était l'effet recherché et j'en étais ravie. Il a beaucoup ri. Eh oui, a-t-il dit. C'est tout moi. Et là, j'ai eu envie de lui parler de l'hôpital, parce qu'il était charmant ce soir-là et qu'il pourrait me dire des choses réconfortantes, mais je savais que dans ce cas, la conversation prendrait une tournure sérieuse. Tiens, a-t-il dit, sur la plage aujourd'hui, j'ai vu une fille qui te ressemblait.

Les gens me disent tout le temps que d'autres personnes me ressemblent, ai-je dit. Mais quand je vois ces personnes, je les trouve banales, et je dois faire comme si ça m'était égal.

Oh non, pas celle-là. Elle était très séduisante.

Tu me parles d'une séduisante inconnue qui a attiré ton attention. Comme c'est délicat.

Mais elle te ressemblait ! a-t-il protesté. En moins hargneuse, cela dit. Peut-être que c'est avec elle que je devrais avoir une liaison.

J'ai bu une gorgée de thé. Je me suis sentie bête de ne pas avoir répondu à son mail, et reconnaissante qu'il ne revienne pas dessus ou qu'il ne fasse pas son mal-aimé. Je lui ai demandé ce qu'il avait fait dans la journée, et il m'a raconté qu'il avait évité les appels de ses parents et qu'il s'en voulait.

Ton père est aussi beau que toi ? ai-je demandé.

Pourquoi, tu songes à lui rendre visite ? Il est très marqué à droite, tu sais. Et dois-je te signaler qu'il est marié, lui aussi ? Non pas que ce genre de détail t'arrête.

Oh, c'est gentil, ça. Et qui est hargneux, maintenant ?

Je suis désolé, a-il dit. Tu as raison, tu devrais draguer mon père.

Tu crois que je suis son genre ?

Ça, oui. En tout cas, dans le sens où tu ressembles beaucoup à ma mère.

Je me suis mise à rire. C'était un rire sincère, mais je voulais être sûre qu'il l'entende.

C'est une blague, a dit Nick. Tu ris ou tu pleures ? Tu ne ressembles pas du tout à ma mère.

Et ton père est bien de droite, ou ça aussi, c'était une blague ?

Oh non, mon père est un vrai capitaine d'industrie qui déteste les femmes. Et encore plus les pauvres. Alors tu imagines combien il m'aime, moi l'acteur, sa tapette de fils.

Cette fois, je riais pour de bon. Tu n'es pas une tapette, ai-je dit. Tu es furieusement hétérosexuel. Tu as même une maîtresse de vingt et un ans.

Ça, je pense que mon père approuverait. Heureusement, il ne le saura jamais.

J'ai regardé la cuisine vide et j'ai dit : j'ai fait le ménage dans ma chambre aujourd'hui en prévision de ton retour.

Vraiment ? J'adore cette idée. Je pense que ça vaut pour une partie de sexe au téléphone.

Tu viendras me voir ?

Au bout d'un instant, il a dit : bien sûr. Tout à coup, je n'avais pas vraiment l'impression de l'avoir perdu, mais je savais qu'il pensait à autre chose. Il a ajouté : tu n'avais vraiment pas l'air bien au téléphone, l'autre soir.

Oublie ça.

Tu n'es pas du genre à téléphoner, d'habitude. Tu es sûre qu'il n'y avait pas quelque chose qui te contrariait ?

J'ai entendu un bruit derrière Nick, un grincement. Oui ? a-t-il lancé. Une porte s'est ouverte, et j'ai entendu Melissa dire : ah, tu es au téléphone. Nick a répondu : oui, j'en ai pour une seconde. La porte s'est refermée. Je n'ai rien dit.

Oui, je viendrai te voir, a-t-il dit tout bas. Je dois y aller, d'accord ?

Bien sûr.

Désolé.

Vas-y, ai-je dit. Vis ta vie.

Il a raccroché.

/

Le lendemain, de retour de Brooklyn, notre amie Marianne nous a parlé de toutes les célébrités qu'elle avait croisées. Autour d'un café, elle nous a montré des photos sur son téléphone : le pont de Brooklyn, Coney Island, elle-même souriante avec un type flou dont, en secret, je ne pensais pas qu'il fût Bradley Cooper. Ouah, s'est exclamé Philip. Cool, ai-je lâché. Bobbi a léché le dos de sa cuiller en silence.

J'étais heureuse de revoir Marianne, heureuse de l'entendre parler de ses problèmes, comme si rien n'avait changé dans ma propre vie. Je lui ai posé des questions sur son petit ami Andrew, demandé s'il appréciait son nouveau travail, comment ça s'était terminé avec son ex qui lui envoyait des messages par Facebook. J'ai vanté le stage de Philip à l'agence, disant qu'il allait devenir un requin littéraire et gagner des millions, et j'ai vu que ça lui faisait plaisir. C'est toujours mieux que de vendre des armes, a-t-il dit. Bobbi a ricané. Mon Dieu, Philip, c'est ça, ta référence ? « Au moins, je ne vends pas d'armes » ?

À partir de là, la conversation m'a échappé. Avant que je puisse poser une nouvelle question à Marianne, Philip nous a interrogées sur Étables. Nick et Melissa y seraient encore pour quinze jours. Bobbi a dit qu'on « s'était bien amusées ».

Tu as pu approcher Nick ? m'a-t-il demandé.

Je l'ai dévisagé. À l'intention de Marianne, il a précisé : Frances a une liaison avec un homme marié.

C'est faux, ai-je protesté.

Philip raconte n'importe quoi, a dit Bobbi.

Le célèbre Nick ? a dit Marianne. Je veux tout savoir.

On est amis, c'est tout, ai-je dit.

Mais il s'intéresse à toi, a dit Philip.

Frances, tu es une vraie séductrice, a dit Marianne. Mais il est marié, non ?

Et heureux en couple, ai-je dit.

Bobbi a déclaré qu'elle cherchait à habiter plus près du centre-ville. Marianne a répondu qu'elle avait entendu aux informations qu'il y avait une pénurie de logements.

Les étudiants sont systématiquement refusés, a dit Marianne. C'est vrai. Il suffit de regarder les annonces.

Alors comme ça, tu veux déménager ? a demandé Philip.

Ça ne devrait pas être légal d'écrire « pas d'étudiants », a repris Marianne. C'est de la discrimination.

Dans quel coin tu cherches ? ai-je demandé. Tu sais que la deuxième chambre chez moi est à louer ?

Bobbi m'a regardée avec un petit rire.

On pourrait devenir colocs, a-t-elle dit. C'est combien ?

Je vais demander à mon père.

Je n'avais eu aucun contact avec lui depuis ma dernière visite. Quand je l'ai appelé après le dîner ce soir-là, il a décroché. Il avait l'air à peu près sobre. J'ai essayé de chasser l'image du pot de mayonnaise et du bourdonnement des mouches bleues contre la vitre.

J'avais envie de parler à quelqu'un dont la maison était propre, ou alors à quelqu'un qui n'était qu'une voix et dont je n'avais pas à connaître le mode de vie. Nous avons discuté de la deuxième chambre. Il m'a dit que son frère avait prévu quelques visites, puis j'ai expliqué que Bobbi cherchait un logement.

Qui ça ? a-t-il demandé. Qui est Bobbi ?

Tu connais Bobbi. On était à l'école ensemble.

C'est l'un de tes amis, c'est ça ?

En fait, je n'ai toujours eu qu'une seule amie, ai-je dit.

Je croyais que tu voulais plutôt une fille dans l'appartement.

Bobbi est une fille.

Ah, la petite Lynch, c'est ça ?

Le nom de famille de Bobbi était en réalité Connolly, mais le nom de jeune fille de sa mère était Lynch, alors je ne l'ai pas corrigé. Il a dit que son frère lui laisserait la chambre pour six cent cinquante euros par mois, un prix qui convenait au père de Bobbi. Il veut que je sois au calme pour étudier, a-t-elle dit. Si seulement il savait.

Le lendemain, son père l'a déposée avec toutes ses affaires dans leur 4 × 4. Elle avait apporté des draps, une lampe d'architecte jaune, ainsi que trois cartons de livres. Après avoir déchargé la voiture, son père est reparti et j'ai aidé Bobbi à faire son lit. Elle a commencé à accrocher des cartes postales et des photos au mur pendant que j'enfilais les taies d'oreiller. Elle a mis une photo de nous en uniforme scolaire assises sur le terrain de basket. On portait des jupes écossaises longues et d'horribles chaussures à petits trous, mais on riait. On a examiné la photo ensemble, et ces deux petits visages nous observaient comme si c'étaient nos ancêtres, ou bien nos enfants.

/

Le trimestre ne commençait qu'une semaine plus tard. En attendant, Bobbi avait acheté un ukulélé rouge et passé beaucoup de temps allongée sur le canapé à interpréter « Boots of Spanish Leather » pendant que je préparais à manger. Elle s'était approprié l'appartement en déplaçant des meubles en mon absence et en accrochant des pages de magazines sur les miroirs. Elle était très désireuse de découvrir le quartier, aussi. Un jour, nous nous sommes arrêtées à la boucherie pour acheter de la viande hachée, et Bobbi a demandé au boucher des nouvelles de sa main. Je ne voyais pas du tout de quoi elle parlait, je ne savais même pas qu'elle était déjà venue là, mais j'ai remarqué que le type portait un plâtre bleu au poignet. Oh, m'en parlez pas, a-t-il dit. J'ai besoin d'une opération et tout ça. Il était en train de mettre la viande dans un sac plastique. Oh non, a dit Bobbi. Quand ça ? À Noël, a-t-il répondu. Et encore, il faut que je puisse prendre un jour de congé. Pour ça, il faut être à l'article de la mort, ici. Il lui a tendu le sac de viande.

Le portrait a paru juste avant le début de l'année universitaire. Je suis allée acheter le magazine à la librairie Eason dès le matin et je suis revenue en le feuilletant à la recherche de mon nom. J'ai découvert une photographie pleine page de Bobbi et moi dans le jardin d'Étables. Je n'avais pas remarqué que Melissa prenait cette photo. Nous étions à la table du petit déjeuner, moi penchée comme pour lui murmurer quelque chose à l'oreille, et Bobbi hilare. C'était une jolie photo, la lumière était belle, et l'image donnait une impression de spontanéité et de chaleur différente des premiers clichés où nous prenions la pose. Je me suis demandé ce que Bobbi allait en dire. L'article était court, un compte rendu élogieux de nos performances, et plus généralement de la scène littéraire dublinoise. Nos amis ont lu le portrait et dit que la photo était flatteuse, Sunny m'a envoyé un mail sympathique et Philip s'est promené un temps avec un exemplaire sous le bras pour le lire tout haut avec un accent forcé, mais il a fini par se lasser de ce petit jeu. On publiait sans cesse des articles de ce genre, et puis de toute façon, Bobbi et moi ne nous étions pas produites depuis quelques mois.

Dès le début de l'année, j'ai eu beaucoup de travail. Philip et moi suivions les mêmes séminaires. Nous avions des différends mineurs au sujet de romanciers du dix-neuvième siècle qui se terminaient toujours par Philip disant : tu as sans doute raison. Un soir, depuis la table de la cuisine, Bobbi et moi avons appelé Melissa pour la remercier de l'article. Nous avons mis le haut-parleur de façon à intervenir toutes les deux. Melissa nous a raconté tout ce que nous avions raté à Étables, les orages, le jour où ils étaient allés visiter le château, tout ce que je savais déjà. Nous lui avons expliqué que nous habitions ensemble maintenant, et elle a semblé s'en réjouir. Bobbi a dit : il faut que vous veniez nous voir, un jour. Melissa a répondu que c'était une excellente idée. Elle nous a annoncé qu'ils rentraient le lendemain. J'ai baissé ma manche sur ma main pour frotter machinalement une petite tache sur la table.

Je continuais à lire mes conversations par écrit avec Bobbi en cherchant des mots-clefs que je choisissais vraisemblablement dans le but de m'agacer. « Sentiments » a fait remonter une conversation datant de notre deuxième année à la fac :

Bobbi : tu ne parles jamais vraiment de tes sentiments
Moi : tu t'es convaincue de ça à mon sujet
Moi : que j'ai une vie émotionnelle que je cache
Moi : c'est juste que je n'éprouve pas vraiment d'émotions
Moi : je n'en parle pas parce qu'il n'y a rien à dire
Bobbi : je ne crois pas qu'on puisse dire de quelqu'un qu'il n'éprouve pas d'émotions
Bobbi : c'est comme prétendre qu'on ne pense à rien
Moi : toi tu as une vie émotionnelle intense donc tu crois que c'est le cas de tout le monde
Moi : et si les gens n'en parlent pas c'est qu'ils cachent quelque chose
Bobbi : bon, très bien
Bobbi : on est différentes là-dessus

Nos échanges n'étaient pas tous de cette teneur. La recherche « sentiments » a aussi fait remonter une conversation de janvier :

Moi : j'ai toujours eu des sentiments négatifs au sujet des figures d'autorité
Moi : mais ce n'est qu'en te côtoyant que mes sentiments se sont transformés en convictions
Moi : tu vois ce que je veux dire
Bobbi : tu y serais arrivée toute seule
Bobbi : tu as l'intuition communiste
Moi : euh, non, je crois que je déteste l'autorité parce que je n'aime pas qu'on me dise ce que je dois faire
Moi : sans toi, j'aurais pu devenir le gourou d'une secte
Moi : ou bien une fan d'ayn rand
Bobbi : mais moi aussi je déteste qu'on me dise ce que j'ai à faire !
Moi : oui mais par pureté spirituelle
Moi : pas par volonté de pouvoir
Bobbi : tu es, à beaucoup d'égards, la pire des psychologues

Je me souvenais de cette conversation ; je me souvenais quels efforts elle m'avait demandés, car Bobbi ne me comprenait pas, voire n'essayait même pas de me comprendre. J'étais dans la chambre à l'étage chez ma mère, sous la couette, et j'avais froid aux mains. J'avais passé Noël à Ballina loin de Bobbi, j'avais envie de lui dire qu'elle me manquait. C'était ce que j'avais commencé à exprimer, ou eu l'intention d'exprimer.

/

Nick est venu me rendre visite à l'appartement quelques jours après son retour, une après-midi où Bobbi était en cours. Quand je l'ai fait entrer, nous avons échangé un long regard, et ça a été comme boire de l'eau fraîche. Il était bronzé, et encore plus blond. Merde, tu es tellement beau, ai-je dit. Ce qui l'a fait rire. Il avait des dents incroyablement blanches. Il a jeté des coups d'œil dans l'entrée et dit : joli appartement. C'est assez central, de combien est le loyer ? J'ai répondu que le frère de mon père en était propriétaire, et il m'a regardée en disant : espèce de gosse de riches. Tu m'avais caché que ta famille possédait des appartements dans le centre. Tout l'immeuble, ou juste celui-ci ? Je lui ai donné un petit coup de poing dans le bras en disant : juste celui-ci. Il m'a pris la main et nous nous sommes embrassés. J'ai dit tout bas : oui, oui.

21

La semaine suivante, Bobbi et moi nous sommes rendues à la soirée de lancement d'un recueil qui comprenait un essai de Melissa. Elle avait lieu dans le quartier de Temple Bar, et je savais que Melissa et Nick y assisteraient. J'ai choisi un chemisier qu'il aimait beaucoup, que j'ai déboutonné de façon à laisser voir mes clavicules, puis j'ai passé plusieurs minutes à dissimuler les petits défauts de mon visage avec du fond de teint et de la poudre. Quand Bobbi a été prête, elle a frappé à la porte de la salle de bains en disant : allez, viens. Elle n'a pas fait de commentaire sur mon apparence. Elle portait un pull à col cheminée gris et, de toute façon, elle était bien plus belle que moi.

Nick et moi nous étions vus à deux reprises dans la semaine pendant que Bobbi était en cours. À chaque fois, il m'avait apporté des petits cadeaux. Le premier jour, des glaces, et le mercredi, une boîte de beignets qu'il avait achetés au stand sur O'Connell Street – ils étaient encore chauds à son arrivée, et nous les avions mangés avec un café en discutant. Il m'a demandé si j'avais eu des contacts avec mon père ces derniers temps, et j'ai essuyé le grain de sucre sur mes lèvres en disant : je crois qu'il ne va pas très bien. Je lui ai raconté l'état de sa maison. Mon Dieu, a-t-il dit. C'est traumatisant. J'ai avalé une gorgée de café. Ouais, ai-je dit. C'était dur.

Après cette conversation, je me suis demandé comment je parvenais à parler de mon père à Nick, alors que je n'avais jamais réussi à aborder le sujet avec Bobbi. Certes, Nick savait écouter, et je me sentais souvent mieux après nos discussions, mais c'était également le cas de Bobbi. En fait, c'était surtout que la sympathie de Nick était inconditionnelle : c'était comme s'il m'encourageait, quoi que je fasse, alors que Bobbi avait des principes qu'elle appliquait à tout le monde, y compris moi. Je ne craignais pas le jugement de Nick autant que je craignais celui de Bobbi. Il était content de m'écouter, même lorsque mes réflexions ne menaient à rien, même quand je lui racontais des histoires où je n'apparaissais pas sous un jour flatteur.

Comme à son habitude, Nick s'habillait toujours très bien quand il venait chez moi, avec des vêtements qui, à mon avis, valaient cher. Au lieu de les jeter par terre quand il se déshabillait, il les pliait sur le dossier de la chaise dans ma chambre. Il aimait les chemises de couleur claire, et il portait parfois des modèles en lin vaguement froissé, parfois des oxfords ouvertes au col, toujours avec les manches retroussées. Il y avait un blouson de golf qu'il semblait beaucoup aimer, mais quand il faisait froid, il mettait un manteau en cachemire gris doublé de soie bleue. J'adorais ce manteau, j'adorais son odeur. Il avait un col étroit et une seule rangée de boutons.

Le mercredi, j'ai enfilé son manteau tandis qu'il était à la salle de bains. Je suis sortie du lit, j'ai passé mes bras nus par les manches et senti la soie froide sur ma peau. Ses poches étaient lourdes de ses effets personnels : téléphone, portefeuille, clefs. Je les ai soupesées comme si tout ça m'appartenait. Je me suis regardée dans la glace. À l'intérieur du manteau de Nick, mon corps paraissait très maigre et blanc comme une bougie. Quand il est revenu dans la chambre, il a éclaté de rire. Il s'habillait toujours pour aller à la salle de bains, au cas où Bobbi rentrerait à l'improviste. Nos regards se sont croisés dans le miroir.

Tu ne vas tout de même pas le garder, a-t-il dit.

Je l'aime bien.

Malheureusement, moi aussi.

Il coûte cher ? ai-je demandé.

Nous nous observions toujours dans le miroir. Il est venu se placer derrière moi et a entrouvert le manteau. Je l'ai regardé me regarder.

Il a coûté… euh. Je ne me souviens plus du prix.

Mille euros ?

Hein ? Non. Deux ou trois cents, peut-être.

J'aimerais avoir de l'argent, ai-je dit.

Il a passé la main sous le manteau pour caresser l'un de mes seins. La façon sexuelle que tu as de parler d'argent est intéressante, a-t-il dit. Mais aussi un peu troublante, bien sûr. Tu ne voudrais pas que je te donne de l'argent, si ?

En un sens, si, ai-je dit. Mais c'est un désir que je ferais mieux de ne pas assouvir, je pense.

Oui, ce serait bizarre. J'ai de l'argent dont je ne me sers pas pour l'instant, et je préférerais que ça soit toi qui l'aies. Mais cette transaction m'ennuierait.

Tu n'aimes pas te sentir en position de puissance. Ou alors, tu n'aimes pas qu'on te rappelle combien tu aimes te sentir en position de puissance.

Il a haussé les épaules. Il était toujours en train de me caresser sous le manteau. C'était agréable.

Je pense que j'ai déjà assez de soucis moraux à propos de notre relation, a-t-il dit. Te donner de l'argent, ce serait sans doute trop pour moi. D'un autre côté, j'hésite. Tu serais sans doute plus heureuse si tu avais cet argent.

Je le regardais tout en voyant mon visage à la périphérie de mon champ de vision, le menton un peu relevé. Floue, j'avais l'air très belle. Je me suis glissée hors du manteau, que j'ai laissé dans ses mains. Je suis retournée au lit en me passant la langue sur les lèvres.

Tu te poses des questions au sujet de notre relation ? ai-je demandé.

Il est resté là, tenant mollement le manteau entre ses mains. Je voyais qu'il se délectait du moment et qu'il était trop distrait pour songer à le poser.

Non, a-t-il dit. En fait si, mais seulement de façon abstraite.

Tu ne vas pas me quitter ?

Il a esquissé un sourire timide. Je te manquerais, si c'était le cas ? a-t-il demandé.

Je me suis rallongée sur le lit avec un petit rire. Il est allé suspendre son manteau. Puis il a soulevé l'une de mes jambes pour la croiser lentement sur l'autre.

Moi, ce qui me manquerait, c'est de dominer nos échanges, ai-je dit.

Il s'est allongé près de moi et a posé la main sur mon ventre. Continue, a-t-il dit.

Je pense qu'à toi aussi, ça te manquerait.

D'être dominé ? Évidemment. C'est un peu comme des préliminaires, pour nous. Tu dis des choses mystérieuses que je ne comprends pas. Je te fais des réponses inadaptées, tu te moques de moi, puis on baise.

J'ai ri. Il s'est rassis pour me regarder rire.

C'est bon, a-t-il dit. Ça me donne l'occasion de savourer mon côté inadapté.

Je me suis soulevée sur un coude pour l'embrasser sur la bouche. Il s'est penché, comme s'il avait réellement envie d'être embrassé, et j'ai tout à coup senti mon pouvoir sur lui.

Tu te sens mal à cause de moi ? ai-je demandé.

Des fois, tu es un peu dure. Non que je t'en veuille. Mais en ce moment, on s'entend bien, je trouve.

J'ai regardé mes mains. Avec précaution, comme si je me défiais moi-même, j'ai dit : si je m'en prends à toi, c'est parce que tu n'as pas l'air très vulnérable.

Il a tourné les yeux vers moi. Il n'a même pas ri, il m'a juste lancé un regard sombre, comme s'il avait l'impression que je me moquais de lui. Je pense que ça ne fait jamais plaisir de se faire attaquer, a-t-il lancé.

Ce que je veux dire, c'est que tu n'es pas quelqu'un de très vulnérable. Par exemple, j'ai du mal à t'imaginer essayer des vêtements. Je n'ai pas l'impression que tu sois du genre à étudier ton reflet en te demandant si un habit te va bien. Tu as l'air de quelqu'un qui trouverait ça gênant.

Soit, a-t-il dit. Pourtant, je suis humain. J'essaie mes vêtements avant de les acheter. Mais je crois voir de quoi tu parles. Les gens ont tendance à me trouver froid et sans humour.

J'étais excitée de partager des choses aussi personnelles avec lui, alors j'ai aussitôt répliqué : les gens me trouvent froide et sans humour, aussi.

Ah bon ? a-t-il dit. À moi, tu as toujours paru charmante.

J'ai soudain été prise d'une irrésistible envie de dire : je t'aime, Nick. Ce n'était pas un sentiment désagréable à proprement parler ; un peu fou et amusant, comme quand, juste après s'être levé d'une chaise, on se rend compte qu'on est complètement ivre. Mais c'était vrai. J'étais amoureuse de lui.

Je veux ce manteau, ai-je dit.

Ah, oui. Eh bien tu ne l'auras pas.

Quand Bobbi et moi sommes arrivées à la soirée de lancement le lendemain soir, Nick et Melissa s'y trouvaient déjà. Ils étaient en train de parler à des gens que nous connaissions : Derek et plusieurs autres. Nick nous a vues apparaître, mais il n'a pas soutenu mon regard. Il a tourné la tête, et c'est tout. Bobbi et moi avons feuilleté le livre sans l'acheter. Nous avons salué les gens que nous connaissions, Bobbi a envoyé un sms à Philip pour lui demander où il était, et j'ai fait mine de lire la biographie des auteurs. Puis les lectures ont commencé.

Pendant que Melissa lisait, Nick regardait son visage avec attention et il riait aux moments adéquats. Le fait que je me sente amoureuse de Nick, pas simplement entichée de lui, mais profondément attachée d'une façon qui pouvait avoir des conséquences durables sur mon bonheur, me faisait éprouver une nouvelle forme de jalousie envers Melissa. Je ne parvenais pas à croire qu'il rentrait chaque soir pour la retrouver, qu'ils dînaient ensemble et parfois regardaient un film à la télévision. De quoi parlaient-ils ? Est-ce qu'ils riaient ensemble ? Discutaient-ils de leur vie émotionnelle, se confiaient-ils l'un à l'autre ? Respectait-il Melissa plus que moi ? L'aimait-il davantage ? Si nous devions toutes les deux mourir dans un bâtiment en feu et qu'il ne pouvait en sauver qu'une, ne choisirait-il pas Melissa ? Il me paraissait affreux de faire autant l'amour avec quelqu'un que vous seriez ensuite prêt à laisser périr dans les flammes.

À la fin de la lecture, Melissa a reçu les applaudissements avec un grand sourire. Lorsqu'elle s'est rassise, Nick lui a glissé quelque chose à l'oreille, et son sourire affecté est devenu sincère – dents apparentes et pattes-d'oie au coin des yeux. Il l'appelait toujours « ma femme » en ma présence. Au début, j'avais pris ça pour un jeu, peut-être un peu de sarcasme, comme si ce n'était pas du tout sa vraie femme. À présent, je voyais ça différemment. Il se moquait que je sache qu'il en aimait une autre, il voulait même que je le sache, en revanche il était horrifié à l'idée que Melissa soit au courant de notre relation. Il en avait honte, il voulait la protéger. J'étais enfermée dans une partie de sa vie qu'il niait en présence d'autres gens.

Une fois les lectures terminées, je suis allée me servir un verre de vin. Evelyn et Melissa discutaient, ayant chacune un verre d'eau pétillante à la main. Evelyn m'a fait signe. J'ai félicité Melissa pour sa lecture. J'ai vu Nick arriver dans son dos. Il m'a repérée et a hésité. Evelyn parlait de la maison d'édition qui publiait le recueil. Nick est arrivé à hauteur de son épaule et ils se sont embrassés avec tellement d'effusion que ça a décalé les lunettes d'Evelyn qui a dû les redresser. Nick et moi avons échangé un petit signe de tête courtois. Cette fois, il a soutenu mon regard une seconde de plus que nécessaire, comme s'il était désolé qu'on soit obligés de se voir dans ces circonstances.

Tu as l'air très en forme, lui a dit Evelyn. Vraiment.

Il passe pratiquement sa vie à la salle de sport, a dit Melissa.

J'ai pris une immense gorgée de vin blanc, passant le liquide sur mes dents. C'est ce qu'il te dit, ai-je pensé.

Eh bien, ça porte ses fruits, a dit Evelyn. Tu as l'air en pleine forme.

Oui, je me sens bien. Merci, a-t-il dit.

Melissa regardait Nick avec fierté, à croire qu'elle l'avait ramené à la vie suite à une longue maladie. Je me suis demandé ce qu'il voulait dire par « je me sens bien », ce qu'il voulait que j'y entende.

Et toi, Frances ? a demandé Evelyn. Comment vas-tu ?

Bien, merci, ai-je dit.

Tu as l'air un peu sombre, ce soir, a observé Melissa.

D'un ton enjoué, Evelyn a lancé : à ta place, moi aussi j'aurais l'air sombre, à passer tout mon temps avec des vieux comme nous. Où est Bobbi ?

Oh, par là, ai-je dit en désignant la caisse alors qu'en réalité, j'ignorais où elle se trouvait.

Tu commences à te lasser des vieux ? m'a demandé Melissa.

Pas du tout, au contraire, ai-je dit.

Nick a fixé son verre.

On va devoir te trouver une vieille petite amie, alors, a dit Melissa. Avec beaucoup d'argent.

Je n'avais pas le courage de regarder Nick. Je plongeais l'ongle de mon pouce dans le côté de mon index autour du pied de mon verre, de façon à me faire mal.

Je ne sais pas trop quel serait mon rôle dans cette relation, ai-je dit.

Tu pourrais lui écrire des sonnets amoureux, a proposé Evelyn.

Melissa a souri. Ne sous-estime pas l'effet de la jeunesse et de la beauté, a-t-elle déclaré.

Ça ressemble à une recette pour des amours très malheureuses, ai-je rétorqué.

Tu as vingt et un ans, a renchéri Melissa. Il faut que tu connaisses les amours très malheureuses.

J'y travaille, ai-je lâché.

Une autre personne est arrivée, qui s'est mise à discuter avec Melissa. J'ai saisi cette occasion pour partir à la recherche de Bobbi. Elle bavardait avec le caissier près de la sortie. Bobbi n'avait jamais eu de petit boulot de sa vie, mais elle adorait poser des questions aux gens sur leur travail. Même les plus petits détails l'intéressaient, quand bien même elle les oubliait aussitôt. Le caissier était un jeune homme maigre couvert d'acné, et il parlait avec enthousiasme de son groupe de musique. Le gérant de la librairie est arrivé et il a abordé le sujet du livre, qu'aucun de nous n'avait lu ou acheté. J'observais Melissa à l'autre bout de la pièce, qui avait passé le bras dans le dos de Nick d'un air absent.

Quand j'ai vu Nick nous regarder, je me suis tournée vers Bobbi en souriant, puis j'ai déplacé une mèche de ses cheveux pour lui glisser quelque chose à l'oreille. Elle a aperçu Nick et, tout à coup, m'a serré le poignet fort, plus fort qu'elle ne m'avait jamais touchée. J'ai eu mal, j'ai laissé échapper un petit bruit guttural, puis elle m'a lâché le bras. J'ai ramené mon poignet contre mes côtes. D'une voix terriblement calme, en me regardant droit dans les yeux, Bobbi m'a dit : putain, ne te sers pas de moi. Elle a soutenu mon regard une seconde avec une expression qui m'a fait froid dans le dos, puis s'est retournée vers le caissier.

Je suis allée chercher ma veste. Je savais que personne ne me regardait, que personne ne s'intéressait à ce que je faisais ni pensais, et j'ai eu l'impression de vibrer avec le pouvoir de cette nouvelle liberté perverse. Je pouvais hurler ou me déshabiller si j'en avais envie, je pouvais me jeter sous un bus sur le chemin du retour, qui le saurait ? Bobbi n'allait pas me suivre. Et Nick refusait d'être vu en train de me parler en public.

Je suis rentrée chez moi à pied sans prévenir personne. J'avais mal aux pieds quand j'ai ouvert ma porte. Ce soir-là, assise dans mon lit, j'ai téléchargé l'application d'un site de rencontre sur mon téléphone. J'ai même mis une photo de moi prise par Melissa, celle où j'avais les lèvres entrouvertes et où mon regard paraissait grand et terrifiant. J'ai entendu Bobbi rentrer, elle a lâché son sac dans l'entrée au lieu de l'accrocher. Elle chantait « Green Rocky Road » assez fort pour que je comprenne qu'elle avait bu. J'étais assise dans le noir à examiner le visage d'inconnus qui habitaient dans mon coin. J'essayais de penser à eux, de m'imaginer les laisser m'embrasser, mais je ne cessais de revenir à Nick, à son visage qui me regardait depuis mon oreiller, tendant la main pour caresser mon sein comme s'il lui appartenait.

/

Je n'avais pas dit à ma mère que j'emportais le petit exemplaire du Nouveau Testament. Je savais qu'elle ne remarquerait pas son absence, mais que si j'essayais de m'expliquer, elle ne comprendrait pas pourquoi ça m'intéressait. Ce que je préférais dans les Évangiles c'était, dans celui de saint Matthieu, quand Jésus disait : « Aimez vos ennemis, bénissez ceux qui vous maudissent, faites du bien à ceux qui vous haïssent, et priez pour ceux qui vous maltraitent et qui vous persécutent. » Je partageais ce désir de supériorité morale sur mes ennemis. Jésus voulait toujours être le meilleur des hommes, et moi aussi. J'ai souligné ce passage plusieurs fois au stylo rouge pour illustrer le fait que je partageais cette vision chrétienne.

La Bible prenait plus de sens, voire tout son sens, si je me représentais Jésus réincarné en Bobbi. Elle ne prononçait toutefois pas ses paroles de façon neutre. Parfois, elle y ajoutait du sarcasme ou une étrange expression distante. Quand il était question d'époux, elle était satirique, alors que lorsqu'elle devisait sur le fait d'aimer ceux qui vous maudissent, elle était sincère. Ça avait du sens pour moi qu'elle tolère l'adultère et qu'elle dispose d'une troupe de disciples pour aller répandre la bonne parole.

Le lendemain de cette soirée, un vendredi, j'ai écrit un long mail à Bobbi pour m'excuser de mon geste à la librairie. J'ai essayé de lui expliquer que je m'étais sentie vulnérable mais sans utiliser ce mot ni même un synonyme. En revanche, je lui ai dit que j'étais désolée, plusieurs fois. Elle a répondu quelques minutes plus tard :

> t'en fais pas, je te pardonne, mais ces derniers temps j'ai comme l'impression de te regarder disparaître.

Je me suis levée de mon siège juste après avoir lu ce mail, puis je me suis souvenue que je me trouvais dans la bibliothèque à la fac. Pourtant, je n'avais pas vraiment conscience de ce qui m'entourait. Je me suis frayé un chemin jusqu'aux toilettes pour m'enfermer dans une cabine. Un liquide aigre est remonté de mon estomac et je me suis penchée pour vomir. Mon corps avait disparu, il était dans un endroit où personne ne le verrait plus jamais. À qui manquerait-il ? Je me suis essuyé la bouche avec un carré de papier-toilette, j'ai tiré la chasse et remonté l'escalier. L'écran de mon MacBook en veille formait un rectangle noir parfait qui réfléchissait les lumières du plafond. Je me suis rassise, j'ai déconnecté ma boîte mail et repris ma lecture d'un essai de James Baldwin.

Je ne me suis pas vraiment mise à prier le week-end suivant, mais j'ai fait des recherches sur Internet au sujet de la méditation. Ça consistait essentiellement à fermer les yeux et à respirer en calmant son flux de pensées. Je me concentrais sur mon souffle, ce qui était permis. On pouvait même compter les respirations. Ensuite, il suffisait de penser à ce qu'on voulait, n'importe quoi, mais au bout de cinq minutes passées à compter, je n'avais juste plus envie de penser. J'avais l'esprit aussi vide qu'un bocal en verre. Je m'appropriais ma peur de la disparition par une pratique spirituelle. J'habitais cette disparition comme quelque chose qui puisse révéler et informer, au lieu d'accumuler et d'anéantir. Souvent, mes tentatives demeuraient infructueuses.

Mon père m'a appelée le lundi vers vingt-trois heures pour me dire qu'il était allé verser ma pension à la banque ce jour-là. Sa voix roulait de façon incertaine au bout de la ligne et je me suis sentie coupable. Oh, merci, ai-je dit.

J'ai mis quelques sous supplémentaires pour toi. On ne sait jamais, tu peux en avoir besoin.

Tu n'aurais pas dû, ai-je dit. J'ai suffisamment d'argent.

Eh bien, offre-toi quelque chose qui te fait plaisir.

Après ce coup de téléphone, je me suis sentie agitée et brûlante, comme si je venais de monter un escalier en courant. J'ai essayé de m'allonger, mais ça n'a rien changé. Le même jour, Nick m'avait envoyé un mail qui contenait un lien vers une chanson de Joanna Newsom. Je lui ai à mon tour envoyé un lien vers l'enregistrement de « I'm a Fool to Want You » par Billie Holiday, mais il n'a pas répondu.

Je suis passée dans le salon, où Bobbi regardait un documentaire sur l'Algérie. Elle a tapoté le coussin du canapé près d'elle, et je m'y suis installée.

Tu as parfois l'impression de ne pas savoir ce que tu fais de ta vie ? ai-je demandé.

Je suis en train de regarder ça, a répondu Bobbi.

Je me suis tournée vers l'écran, où j'ai vu des images de guerre avec un commentaire en voix off expliquant le rôle qu'avait joué l'armée française. J'ai dit : parfois, je ressens sans intellectualiser, c'est tout. Bobbi a mis un doigt sur ses lèvres en disant : Frances, je regarde.

/

Le mercredi soir, sur l'appli de rencontre, je me suis mise à discuter avec un certain Rossa. Il m'a écrit plusieurs messages, puis m'a demandé si j'avais envie de le voir, et j'ai répondu : oui. Nous sommes allés boire un verre dans un bar de Westmoreland Street. Lui aussi était étudiant, mais en médecine. Je n'ai pas parlé de mon problème d'utérus, je me suis même targuée d'être en parfaite santé. Il m'a dit qu'il travaillait très dur à la fac, ce qu'il semblait considérer comme formateur, et j'ai dit que j'en étais heureuse pour lui.

Je n'ai jamais travaillé dur à quoi que ce soit, ai-je dit.

Ça doit être la raison pour laquelle tu fais des études de lettres.

Puis il a dit que c'était une plaisanterie. Il s'est avéré qu'il avait gagné un premier prix de rédaction à l'école. J'adore la poésie, a-t-il dit. Yeats.

Ouais, ai-je rétorqué. S'il y a un point positif dans le fascisme, c'est bien qu'il a de bons poètes.

Après ça, il n'a plus rien dit à ce sujet. Il m'a invitée chez lui, et je l'ai laissé déboutonner mon chemisier. Je me suis dit : c'est normal. C'est quelque chose de normal à faire. Il avait un torse étroit et lisse, pas du tout comme celui de Nick, et il ne m'a rien fait de ce que Nick faisait avant un rapport sexuel, par exemple me caresser longuement et me parler à voix basse. Nous sommes directement entrés dans le vif du sujet, sans préalable. Physiquement, je n'ai presque rien ressenti, à part un petit inconfort. Je me suis laissée devenir rigide et silencieuse, j'attendais que Rossa s'aperçoive de ma rigidité et cesse de faire ce qu'il faisait, mais ça n'a pas été le cas. J'ai songé à lui demander d'arrêter, pourtant l'idée qu'il puisse ignorer ma requête m'a paru donner à la situation une gravité qu'elle ne méritait pas. Inutile de te lancer dans des considérations légales, me suis-je dit. Alors je suis restée couchée là et je l'ai laissé continuer. Il m'a demandé si j'aimais quand c'était brutal, je lui ai dit que je ne croyais pas, mais il m'a quand même tiré les cheveux. J'avais envie de rire, et après ça, je m'en suis voulu de me sentir supérieure.

Quand je suis rentrée chez moi, je me suis rendue dans ma chambre et j'ai pris un pansement dans le tiroir. Je suis normale, me suis-je dit. J'ai un corps normal. Puis je me suis gratté le bras jusqu'à me faire saigner, juste une petite tache rouge qui a fini par former une goutte de sang. J'ai compté jusqu'à trois et j'ai ouvert le pansement, que j'ai positionné avec soin sur mon bras avant de jeter l'emballage.

22

Le lendemain, je me suis mise à écrire une nouvelle. C'était un jeudi. Je n'avais cours qu'à quinze heures et j'étais assise dans mon lit avec une tasse de café noir sur ma table de chevet. Je n'avais pas prévu d'écrire une nouvelle, mais au bout d'un moment, j'ai remarqué que j'avais cessé d'utiliser la touche entrée, que les lignes étaient entièrement remplies et rattachées les unes aux autres, comme dans la prose. Lorsque j'ai arrêté, j'avais rédigé plus de trois mille mots. Il était quinze heures passées, et je n'avais pas mangé. J'ai retiré mes mains du clavier, et dans la lumière en provenance de la fenêtre, elles m'ont paru émaciées. Quand j'ai finalement quitté mon lit, j'ai été prise de vertiges, et tout ce qui m'entourait s'est transformé en un déluge de bruits visuels. Je me suis fait quatre toasts que j'ai mangés comme ça, sans beurre. J'ai enregistré mon fichier sous l'intitulé « b ». C'était la première nouvelle que j'écrivais.

/

Ce soir-là Bobbi, Philip et moi sommes allés prendre un milkshake après une séance de cinéma. Au cours du film, j'avais regardé six fois mon téléphone pour voir si

Nick avait répondu à mon dernier message. Rien. Bobbi portait une veste en jean et un rouge à lèvres violet tellement foncé qu'il en paraissait noir. Je pliais le ticket des milkshakes en une forme géométrique complexe tandis que Philip essayait de nous convaincre de refaire de la scène. Nous sommes restées assez évasives sur le sujet, même si je ne savais pas exactement pourquoi.

J'ai du travail à la fac, a dit Bobbi. Et Frances a un petit copain secret.

Je l'ai regardée avec une expression d'horreur absolue. J'ai senti une sorte de choc dans les terminaisons nerveuses de mes dents. Elle a froncé les sourcils.

Quoi ? a-t-elle dit. Il le sait, il en a parlé l'autre jour.

J'ai parlé de quoi ? a demandé Philip.

De Frances et Nick, a dit Bobbi.

Philip l'a dévisagée, puis moi. Bobbi a mis sa main devant sa bouche, lentement, à l'horizontale, en secouant une fois la tête. Assez pour me faire comprendre qu'elle ne jouait pas un petit jeu, qu'elle s'en voulait affreusement.

Je croyais que tu savais, a dit Bobbi. Il me semblait que tu l'avais dit, l'autre jour.

Tu n'es pas sérieuse, m'a dit Philip. Tu n'as pas vraiment une liaison avec lui, si ?

J'ai essayé d'affecter un air décontracté. Comme Melissa partait rendre visite à sa sœur pour le week-end, j'avais envoyé un message à Nick en lui demandant s'il voulait venir chez moi pendant son absence. Ça ne dérange pas Bobbi, avais-je précisé. Il avait vu le message, sans y répondre.

Putain, mais il est marié ! s'est exclamé Philip.

Oh, ça va les leçons de morale, a dit Bobbi. On n'a pas besoin de ça.

Je continuais à tordre ma bouche en un rictus censé feindre la décontraction sans regarder personne.

Et il va quitter sa femme ? a demandé Philip.

Bobbi s'est gratté l'œil avec un poing. Lentement, les lèvres serrées, j'ai dit : non.

Au bout d'un long silence, Philip m'a regardée et a déclaré : je ne pensais pas que tu laisserais quiconque abuser de toi comme ça. Il semblait gêné et avait prononcé ces mots d'une voix étouffée. Je me suis sentie mal pour nous tous, comme si nous n'étions que des enfants jouant aux adultes. Puis Philip est parti, et Bobbi a fait glisser vers moi le milkshake à moitié bu qu'il avait laissé sur la table.

Je suis désolée, a-t-elle dit. Je croyais vraiment qu'il savait.

J'ai décidé de boire le plus de milkshake possible sans respirer. Je commençais à avoir mal à la bouche, mais je n'ai pas arrêté pour autant. Je n'ai pas non plus arrêté quand la douleur est montée dans mon crâne. J'ai continué jusqu'à ce que Bobbi dise : Frances, tu cherches à te noyer ou quoi ? Là, j'ai relevé la tête comme si tout était normal en disant : hein ?

/

Nick m'a invitée à passer le week-end chez lui. Il était en train de cuisiner quand je suis arrivée le vendredi soir, et j'ai été tellement soulagée de le voir que j'ai eu envie de faire un geste romantique stupide, comme me jeter dans ses bras. Au lieu de ça, je me suis assise à table en me rongeant l'ongle du pouce. Il m'a dit que j'étais très silencieuse, alors j'ai arraché un bout d'ongle avec mes dents et examiné mon doigt d'un air critique.

Bon, il faut peut-être que je te dise, l'autre jour j'ai couché avec un type que j'ai rencontré sur Tinder.

Ah bon ?

Nick était en train de couper des légumes avec des gestes méthodiques, comme à son habitude. Il aimait cuisiner, il disait que ça le détendait.

Tu n'es pas en colère ni rien, n'est-ce pas ? ai-je insisté.

Pourquoi je serais en colère ? Tu couches avec qui ça te chante.

Je sais. C'est juste que je me sens bête. C'était idiot de faire ça.

Ah oui ? Et de quoi il avait l'air ?

Nick ne quittait pas sa planche à découper des yeux. Il a repoussé les dés d'oignon sur le côté avec le plat du couteau et s'est attaqué à un poivron rouge.

Il était catastrophique. Il m'a dit qu'il adorait Yeats, tu imagines ? J'ai presque dû l'empêcher de déclamer « L'île du lac d'Innisfree » en plein milieu du bar.

Ouah, je me sens mal pour toi.

Et le sexe, c'était nul aussi.

Une personne qui aime Yeats est incapable d'avoir des rapports intimes dignes de ce nom.

Nous avons dîné sans nous toucher. Le chien s'est réveillé et a voulu sortir, puis j'ai aidé Nick à mettre les assiettes dans le lave-vaisselle. Il est sorti fumer une cigarette en laissant la porte ouverte pour qu'on puisse discuter. J'avais l'impression qu'il avait envie que je parte, mais qu'il était trop poli pour le dire. Il m'a demandé des nouvelles de Bobbi. Ça va, ai-je répondu. Et Melissa ? Il a haussé les épaules. Pour finir, il a écrasé sa cigarette et nous sommes montés dans sa chambre. Je me suis assise sur son lit et j'ai commencé à me déshabiller.

Tu es sûre d'en avoir envie ? a demandé Nick.

Il disait toujours ce genre de chose, alors je me suis contentée de répondre oui ou de simplement hocher la tête en défaisant ma ceinture. Derrière moi, je l'ai entendu dire : parce que je sens… je ne sais pas. Je me suis retournée. Il était debout, à se frotter l'épaule gauche avec la main.

Tu as l'air distante, a-t-il dit. Si tu préfères… Si tu préfères être ailleurs, je ne veux pas que tu te sentes coincée ici.

Pas du tout. Je suis désolée, je ne cherchais pas à paraître distante.

Non, je ne… J'ai l'impression d'avoir du mal à te parler. Peut-être que c'est ma faute, je ne sais pas. Je me sens un peu…

D'habitude, il ne laissait jamais ses phrases en suspens comme ça. J'ai senti la nervosité me gagner. J'ai répété que je ne cherchais pas à avoir l'air distante. Je ne comprenais pas ce qu'il essayait de me dire, et je craignais de le découvrir.

Si tu n'as pas envie de ça, a-t-il dit, alors ne le fais pas. Je ne veux pas… tu vois… dans ce cas, ça ne m'intéresse pas.

J'ai murmuré quelque chose comme « bien sûr », mais en fait, je ne comprenais pas ce qu'il voulait dire. J'avais l'impression qu'il craignait que j'aie des sentiments pour lui, alors qu'il tentait de me dire qu'il n'y avait que le sexe qui l'intéressait. Mais quoi qu'il dise, j'étais d'accord avec lui.

Au lit, il s'est allongé sur moi, et nos regards ne se sont presque pas croisés. Par réflexe, je lui ai pris une main et l'ai pressée contre ma gorge. Il l'a laissée quelques secondes puis il a dit : qu'est-ce que tu veux que je fasse ? J'ai haussé les épaules. Je veux que tu me tues, ai-je pensé. Il a caressé le muscle tendu sur ma gorge puis a retiré sa main.

Quand on a eu terminé, il m'a posé une question sur le pansement à mon bras. Tu t'es fait mal ? a-t-il demandé. J'ai regardé ma blessure sans rien dire. J'entendais Nick respirer fort, comme s'il était fatigué. Je ressentais beaucoup de choses que je n'avais pas envie de ressentir. J'avais l'impression d'être une personne abîmée qui ne méritait rien.

Tu me frapperais ? ai-je demandé. Si je te le demandais.

Nick ne m'a pas regardée, il avait les yeux fermés. Il a répondu : euh, je ne sais pas. Pourquoi ? Tu en as envie ? J'ai fermé moi aussi les yeux et j'ai soufflé tout doucement jusqu'à ce qu'il n'y ait plus d'air dans mes poumons et que mon ventre soit tout plat.

Ouais, ai-je dit. Je veux que tu le fasses, là tout de suite.

Quoi ?

Je veux que tu me frappes.

Je ne crois pas avoir envie de ça, a-t-il dit.

J'avais toujours les yeux fermés, mais je savais qu'il s'était rassis et qu'il me regardait.

Il y en a qui aiment, ai-je dit.

Pendant le sexe, tu veux dire ? J'ignorais que ça pouvait te plaire.

J'ai ouvert les yeux. Il fronçait les sourcils.

Attends, ça va ? a-t-il demandé. Pourquoi tu pleures ?

Je ne pleure pas.

Pourtant si, je pleurais. C'était juste quelque chose que mes yeux faisaient pendant notre conversation. Il a touché mon visage humide.

Je ne pleure pas, ai-je répété.

Tu crois que j'ai envie de te faire mal ?

Je sentais les larmes déborder de mes yeux, mais elles ne me paraissaient pas chaudes, contrairement à de vraies larmes. J'avais l'impression que c'étaient deux ruisseaux en provenance d'un lac.

Je ne sais pas, ai-je dit. Je te dis juste que tu peux le faire.

Mais est-ce que c'est quelque chose que tu veux que je fasse ?

Tu peux faire ce que tu veux de moi.

OK. Je suis désolé, mais je ne sais vraiment pas quoi répondre à ça.

Je me suis essuyé le visage avec mon poignet. Peu importe, ai-je dit. Oublie tout ça. Essayons de dormir. Nick est resté un moment couché en silence. Je ne le regardais pas, mais je sentais son corps tendu sur le matelas, comme s'il allait se redresser d'un coup. Pour finir, il a dit : on en a déjà parlé, mais tu ne peux pas t'en prendre à moi dès que tu ne te sens pas bien.

Je ne m'en prends pas à toi, ai-je dit.

Qu'est-ce que tu éprouverais si je couchais avec d'autres femmes et que je venais m'en vanter chez toi ?

Je me suis figée. Entre-temps, j'avais oublié la nuit avec Rossa. La réaction de Nick avait été tellement neutre que cet incident avait immédiatement perdu tout intérêt et que je n'y pensais déjà plus. Il ne m'avait même pas traversé l'esprit que ça pouvait avoir provoqué l'humeur étrange de Nick. Je devais admettre que s'il m'avait fait pareil, s'il était allé chercher une autre femme pour coucher avec et ensuite me l'annoncer avec désinvolture tandis que je lui préparais à dîner, je n'aurais plus jamais voulu le revoir. Mais là, c'était différent.

Tu es marié, putain ! me suis-je exclamée.

Ouais, merci. Ça m'aide beaucoup. Donc j'imagine que parce que je suis marié, tu peux me traiter comme tu en as envie.

Je n'arrive pas à croire que tu essaies de te faire passer pour une victime.

Pas du tout, a-t-il dit. Mais je pense que si tu es honnête avec toi-même, tu es contente que je sois marié, parce que ça te permet de mal te comporter pour ensuite me mettre ça sur le dos.

Je n'étais pas habituée à ce qu'il s'attaque à moi comme ça. C'était terrifiant. Je me voyais comme une personne indépendante, tellement indépendante que l'opinion des autres ne signifiait rien pour moi. Et à présent, je craignais que Nick ait raison : je restais sourde à la critique de façon à pouvoir faire du mal sans perdre ma droiture.

Tu m'avais promis que tu le dirais à Melissa. Comment tu crois que je me sens, à toujours mentir à tout le monde ?

Je ne pense pas que ça t'ennuie tant que ça. Pour être franc, j'ai l'impression que tu veux que je le lui dise uniquement pour qu'on se dispute, elle et moi.

Si c'est ce que tu penses de moi, pourquoi on est là, alors ?

Je ne sais pas, a-t-il répondu.

Je me suis levée et j'ai enfilé mes vêtements. Il me voyait comme quelqu'un de cruel et de mesquin qui cherchait juste à détruire son mariage. Il ne savait pas pourquoi il me fréquentait encore, il n'en savait rien du tout. Et en boutonnant mon chemisier, j'ai ressenti une humiliation si vive que j'avais du mal à respirer.

Qu'est-ce que tu fais ? a-t-il demandé.

Je crois que je ferais mieux d'y aller.

Il a dit d'accord. J'ai mis mon gilet. Je savais ce que j'allais lui dire : la chose la plus désespérée que je puisse trouver, comme si je n'avais pas déjà touché le fond de l'ignominie.

Le problème, ce n'est pas que tu sois marié, ai-je déclaré. Le problème, c'est que je t'aime et que toi, de toute évidence, tu ne m'aimes pas.

Il a pris une grande bouffée d'air et répondu : Frances, tu as vraiment l'art du mélodrame.

Va te faire foutre, ai-je rétorqué.

J'ai claqué très fort la porte de sa chambre. Il m'a crié quelque chose tandis que je descendais l'escalier, mais je n'ai pas compris ses mots. J'ai marché jusqu'à l'arrêt de bus, sachant que mon humiliation était à présent totale. Nick ne m'aimait pas et j'en étais consciente, pourtant j'avais continué à accepter de coucher avec lui dès qu'il le voulait, à la fois par désespoir et espoir naïf qu'il comprenne ce qu'il m'infligeait. Désormais, même cet espoir s'était envolé. Il savait que je l'aimais et qu'il exploitait mes sentiments à son égard, mais il n'en avait rien à faire. Il n'y avait plus rien à tirer de cette histoire. Dans le bus qui me ramenait chez moi, je me suis mordu l'intérieur de la joue en regardant par la vitre sombre jusqu'à sentir le goût du sang.

23

Le lundi matin, quand j'ai voulu retirer de l'argent pour m'acheter à manger, le distributeur m'a annoncé que mon compte n'était pas approvisionné. J'étais dans Thomas Street sous la pluie, mon sac en tissu sous le bras, et j'avais mal derrière les yeux. J'ai fait une nouvelle tentative alors qu'une petite queue s'était formée et que j'entendais quelqu'un me traiter tout bas de « sale touriste ». L'appareil m'a rendu ma carte avec un cliquetis.

Je suis allée jusqu'à l'agence bancaire avec le sac en tissu sur ma tête. J'ai fait la queue avec des types en costume tandis qu'une voix féminine synthétique s'élevait de temps en temps pour dire : guichet numéro…, s'il vous plaît. Lorsque ç'a été mon tour, le jeune garçon derrière la vitre m'a demandé d'insérer ma carte. Son badge indiquait qu'il s'appelait « Darren » et il semblait ne pas être encore entré dans l'adolescence. Après avoir jeté un coup d'œil à son écran, Darren m'a appris que j'étais à découvert de trente-six euros.

Pardon ? ai-je dit. Excusez-moi, quoi ?

Il a fait pivoter son écran pour me montrer les dernières opérations sur mon compte : des retraits de vingt euros, des cafés payés par carte. Je n'avais pas eu de rentrée d'argent depuis plus d'un mois. J'ai senti le sang quitter mon visage, et je me souviens d'avoir très clairement pensé : ce gamin qui travaille dans une banque me prend vraiment pour une débile.

Je suis désolée, ai-je dit.

Vous attendiez un versement sur ce compte ?

Oui. Désolée.

Certaines opérations peuvent prendre jusqu'à cinq jours ouvrés pour être créditées, a gentiment dit Darren. Selon la façon dont elles sont transmises.

J'ai vu mon reflet pâle et désagréable dans la vitre.

Merci, ai-je dit. Je comprends ce qui s'est passé. Merci.

Dehors, je suis restée près de l'entrée de la banque pour appeler mon père. Il n'a pas décroché. Toujours depuis la rue, j'ai appelé ma mère qui, elle, a répondu. Je lui ai expliqué la situation.

Papa m'avait dit avoir payé ma pension, ai-je expliqué.

Il a juste dû oublier, ma chérie.

Mais il m'a appelée pour me dire qu'il l'avait fait.

Tu as essayé de lui téléphoner ?

Il ne décroche pas.

Je peux te dépanner, si tu veux. Je vais mettre cinquante euros sur ton compte cette après-midi en attendant que tu aies de ses nouvelles, d'accord ?

J'ai voulu lui expliquer qu'une fois le découvert comblé, ça ne me ferait plus que quatorze euros, mais je me suis abstenue.

Merci, ai-je dit.

Ne t'inquiète pas.

Nous avons raccroché.

Chez moi, j'avais un mail de Valerie me rappelant qu'elle tenait à lire mon travail. Elle précisait qu'elle avait eu mon adresse mail par Melissa. Que j'aie réussi à avoir un impact durable sur elle m'a emplie d'un sentiment de jubilation malsaine. Elle avait eu beau m'ignorer au dîner, j'étais maintenant l'objet de son intérêt. D'une humeur triomphante et récriminatoire, je lui ai envoyé ma nouvelle sans même la relire pour corriger les coquilles. Le monde était pour moi comme un journal roulé en boule dans lequel je pouvais donner un coup de pied.

Ce soir-là, mes douleurs sont revenues. J'avais terminé ma seconde plaquette de pilules deux jours plus tôt, et quand je me suis assise pour dîner, la nourriture m'a paru collante et désagréable au goût. J'ai jeté le contenu de mon assiette à la poubelle, mais l'odeur m'a retourné le cœur, et j'ai eu une suée. J'avais mal au dos, ma bouche s'est emplie de salive. Quand j'ai posé la main sur mon front, il m'a semblé humide et brûlant. Je savais que ça recommençait, et je n'y pouvais rien.

Vers quatre heures du matin, je suis allée vomir dans les toilettes. Une fois l'estomac vide, je suis restée couchée par terre en tremblant tandis que la douleur rampait le long de ma colonne vertébrale tel un animal. Je me suis dit : peut-être que je vais mourir, et qui ça intéressera ? Je savais que je saignais beaucoup. Quand je me suis sentie assez solide pour ramper, j'ai regagné mon lit. J'ai vu que Nick m'avait envoyé un sms en pleine nuit pour dire : j'ai essayé de t'appeler, on peut se parler ? Je savais qu'il ne voulait plus de moi. Il était patient, mais cette fois, j'avais dépassé les bornes. Je détestais les choses horribles que je lui avais dites ; je détestais ce que ça révélait de moi. J'avais envie qu'il soit cruel, parce que je le méritais. J'avais envie qu'il me dise les choses les plus méchantes auxquelles il pensait, qu'il me secoue jusqu'à ce que je ne parvienne plus à respirer.

Le lendemain matin, j'étais encore malade, mais j'ai tout de même décidé d'aller en cours. J'ai pris une petite surdose de paracétamol et me suis enveloppée dans un manteau avant de sortir. Il a plu tout du long jusqu'à la fac. Je me suis assise au fond de la salle en tremblant et j'ai mis une alarme sur mon ordinateur pour savoir à quelle heure je pourrais prendre le prochain cachet. Quelques camarades m'ont demandé si ça allait, et après le cours, même le conférencier m'a posé la question. Il avait l'air gentil, alors je lui ai dit que j'avais déjà raté beaucoup de sessions pour des raisons médicales et que je ne pouvais plus me le permettre. Il m'a regardée en disant : oh. Je lui ai adressé un sourire engageant malgré mes frissons, et là, mon alarme m'a prévenue que je pouvais à nouveau prendre du paracétamol.

Ensuite, je suis allée à la bibliothèque afin de commencer une dissertation à rendre deux semaines plus tard. J'étais encore trempée à cause de la pluie et j'entendais comme une sonnerie dans mon oreille droite, mais je n'y prêtais pas vraiment attention. Ma réelle inquiétude, c'était l'acuité de ma pensée critique. Je n'étais plus très sûre de me souvenir de la définition du terme « épistémique », ni même d'être encore capable de lire. Pendant quelques minutes, j'ai posé la tête sur la table à la bibliothèque et écouté la sonnerie gagner en puissance jusqu'à ce que j'aie presque l'impression qu'un ami me parlait. Tu pourrais mourir, me suis-je dit, ce qui sur le moment, m'a paru une pensée agréable. Je voyais la mort comme un interrupteur qui éteindrait la douleur et le bruit, supprimerait tout.

Lorsque j'ai quitté la bibliothèque, il pleuvait toujours et l'air m'a semblé incroyablement froid. Je claquais des dents et je ne me souvenais plus d'un seul mot en anglais. La pluie se déplaçait sur l'allée par vaguelettes, on aurait dit des effets spéciaux. Je n'avais pas de parapluie, et j'ai eu la sensation que mon visage et mes cheveux se trempaient anormalement vite. J'ai aperçu Bobbi réfugiée sous l'auvent du bâtiment des lettres et j'ai marché dans sa direction en me demandant comment on faisait pour dire bonjour. Ça me paraissait exiger de moi des efforts dont je n'avais pas l'habitude. J'ai levé la main et elle s'est approchée de moi, très vite, ai-je trouvé, tout en disant des mots que je ne comprenais pas.

Là, je me suis évanouie. Quand j'ai repris connaissance, j'étais couchée sous l'auvent, avec des gens debout autour de moi, et je disais : quoi ? Tout le monde a eu l'air soulagé de m'entendre. Un gardien parlait dans un talkie-walkie, mais je n'ai pas compris ce qu'il disait. La douleur dans mon abdomen me semblait aussi dure qu'un poing, et j'ai essayé de me rasseoir en cherchant Bobbi des yeux. Je l'ai vue au téléphone, la main sur son oreille libre, comme pour mieux entendre son interlocuteur. La pluie grésillait à la manière d'une radio mal réglée.

Ah, une seconde, elle a repris connaissance, a-t-elle dit.

Bobbi m'a regardée. Ça va ? a-t-elle demandé. Elle avait l'air aussi propre et sèche qu'un mannequin dans un catalogue, alors que mes cheveux dégoulinaient sur mon visage. Oui, ai-je répondu. Elle a repris sa conversation au téléphone, mais je n'entendais pas ce qu'elle disait. J'ai essayé de m'essuyer la figure avec ma manche, mais elle était encore plus mouillée que ma peau. En dehors de l'abri, la pluie était blanche comme du lait. Bobbi a rangé son téléphone et m'a aidée à me relever.

Je suis désolée, ai-je dit. Je suis vraiment désolée.

C'est comme la dernière fois ? a demandé Bobbi.

J'ai hoché la tête. Elle a tiré sa manche sur sa main pour m'essuyer le visage. Son pull était sec et doux. Merci, ai-je dit. Les gens ont commencé à se disperser et le gardien est allé jeter un coup d'œil au coin du bâtiment.

Il faut que tu retournes à l'hôpital ? a-t-elle demandé.

Je pense qu'ils vont juste me dire d'attendre l'échographie.

Dans ce cas, on rentre à la maison, d'accord ?

Elle a mis son bras sous le mien et nous nous sommes dirigées vers Nassau Street, où passait un taxi. Le chauffeur s'est arrêté et nous a fait monter malgré les voitures qui klaxonnaient derrière. Bobbi lui a donné l'adresse et j'ai laissé ma tête dodeliner en regardant par la vitre tandis qu'ils discutaient. Les lumières des réverbères baignaient les passants d'une lumière irréelle. Je voyais les devantures des magasins et les visages derrière les vitres des bus. Puis mes yeux se sont fermés.

Quand nous avons atteint notre rue, Bobbi a insisté pour payer. Devant l'immeuble, j'ai agrippé la grille le temps qu'elle ouvre la porte. Une fois à l'intérieur, elle m'a proposé de prendre un bain. J'ai accepté. Je me retenais aux murs du couloir. Elle est partie faire couler le bain, et j'ai lentement retiré mon manteau. Une terrible douleur palpitait dans mon corps. Bobbi a reparu et accroché mon manteau pour moi.

Tu as besoin d'aide pour te déshabiller ? a-t-elle demandé.

J'ai songé à la nouvelle envoyée à Valerie le matin même, un texte, je m'en souvenais maintenant, qui parlait explicitement de Bobbi, la montrant comme un mystère si absolu qu'il en devenait insupportable, une force que je ne pouvais dompter simplement par ma volonté – et l'amour de ma vie. À ce souvenir, j'ai pâli.

Jusque-là, je n'en avais pas été consciente, ou bien je m'étais forcée à ne pas l'être, mais à présent ça me revenait.

Ne t'en fais pas, a-t-elle dit. Je t'ai vue déshabillée des centaines de fois.

J'ai essayé de sourire, mais l'air qui entrait et sortait par mes lèvres tordait sans doute ma bouche.

Ne me rappelle pas ça, ai-je dit.

Allez, arrête. Ce n'était pas si mal. On s'est bien amusées.

On dirait que tu me cherches, là.

Elle a ri. Dans la nouvelle, je décrivais une fête après les examens où j'avais bu une flasque de vodka, puis passé la nuit à vomir. Dès que quelqu'un voulait s'occuper de moi, je le repoussais en disant : je veux Bobbi. Qui n'était même pas présente à la fête.

Ne t'inquiète pas, je vais te déshabiller d'une manière pas du tout romantique, a-t-elle dit.

Le bain coulait toujours. Nous sommes entrées dans la salle de bains et je me suis assise sur l'abattant des toilettes pendant qu'elle remontait sa manche pour tester la température. Elle m'a dit que l'eau était chaude. Ce jour-là, je portais un chemisier blanc ; j'ai essayé de défaire les boutons, mais j'avais les mains tremblantes. Bobbi a fermé le robinet et s'est accroupie pour m'aider. Ses doigts humides laissaient des traces sombres sur la boutonnière. Elle a facilement retiré mes bras des manches, comme si elle épluchait une pomme de terre.

Il va y avoir du sang partout, ai-je dit.

Heureusement que c'est moi, et pas ton petit ami.

Ne dis pas ça. On s'est disputés. C'est… euh… Ce n'est pas la joie entre nous.

Elle s'est relevée et à nouveau approchée de la baignoire. Elle paraissait tout à coup distraite. Dans la lumière blanche de la salle de bains, ses cheveux et ses ongles brillaient.

Il sait que tu es malade ? a-t-elle demandé.

J'ai fait signe que non. Elle a dit quelque chose au sujet d'une serviette et a quitté la pièce. J'ai réussi à me redresser, fini de me déshabiller toute seule et grimpé dans la baignoire.

Dans la nouvelle, j'avais inclus une anecdote où je ne figurais pas. Quand on avait seize ans, Bobbi était partie six semaines à Berlin. Elle était logée chez une famille dont la fille, Liese, avait notre âge. Un soir, sans rien dire, Bobbi et Liese s'étaient retrouvées ensemble au lit. Elles n'avaient pas fait de bruit pour que les parents de Liese n'entendent pas, et ensuite, elles n'en ont jamais parlé. Bobbi ne s'attardait pas sur l'aspect sensoriel de l'incident, ni sur le fait de savoir si elle avait éprouvé du désir pour Liese avant que ça se produise, ne disait rien des sentiments de Liese à son égard, ni même comment ça s'était passé. Si quelqu'un au lycée m'avait raconté ça, je ne l'aurais pas cru, mais comme c'était Bobbi, je ne doutais pas que ce soit vrai. Je désirais Bobbi et, comme Liese, j'aurais fait n'importe quoi pour être avec elle. Elle m'avait raconté cette histoire pour m'expliquer qu'elle n'était plus vierge. Elle prononçait le prénom de Liese sans amour ni haine, c'était juste une fille qu'elle avait connue, et pendant des mois après cela – peut-être même pour toujours –, j'ai eu peur qu'un jour, elle prononce le mien de la même manière.

Le bain était mousseux et un peu trop chaud. La partie immergée de ma jambe était rose. Je me suis obligée à entrer entièrement dans la baignoire, où l'eau m'a léchée de façon obscène. J'essayais de visualiser la douleur qui quittait mon corps pour se dissoudre dans le liquide. Bobbi a frappé à la porte et surgi avec une épaisse serviette rose qui venait de chez ses parents. Elle l'a posée sur le porte-serviettes pendant que je fermais les yeux. Je l'ai entendue sortir de la salle de bains, puis j'ai perçu un robinet qui coulait dans la pièce voisine, et enfin, la porte de sa chambre s'est ouverte puis refermée. J'entendais sa voix. Elle devait parler au téléphone.

Au bout de quelques minutes, elle est revenue dans la salle de bains en me tendant son téléphone.

C'est Nick, a-t-elle dit.

Quoi ?

Nick au téléphone pour toi.

J'avais les mains humides. J'en ai sorti une de l'eau et j'ai attrapé maladroitement une serviette pour la sécher avant de prendre le téléphone. Elle a de nouveau quitté la pièce.

Hé, ça va ? a-t-il dit.

J'ai refermé les yeux. J'avais envie de me fondre dans la douceur de sa voix comme si c'était un creux où je pouvais me blottir.

Ça commence à aller mieux, merci, ai-je dit.

Bobbi m'a raconté. Ça a vraiment dû te faire peur.

Pendant quelques secondes, aucun de nous n'a dit un mot, puis nous nous sommes mis à parler tous les deux en même temps.

Toi d'abord, ai-je dit.

Il a dit qu'il aimerait bien venir. Je lui ai répondu qu'il était le bienvenu. Il m'a demandé si j'avais besoin de quelque chose, et j'ai dit que non.

Bon, a-t-il conclu. Je monte dans la voiture. Qu'est-ce que tu voulais dire ?

Je te le dirai quand je te verrai.

J'ai raccroché et soigneusement placé le téléphone sur la partie sèche du tapis de bain. Puis j'ai fermé les yeux et laissé la chaleur de l'eau pénétrer mon corps, senti l'odeur de fruit artificielle du bain moussant et le plastique dur de la baignoire, la vapeur qui mouillait mon visage. Je méditais. Je comptais mes respirations.

Après ce qui m'a paru un long moment, un quart d'heure ou une demi-heure, Bobbi est revenue. J'ai ouvert les yeux, et vu la pièce éclairée par une lumière très vive, étrangement belle. Tout va bien ? a demandé Bobbi. Je lui ai annoncé que Nick arrivait, et elle a dit : bien. Elle s'est assise sur le bord de la baignoire et je l'ai regardée sortir un paquet de cigarettes et un briquet de son gilet.

Ce qu'elle m'a dit après avoir allumé sa cigarette, ça a été : tu vas écrire un livre ? Je me suis rendu compte qu'elle n'avait pas répondu aux questions de Philip sur nos performances parce qu'elle savait plus ou moins qu'il y avait du changement, que je travaillais à autre chose. Le fait qu'elle ait remarqué cela m'a emplie de confiance, mais m'a aussi montré que je n'avais aucun secret pour Bobbi. Quand ça se limitait à des détails sordides ou sans importance, elle pouvait être longue à s'en apercevoir, en revanche les véritables changements qui s'opéraient en moi ne lui échappaient jamais.

Je ne sais pas, ai-je dit. Et toi ?

Elle a fermé un œil comme s'il lui faisait mal, puis l'a rouvert.

Pourquoi j'écrirais un livre ? a-t-elle dit. Je ne suis pas écrivaine.

Qu'est-ce que tu vas faire ? Après tes études.

Je ne sais pas. Me trouver un boulot dans une université, si je peux.

Cette expression, « si je peux », montrait que Bobbi était en train de me parler de quelque chose de sérieux, quelque chose qui ne se transmettait pas avec des mots mais par un changement dans notre manière de communiquer. Non seulement il était absurde de la part de Bobbi de dire « si je peux », parce que sa famille était aisée, qu'elle faisait le nécessaire à la fac et qu'elle avait de bonnes notes, mais ça n'avait pas non plus de sens dans notre relation. Bobbi ne communiquait pas avec moi sur le mode du « si je peux ». Elle se posait en personne – peut-être la seule – capable de comprendre son redoutable pouvoir sur les circonstances et les gens. Elle pouvait avoir tout ce qu'elle voulait, et je le savais.

Qu'est-ce que tu veux dire, par « si » ? ai-je demandé.

C'était tellement évident que, pendant un instant, Bobbi n'a pas répondu. Elle s'est contentée de retirer un cheveu sur la manche de son gilet.

Je croyais que tu avais l'intention de provoquer la chute du capitalisme mondial, ai-je dit.

Oui, mais pas toute seule. Il faut bien quelqu'un pour faire les petits boulots.

Je ne t'imagine pas comme quelqu'un de ce genre.

Et pourtant.

Je ne savais pas bien ce que j'entendais par « quelqu'un de ce genre ». Moi, je croyais aux petits boulots, par exemple garder des enfants, récolter des fruits, faire le ménage. C'étaient ceux que je considérais être les plus utiles, qui me semblaient mériter le plus de considération. Ça me dérangeait de dire tout à coup à Bobbi qu'un travail à l'université, ce n'était pas assez bien pour elle, mais je ne l'imaginais pas non plus faire un boulot ennuyeux et ordinaire. Ma peau était à la même température que l'eau, et j'ai sorti un genou avant de le replonger au chaud.

Tu vas devenir une professeure de renommée mondiale, ai-je dit. Tu donneras des cours à la Sorbonne.

Non.

Elle paraissait énervée. Elle a eu l'air de vouloir dire quelque chose, puis son regard s'est fait plus serein et lointain.

Pour toi, tous ceux que tu aimes ont quelque chose de spécial, a-t-elle dit.

J'ai voulu me redresser, mais la baignoire m'a fait mal aux os.

Je suis normale, c'est tout, a-t-elle dit. Toi, quand tu aimes quelqu'un, tu lui donnes l'impression d'être différente des autres. Tu es en train de faire ça avec Nick, tu as fait ça avec moi avant.

Non.

Elle a tourné les yeux vers moi, sans cruauté ni colère, et dit : je ne cherche pas à te blesser.

Pourtant, tu me blesses, ai-je dit.

Eh bien, j'en suis désolée.

Je lui ai fait une petite grimace. Son téléphone a sonné sur le tapis de bain. Elle a décroché et dit : allô ? Ouais, j'arrive. Puis elle a raccroché. C'était Nick. Elle est allée lui ouvrir la porte.

Je suis restée dans le bain à ne penser à rien, à ne rien faire. Au bout de quelques secondes, j'ai entendu Bobbi ouvrir la porte d'entrée puis dire : elle a vraiment eu une sale journée, alors sois gentil avec elle. Et Nick de répondre : je sais, ne t'en fais pas. Je les aimais tous les deux tellement à cet instant que j'avais envie d'apparaître devant eux comme un fantôme bienveillant et de bénir leur existence. Merci, avais-je envie de dire. Merci à tous les deux. Vous êtes ma famille, maintenant.

Nick est entré dans la salle de bains et a refermé la porte derrière lui. Voilà le beau manteau qui arrive, ai-je dit. Il a souri, puis s'est frotté un œil. Je me suis fait du souci pour toi, a-t-il dit. Je suis content que tu te sentes assez bien pour cultiver ton fantasme matérialiste.

Tu souffres ? J'ai haussé les épaules. Moins que tout à l'heure, ai-je répondu. Il ne me quittait pas des yeux. Puis il a regardé ses chaussures. Tu vas bien ? ai-je demandé. Il a acquiescé et s'est essuyé le nez sur une manche. Je suis content de te voir. Sa voix était rauque. Ne t'inquiète pas, ai-je dit. Je vais bien. Il regardait le plafond comme s'il riait tout seul, et ses yeux étaient larmoyants. C'est bon d'entendre ça, a-t-il déclaré.

Je lui ai dit que je voulais sortir du bain, alors il a attrapé la serviette. Quand je me suis mise debout dans la baignoire, il m'a regardée d'une façon pas du tout vulgaire, comme on regarde le corps de quelqu'un qu'on a déjà vu plein de fois et avec lequel on entretient un rapport particulier. Je ne me suis pas détournée de lui, je ne me sentais même pas gênée. J'essayais d'imaginer mon apparence : dégoulinante, rouge à cause de la chaleur, de l'eau coulant sur mes épaules depuis mes cheveux. Je le voyais rester là debout, sans ciller, aussi calme et impénétrable que l'océan. Nous n'avions pas besoin de parler. Il m'a enveloppée dans la serviette et je suis sortie du bain.

24

Nick s'est assis sur mon lit tandis que j'enfilais un pyjama propre et me séchais les cheveux à la serviette. Nous entendions Bobbi gratter son ukulélé dans l'autre chambre. La paix semblait irradier depuis mon corps. Je me sentais fatiguée et très faible, mais ça aussi, d'une certaine manière, c'étaient des sensations paisibles. Je suis finalement venue m'asseoir près de Nick et il a passé un bras autour de moi. J'ai senti l'odeur de cigarette sur le col de sa chemise. Il m'a posé des questions sur ma santé, je lui ai expliqué que j'étais allée à l'hôpital en août et que j'attendais une échographie. Il m'a caressé les cheveux en me disant qu'il regrettait que je ne lui en aie pas parlé. J'ai dit que je ne voulais pas qu'il me prenne en pitié, et il a gardé le silence.

Je suis vraiment désolé pour l'autre soir, a-t-il repris. J'avais l'impression que tu essayais de me blesser, et j'ai eu une réaction excessive.

J'ignore pourquoi, je n'ai rien su dire d'autre que : ne t'inquiète pas, ce n'est pas grave. Ce sont les seuls mots qui ont bien voulu sortir, alors je les ai prononcés sur le ton le plus doux possible.

Bon, a-t-il fait. Je peux te dire quelque chose ?

J'ai acquiescé.

J'ai parlé à Melissa. Je lui ai dit qu'on se voyait. Tu ne m'en veux pas ?

J'ai fermé les yeux. Comment ça s'est passé ? ai-je timidement demandé.

On a longuement discuté. Je pense qu'elle va bien. J'ai dit que je voulais continuer à te voir, et elle a compris. Alors…

Tu n'étais pas obligé de faire ça.

J'aurais dû le faire dès le début, a-t-il dit. Ce n'était pas nécessaire de te faire subir ça, j'ai été lâche, c'est tout.

Nous avons gardé le silence quelques secondes. Je me sentais délicieusement fatiguée, comme si chaque cellule de mon corps était en train de sombrer dans un profond sommeil.

Je sais que je ne suis pas parfait, loin de là, a-t-il dit. Mais je t'aime, tu sais. Bien sûr que je t'aime. Je suis désolé de ne pas te l'avoir dit avant, mais je ne savais pas si tu voulais entendre ça. Je suis désolé.

Je souriais, toujours les yeux fermés. C'était bon de découvrir que je m'étais trompée sur toute la ligne. Et depuis quand tu m'aimes ? ai-je demandé.

Depuis qu'on se connaît, je crois. Si je voulais philosopher, je dirais que je t'aimais même avant ça.

Oh, ça me rend très heureuse.

Vraiment ? a-t-il dit. C'est bien. Parce que je veux te rendre très heureuse.

Moi aussi, je t'aime.

Il m'a embrassée sur le front. Quand il a repris la parole, ses mots étaient légers mais j'entendais dans sa voix une émotion dissimulée, ce qui m'a émue. Bon, a-t-il dit. Tu as assez souffert comme ça. À partir de maintenant, soyons tout simplement heureux.

/

Le lendemain, j'ai reçu un mail de Melissa. Je tapais des notes sur mon ordinateur à la bibliothèque. J'ai décidé de faire le tour de la salle avant de le lire. J'ai quitté lentement mon siège et me suis mise à marcher. À l'intérieur, tout était marron. Je voyais par les fenêtres le vent secouer les feuilles dans les arbres. Sur le terrain de cricket, une femme en short faisait son jogging, ses coudes montant puis descendant comme des pistons. J'ai jeté un coup d'œil à mon bureau pour m'assurer que mon ordinateur s'y trouvait toujours. Il projetait une lueur inquiétante vers le néant. J'ai fait le tour de la moitié de la salle avant de revenir à mon siège, comme si ce circuit était un test d'endurance. Puis j'ai ouvert le mail.

> Salut Frances. Je ne suis pas en colère contre toi, je tiens à ce que tu le saches. Je prends contact avec toi parce que je pense qu'il est important qu'on soit sur la même longueur d'onde. Nick ne veut pas me quitter & je ne veux pas le quitter. Nous allons continuer à vivre ensemble & mariés. Je mets ceci par mail parce que je ne suis pas sûre que Nick soit assez clair avec toi. Il a un caractère assez faible et un besoin compulsif de dire aux autres ce qu'ils veulent entendre. En bref, si tu couches avec mon mari parce que tu crois en secret qu'un jour, il deviendra le tien, tu commets une grosse erreur. Il ne divorcera pas de moi & même s'il le faisait, ça ne serait pas pour t'épouser. De même, si tu couches avec lui parce que tu crois que son affection est une preuve que tu es quelqu'un de bien, d'intelligent ou d'attirant, tu dois savoir que ce n'est pas forcément la beauté ou la vertu morale des gens qui attirent Nick. Il aime que ses partenaires endossent la responsabilité de ses décisions, c'est tout. Tu ne retireras

aucune estime de toi-même de cette relation. Je ne doute pas que tu trouves sa docilité charmante pour le moment, mais dans un mariage, ça devient épuisant. Se disputer avec lui est impossible parce qu'il est pathologiquement passif & tu ne peux pas lui crier dessus sans t'en vouloir. Je le sais parce que, aujourd'hui, je lui ai crié dessus pendant longtemps. Dans la mesure où j'ai moi-même « fait des écarts » par le passé, je peux difficilement me déchaîner contre le tort qu'il m'a fait en couchant dans mon dos avec une fille de vingt et un ans, et je déteste ça. Je ressens ce que toute personne ressentirait dans cette situation. J'ai beaucoup pleuré, pas uniquement des crises de sanglots, mais parfois pendant plus d'une heure sans m'arrêter, et à plusieurs reprises. Mais ce n'est pas parce que j'ai couché avec une femme lors d'un festival de littérature puis, quelques années plus tard, quand Nick était à l'hôpital psychiatrique, que j'ai eu une aventure avec son meilleur ami, laquelle s'est poursuivie même après que Nick l'a appris, que mes sentiments ne sont pas en jeu ici. Je sais que je suis un monstre & il t'a sans doute dit des choses terribles sur moi. Parfois je me surprends même à penser : si je suis à ce point horrible, pourquoi il ne me quitte pas ? Et je sais quel genre de personne peut penser ça de son conjoint. Probablement le genre de personne qui finit par le tuer. Je ne vais pas tuer Nick mais il est important que tu saches que si j'essayais, il accepterait. Et même plus, s'il découvrait que j'étais en train de préméditer son assassinat, il ne dirait rien, de peur de contrarier mes plans. J'ai tellement l'habitude de le voir comme quelqu'un de pathétique & méprisable que j'ai oublié qu'une autre personne pouvait l'aimer. Les autres femmes ont toujours fini par se détourner de lui dès qu'elles commençaient à le connaître. Mais pas toi. Tu l'aimes, n'est-ce pas ? Il me dit que ton père est alcoolique, comme le mien. Je me demande si on gravite toutes les deux autour de Nick parce qu'il nous donne un sentiment de contrôle dont nous avons manqué dans l'enfance. Je l'ai vraiment cru quand il m'a dit qu'il ne s'était rien passé entre toi & lui, que c'était juste un petit béguin. Je me suis sentie soulagée, c'est terrible, non ? Je me suis dit qu'il t'avait rencontrée pendant l'été, quand il n'était pas vraiment redevenu lui-même, et qu'il allait tellement mieux depuis. Et puis, je me suis rendu compte que tu as joué un rôle dans son mieux-être, voire que tu en es carrément à l'origine. Est-ce grâce à toi que mon mari va mieux, Frances ? Qu'est-ce qui te donne le droit de faire ça ? Il est plus alerte dans la journée, ça se voit. Il a recommencé à répondre à ses mails et à décrocher son téléphone. Quand je suis au travail, il lui arrive de m'envoyer des articles intéressants sur les gauchistes en Grèce. Il t'envoie les mêmes, ou bien personnalise-t-il ses choix ? Je dois reconnaître que je me sens menacée par ton extrême jeunesse. C'est très choquant d'imaginer que son mari s'intéresse aux jeunes femmes. Je n'avais jamais remarqué ça chez lui. 21 ans, c'est très jeune, non ? Si tu en avais 19, est-ce qu'il l'aurait quand même fait ? Est-ce qu'il est le genre de trentenaire salace à trouver attirantes les filles de 15 ans ? Est-ce qu'il a déjà cherché le mot « teen » sur le Net ? Ce sont des choses auxquelles je n'ai jamais eu besoin de réfléchir avant que tu déboules dans notre vie. Maintenant, je me demande s'il me déteste. Je ne le détestais pas quand c'était moi qui fréquentais quelqu'un d'autre. En fait, je pense que je ne l'en aimais que davantage, mais s'il s'avisait de me dire ça maintenant, j'aurais juste envie de lui cracher à la figure. Je pense que je suis surtout choquée qu'il refuse de faire la chose la plus simple, à savoir te quitter. C'est comme ça que je sais que j'ai été remplacée. Il dit qu'il m'aime encore, mais s'il ne m'écoute plus, comment le croire ? Certes, il n'est pas monté dans les tours comme ça quand ç'a été mon cas & j'ai toujours pensé que j'avais de la chance. Maintenant, je me demande s'il m'a jamais aimée. C'est difficile d'imaginer épouser quelqu'un qu'on n'aime pas, mais c'est exactement le genre de chose que Nick ferait, par loyauté & pour se punir. Tu penses ça de lui toi aussi, ou suis-je la seule ? Une partie de moi voudrait être amie avec toi. Je te trouvais très froide & un peu désagréable au début et je pensais que c'était à cause de Bobbi, ce qui m'agaçait. Maintenant que je sais que c'était juste de la jalousie et de la peur, j'ai changé d'opinion. Mais Frances, tu n'as pas à être jalouse. Pour Nick, tu es sans doute indissociable du bonheur. Je ne doute pas qu'il te considère comme le grand amour de sa vie d'adulte. Lui & moi n'avons jamais eu de relation passionnelle dans le dos de quelqu'un d'autre. Je sais que je ne peux pas lui demander de cesser de te voir, même si j'en ai envie. Je pourrais l'exiger de toi, mais à quoi bon ? Il va mieux, même moi, je le vois. Avant, quand je rentrais le soir, il était déjà couché, ou bien affalé devant la télé sans avoir changé de chaîne depuis son réveil. Un jour, je l'ai vu regarder un porno soft où deux pom-pom girls s'embrassaient & quand il m'a vue il a haussé les épaules en disant « je ne regardais pas, c'est juste que je ne sais pas où se trouve la télécommande pour changer de chaîne ». Sur le moment, j'ai fait mine de ne pas le croire, parce que j'ai trouvé que ce serait moins énervant s'il regardait vraiment ce film plutôt que de rester devant parce qu'il était trop déprimé pour chercher la télécommande. Maintenant j'y repense le soir quand, à mon retour, il est en train de faire la cuisine en écoutant la radio. Il est toujours rasé & il me demande comment s'est passée ma journée & ses vêtements de sport sont toujours dans le lave-linge. Je l'ai parfois vu se regarder dans le miroir avec l'air d'apprécier ce qu'il voyait. Bien sûr, j'aurais pu m'en douter. Mais j'ai toujours dit que je voulais qu'il soit heureux & maintenant, je sais que c'était vrai. Je le veux vraiment. Même dans ces conditions, c'est ce que je veux. Donc. Bref. Peut-être qu'on devrait dîner tous ensemble bientôt. (J'inviterais aussi Bobbi.)

J'ai relu le mail plusieurs fois. Le fait que Melissa n'ait pas créé de paragraphes me semblait être une affectation, comme si elle disait : regarde la vague d'émotions qui m'a balayée. Je me suis aussi dit qu'elle avait soigneusement travaillé son mail pour donner un maximum d'impact à son message, à savoir : n'oublie jamais qui est l'écrivaine, Frances. C'est moi, pas toi. Voilà les pensées qui me sont venues, des pensées peu charitables. Elle ne disait pas que je n'étais pas quelqu'un de bien, elle ne me disait pas des choses horribles que la situation aurait excusées. Peut-être qu'elle avait été réellement submergée par une vague d'émotions. La partie du mail sur mon jeune âge m'a affectée, et je me suis aperçue que ça n'avait pas d'importance que ça soit calculé ou non. J'étais jeune, et elle plus âgée. C'était suffisant pour que je me sente mal, comme si j'avais mis trop de pièces de monnaie dans le distributeur de boissons. À la deuxième lecture, mes yeux ont sauté ce passage.

La seule partie qui m'intéressait, c'était celle qui concernait Nick. Il avait fait un séjour en psychiatrie, ce que j'ignorais totalement. Je n'étais pas dégoûtée à proprement parler. J'avais beaucoup lu, et je partageais l'idée que la vraie folie, c'était le capitalisme. Mais j'aurais cru que les gens qu'on hospitalisait en psychiatrie étaient différents de ceux que je connaissais. J'ai compris que j'étais à présent dans un nouvel environnement social où la maladie mentale était débarrassée de toute connotation gênante. Je vivais une deuxième phase de mon éducation : j'étais consciente de plein de choses, je faisais mine d'avoir un niveau de compréhension plus important qu'en réalité. Dans cette logique, Nick et Melissa étaient comme des parents qui me guidaient dans le monde, qui m'aimaient et me détestaient probablement encore plus que mes vrais parents. Cela signifiait aussi que j'étais la jumelle maléfique de Bobbi, une métaphore qui me paraissait plutôt appropriée.

J'ai poursuivi le fil de ma pensée sans vraiment réfléchir, comme si je suivais une voiture des yeux. Je me tortillais sur mon siège de bibliothèque tel un ressort, mes jambes doublement croisées, la voûte de mon pied gauche pressée contre le pied de la chaise. Je me sentais coupable du fait que Nick ait été aussi malade, et de le savoir maintenant, alors qu'il avait choisi de ne pas m'en parler. Je me suis demandé quoi faire de cette information. Dans son mail, Melissa n'était pas tendre avec lui, comme si la maladie de Nick était une toile de fond teintée d'humour noir pour la liaison qu'elle avait eue, et je me suis demandé si c'était ce qu'elle ressentait, ou si c'était une façon de déguiser ce qu'elle éprouvait réellement. J'ai songé à Evelyn dans la librairie, qui disait à Nick combien elle le trouvait en forme.

Au bout d'une heure, j'ai écrit la réponse suivante :

> Beaucoup de pistes de réflexion. Un dîner me paraît une bonne idée.

25

C'était la mi-octobre. J'avais réuni quelques pièces de monnaie retrouvées dans ma chambre et remis la main sur un peu d'argent reçu pour mon anniversaire et Noël que j'avais oublié de déposer à la banque. Quarante-trois euros en tout. J'ai dépensé quatre euros cinquante au supermarché allemand pour du pain, des pâtes et des tomates en boîte. Le lendemain matin, j'ai demandé à Bobbi si je pouvais lui emprunter du lait et elle m'a fait un geste qui signifiait, sers-toi. Jerry lui versait une pension chaque semaine, et j'avais remarqué qu'elle portait un nouveau manteau en laine noire avec des boutons en écaille. Je n'avais pas envie de lui raconter mes problèmes bancaires, alors je me suis contentée de me déclarer « fauchée » en prenant volontairement une voix grave. J'appelais mon père chaque matin et chaque soir, mais il ne décrochait jamais.

Nous sommes effectivement allées dîner chez Melissa et Nick. Et même à plusieurs reprises. Je remarquais que Bobbi appréciait de plus en plus la compagnie de Nick, davantage que celle de Melissa ou la mienne. Quand nous étions tous les quatre, Nick et elle faisaient souvent mine de se chamailler ou se lançaient des défis dont Melissa et moi étions exclues. Après le dîner, ils jouaient à des jeux vidéo, ou bien faisaient une partie d'échecs sur un plateau de voyage aimanté pendant que Melissa et moi discutions impressionnisme. Un jour où ils étaient saouls, ils se sont poursuivis dans le jardin. Nick a gagné, mais ensuite, il s'est dit fatigué et Bobbi l'a traité de « vieux grigou » en jetant des feuilles mortes dans sa direction. Elle a demandé à Melissa : qui est le plus beau, Nick ou moi ? Melissa m'a regardée et, d'un ton malicieux, a répondu : j'aime mes enfants de façon égale. Curieusement, la relation entre Bobbi et Nick me touchait. Les voir ensemble, dédier leur attention l'un à l'autre, me procurait un étrange frisson esthétique. Physiquement, ils étaient aussi parfaits que des jumeaux. Parfois, je me surprenais à souhaiter qu'ils se rapprochent, voire qu'ils se touchent, comme si j'essayais d'agréger quelque chose qui, dans mon esprit, demeurait incomplet.

Nous avions des positions similaires au cours de nos fréquentes discussions politiques, mais chacun les exprimait différemment. Bobbi se disait insurrectionniste, tandis que Melissa, d'un pessimisme profond, tenait à la loi et aux règles. Nick et moi étions dans l'entre-deux, plus à l'aise dans la critique que dans l'adhésion. Un soir, nous avons discuté du racisme endémique de la justice pénale américaine et de ces vidéos de violences policières qu'on avait tous vues sans même les chercher, de ce que ça signifiait pour nous autres Blancs de dire qu'elles étaient « pénibles à regarder », ce sur quoi nous étions tous d'accord, même si nous ne parvenions pas vraiment à déterminer en quoi elles me dérangeaient. Il y avait en particulier la vidéo d'une adolescente noire en maillot de bain qui hurlait en appelant sa mère tandis qu'un policier blanc la plaquait au sol avec un genou dans son dos. Nick a dit que ces images le rendaient physiquement malade, à tel point qu'il n'avait pas réussi à la regarder en entier.

Je sais que c'est complaisant, a-t-il dit. Mais je me suis dit : à quoi ça sert que j'aille au bout ? Ce qui, en soit, est déprimant.

Nous avons également débattu sur le fait que, d'une certaine manière, ces vidéos contribuaient à notre sentiment de supériorité, à nous autres Européens, comme si les forces de police européennes n'étaient pas, elles aussi, foncièrement racistes.

Or elles le sont, a dit Bobbi.

C'est vrai que l'expression consacrée, ça n'est pas « mort aux flics américains », a renchéri Nick.

Melissa a dit qu'elle ne doutait pas qu'on fasse partie du problème, mais qu'il était difficile de dire de quelle manière, et apparemment impossible d'agir à ce sujet sans comprendre cela au préalable. J'ai dit que je ressentais parfois l'envie de rejeter mon appartenance ethnique, comme si, alors que j'étais de toute évidence blanche, je n'étais pas « vraiment » blanche, en tout cas pas comme les autres Blancs.

Sans vouloir te vexer, a dit Bobbi, ça n'avance à rien.

Je ne suis pas vexée, ai-je dit. Je suis d'accord.

Ma relation avec Nick avait évolué depuis qu'il avait annoncé à Melissa que nous sortions ensemble. Je lui envoyais des sms sentimentaux dans la journée, et il m'appelait quand il était saoul pour me dire des choses gentilles à propos de ma personnalité. Le sexe, lui, n'avait pas changé, mais après nos ébats l'ambiance était différente, en revanche. Au lieu d'être sereine, je me sentais étrangement sans défense, comme un animal qui fait le mort. À croire que Nick pouvait traverser le doux nuage de ma peau et prélever tout ce que mon corps contenait, mes poumons ou mes autres organes, sans que je cherche à l'en empêcher. Quand je lui ai décrit ça, il a dit qu'il ressentait la même chose, mais il était presque endormi et n'écoutait peut-être pas vraiment.

Des tas de feuilles mortes s'accumulaient sur le campus. Je passais mes journées en cours ou bien à faire des recherches de livres à la bibliothèque Ussher. Les jours où il ne pleuvait pas, Bobbi et moi arpentions des allées peu fréquentées en donnant des coups de pied dans les feuilles mortes tout en discutant de l'intérêt des tableaux qui figuraient des paysages. Bobbi trouvait la fétichisation de la « nature vierge » patriarcale et nationaliste. Je préfère les maisons aux champs, ai-je dit. Elles sont plus poétiques, parce qu'il y a des gens à l'intérieur. Ensuite, nous allions nous asseoir à la cafétéria pour regarder la pluie tomber de l'autre côté des fenêtres. Quelque chose avait changé entre nous, aussi, mais je n'aurais pas su dire quoi. Nous étions toujours sensibles à l'humeur l'une de l'autre, échangions les mêmes coups d'œil de conspiratrices, et nos conversations donnaient toujours l'impression d'être profondes et intelligentes. Depuis le jour où elle m'avait fait couler un bain, elle était dans une nouvelle relation à moi, alors que, pourtant, nous étions restées les mêmes.

Une après-midi vers la fin du mois, alors que je n'avais plus que six euros en poche, j'ai reçu un mail d'un type du nom de Lewis, éditeur d'une revue littéraire dublinoise. Il m'expliquait que Valerie lui avait envoyé ma nouvelle en recommandant sa publication, et que s'il avait mon accord, il serait ravi de l'inclure dans le prochain numéro de la revue. Il se disait « très excité » par cette perspective, ajoutant qu'il avait quelques modifications à me proposer, si je le voulais bien.

J'ai ouvert le fichier que j'avais envoyé à Valerie et l'ai lu d'une traite, sans m'interroger sur ce que j'étais en train de faire. Le personnage central était manifestement Bobbi ; ses parents et moi étions facilement identifiables. Aucune personne de notre entourage ne pouvait manquer de la reconnaître, même si ça n'avait rien d'un portrait à charge. Certes, j'insistais sur les aspects dominateurs de sa personnalité et de la mienne, mais c'était de toute façon une histoire de domination. Je me suis dit que de tels aspects devaient être mis en évidence et accentués, que c'était le principe de l'écriture. Bobbi comprendrait mieux que quiconque.

Lewis mentionnait aussi que je serais payée, et il incluait un tableau des tarifs pour une première contribution. Si ma nouvelle était publiée en intégralité, elle me rapporterait plus de huit cents euros. Je lui ai répondu en le remerciant de son intérêt et en lui disant que je serais ravie de discuter avec lui des corrections qu'il jugeait appropriées.

Ce soir-là, Nick est venu me chercher en voiture pour me conduire à Monkstown car Melissa allait passer quelques jours dans sa famille à Kildare. Dans la voiture, je lui ai parlé de la nouvelle et de la conversation que j'avais eue dans le bain avec Bobbi. Je lui ai aussi raconté ce qu'elle avait dit sur le fait qu'elle n'était pas quelqu'un d'exceptionnel. Attends, attends, a dit Nick. Tu as vendu cette nouvelle combien, tu dis ? Je ne savais même pas que tu écrivais de la prose. J'ai ri. J'aimais bien quand il était fier de moi. Je lui ai dit que c'était la première nouvelle que j'écrivais, et il a rétorqué que j'étais impressionnante. Nous avons discuté du fait que ça parlait de Bobbi, et il a dit qu'il apparaissait tout le temps dans le travail de Melissa.

Oui, mais juste comme ça, ai-je dit. Du genre « mon mari était là ». Chez moi, le personnage principal, c'est Bobbi.

C'est vrai, j'avais oublié que tu avais lu le livre de Melissa. Et tu as raison, elle ne s'attarde pas tant que ça sur moi. Mais je suis sûr que ça ne dérangera pas Bobbi.

Je me demande même si je vais le lui dire. Elle ne lit jamais cette revue.

Ça, je pense que c'est une mauvaise idée. Car il faudrait que personne de votre entourage ne lui en parle non plus. Ce type avec qui vous traînez, Philip, des gens comme ça. Ma femme, aussi. Mais c'est toi la patronne.

Je me suis gratté la gorge parce que je savais qu'il avait raison, mais je n'avais pas envie de le reconnaître. J'aimais bien qu'il dise que j'étais la patronne. Il tapotait le volant d'un air joyeux. Mais qu'est-ce que j'ai, à être attiré comme ça par des écrivaines, moi ? a-t-il lancé.

C'est juste que tu aimes les femmes qui te dominent intellectuellement. Je parie que tu étais amoureux de tes profs.

J'étais même réputé pour ça. D'ailleurs, j'ai couché avec l'une d'elles à la fac. Je ne t'ai jamais raconté ?

À ma demande, il s'est lancé dans ce récit. Ce n'était pas une doctorante qui donnait des cours mais une vraie prof. Lorsque je lui ai demandé son âge, Nick a répondu avec un sourire timide : quarante-cinq, dans ces eaux-là ? Peut-être cinquante. Quoi qu'il en soit, elle aurait pu perdre son poste. C'était n'importe quoi.

Je la comprends, ai-je dit. Je te rappelle que je t'ai embrassé à l'anniversaire de ta femme.

Il a dit qu'il cherchait pourquoi il provoquait ça chez les femmes, que ça ne lui était pas arrivé souvent, mais toujours avec une intensité dévastatrice et sans préméditation de sa part. Une amie de son frère aîné était tombée amoureuse de lui quand il avait quinze ans. Or cette fille avait presque vingt ans, a dit Nick. Elle était dingue de moi. C'est avec elle que j'ai perdu ma virginité.

Toi aussi, tu étais dingue d'elle ?

Non, j'avais juste peur de lui dire non. Je ne voulais pas la blesser.

Je lui ai dit que c'était glauque, et que ça m'attristait. Rapidement, il a précisé : oh, je ne cherchais pas à gagner ta sympathie. Je lui ai dit oui, ce n'était pas… Peut-être que c'était illégal, mais j'étais consentant.

Parce que tu avais trop peur de dire non, ai-je dit. Si je te racontais la même histoire, tu appellerais ça du consentement ?

Non. Mais ce n'est pas comme si j'avais été menacé dans mon intégrité physique. C'était étrange de sa part, mais on était jeunes. Je ne pense pas que c'était quelqu'un de mauvais.

Nous étions coincés dans les embouteillages sur les quais nord. C'était le tout début de la soirée, pourtant, la nuit était déjà tombée. Je regardais les passants par la vitre et le rideau de pluie sous les réverbères. Je lui ai dit qu'il était attirant en partie parce qu'il se montrait étonnamment passif. Je savais que c'était moi qui devais t'embrasser, ai-je dit. Que tu ne ferais jamais le premier pas, ce qui me rendait vulnérable. Mais j'avais aussi ce sentiment de pouvoir redoutable, je me disais : il va me laisser l'embrasser, et ensuite qu'est-ce qu'il va me laisser faire d'autre ? J'étais presque ivre de ça. Je n'arrivais pas à savoir si j'avais tout le contrôle sur toi, ou pas du tout.

Et maintenant, tu ressens quoi ?

Plutôt que j'ai le contrôle. Ça te dérange ?

Il a répondu que ça lui était égal. Qu'il trouvait ça sain d'essayer d'équilibrer le rapport de force entre nous, même si selon lui, on n'y arriverait jamais totalement. Je lui ai dit que d'après Melissa, il était « pathologiquement passif », et il a rétorqué que ce serait une erreur de croire que ça impliquait qu'il n'ait aucun pouvoir dans ses relations avec les femmes. Il m'a dit qu'il trouvait que cette apparente faiblesse était souvent un moyen d'exercer son pouvoir. Je lui ai répondu que j'avais l'impression d'entendre Bobbi, et il a ri. C'est le plus grand compliment qu'un homme peut obtenir de toi, Frances, a-t-il déclaré.

Ce soir-là, au lit, nous avons parlé du bébé de sa sœur, combien il l'aimait, que parfois, quand il était déprimé, il se rendait chez Laura juste pour être près du bébé, voir son visage. Je ne savais pas si Melissa et lui voulaient des enfants, ni pourquoi ils n'en avaient pas déjà, puisqu'il les aimait tant. Je refusais de lui poser la question, craignant d'apprendre que c'était au programme, alors j'ai tenté la carte de l'ironie en disant : peut-être qu'on devrait avoir des enfants ensemble. On pourrait les élever dans une communauté polyamoureuse et leur laisser choisir leur prénom. Nick m'a dit qu'il avait déjà eu des idées aussi douteuses.

Tu continuerais à me trouver attirante, enceinte ? ai-je demandé.

Bien sûr.

Par fétichisme ?

Je ne sais pas. Je me rends compte que je suis plus sensible aux femmes enceintes qu'il y a dix ans. J'ai tendance à m'imaginer avoir des gestes gentils à leur égard.

Ça, c'est du fétichisme.

Avec toi, tout est fétichisme. Je parlais de leur faire la cuisine, par exemple. Mais, oui, je voudrais encore te baiser si tu étais enceinte. Tu peux être tranquille.

Je me suis retournée pour approcher ma bouche de son oreille. J'avais les yeux fermés, si bien que c'était comme si tout ça n'était pas réel. Hé, ai-je dit, j'ai vraiment envie de toi. J'ai senti que Nick acquiesçait, ce hochement de tête enthousiaste si adorable chez lui. Merci, a-t-il dit. Nous nous sommes embrassés. J'ai pressé mon dos contre le matelas et il m'a touchée tout doucement, comme un daim caresse quelque chose avec sa tête. Nick, tu es un don du ciel, ai-je dit. J'ai laissé mon portefeuille dans mon manteau, a-t-il dit. Attends une seconde. Puis j'ai lancé : pas la peine, je prends la pilule, de toute façon. Il avait la main posée sur l'oreiller près de moi. Pendant une seconde, il n'a rien dit. Son haleine était brûlante. Tu veux vraiment ? a-t-il demandé. J'ai répondu oui, et il a continué à respirer fort en disant : je me sens si bien avec toi.

J'ai passé mes bras autour de son cou et il a glissé une main entre mes cuisses afin de les ouvrir. Nous avions toujours utilisé des préservatifs jusque-là, si bien que cette fois, ç'a été différent, ou peut-être que ç'a changé quelque chose chez Nick. Sa peau était moite et il respirait très fort. Je sentais mon corps s'ouvrir et se refermer comme dans un time-lapse de fleur dont les pétales éclosent et se resserrent. J'avais l'impression d'avoir des hallucinations. Nick a prononcé le mot « merde », puis il a dit : Frances, je ne savais pas que ce serait aussi bon. Je suis désolé. Sa bouche était très douce et toute proche. Je lui ai demandé s'il était déjà sur le point de jouir et il a inhalé en disant : désolé, je suis désolé. J'ai songé à l'idée d'être enceinte, combien je me sentirais immense et pleine, comme il me toucherait avec amour et une telle fierté, puis je me suis entendue dire : non, vas-y, je veux que tu jouisses. Cela m'a paru très étrange et délicieux sur le moment, il m'a dit qu'il m'aimait, je m'en souviens. Il l'a murmuré à mon oreille : je t'aime.

/

J'avais plusieurs dissertations à rendre, alors je me suis établi un emploi du temps draconien. Le matin, avant l'ouverture de la bibliothèque, je travaillais dans mon lit aux corrections que Lewis m'avait envoyées. Je voyais ainsi ma nouvelle prendre forme, se développer, s'étoffer, gagner en substance. Puis je prenais une douche et j'enfilais un pull trop grand pour aller à la fac. Souvent, je ne mangeais rien jusque tard dans la soirée. À mon retour, je me préparais deux poignées de pâtes avec de l'huile d'olive et du vinaigre avant de m'endormir parfois même sans me déshabiller.

Nick avait commencé les répétitions pour *Hamlet*, et venait chez moi le mardi et le vendredi soir après le travail. Il s'est plaint qu'il n'y ait jamais rien à manger jusqu'à ce que je lui explique que j'étais fauchée. Il a dit : vraiment ? Oh, je suis désolé, je ne savais pas. Après cela il s'est mis à apporter des courses à chacune de ses visites. Du pain frais de la boulangerie dans Temple Bar, de la confiture de framboises, de l'houmous, du fromage à tartiner. Quand il m'a vue dévorer tout ça, il m'a demandé à quel point j'étais fauchée. J'ai haussé les épaules. La fois suivante, il a ajouté des blancs de poulet et de la viande hachée sous vide. J'ai l'impression d'être une femme entretenue, ai-je dit. Il a répliqué : si tu ne les manges pas d'ici demain, tu peux aussi les congeler. Je faisais mine d'être désinvolte parce que je me disais que Nick serait mal à l'aise s'il savait à quel point je n'avais pas d'argent, que je me nourrissais du pain et de la confiture qu'il m'apportait.

Bobbi avait l'air d'apprécier la présence de Nick, d'autant qu'il se rendait utile. Il nous a montré comment réparer le robinet de la cuisine qui fuyait. Tu es l'homme de la maison, a-t-elle dit d'un ton sarcastique. Un jour, pendant qu'il préparait à dîner, je l'ai entendu parler au téléphone avec Melissa d'un différend éditorial en lui affirmant que la partie adverse était « insensée ». Durant presque toute la conversation, il s'est contenté de hocher la tête en déplaçant les casseroles sur le feu tout en disant : hmm, je vois. C'était le rôle qui semblait lui convenir le mieux, écouter et poser des questions intelligentes prouvant qu'il était tout ouïe. Ainsi, il se sentait utile. Ce jour-là, au téléphone, il a été parfait. Je savais que c'était Melissa qui l'avait appelé.

Ces soirs-là, nous discutions jusque très tard, parfois jusqu'au lever du jour. Une fois, je lui ai dit que j'avais demandé une aide financière pour mes frais de scolarité. Il s'en est étonné, puis s'est aussitôt repris : désolé d'avoir l'air surpris, je suis nul. Je ne devrais pas partir du principe que tous les parents peuvent payer les études de leurs enfants.

Ma famille n'est pas pauvre, ai-je rétorqué. Et je ne dis pas ça parce que je me sens visée. C'est juste que je ne veux pas que tu croies que j'ai grandi dans la misère ou quelque chose comme ça.

Bien sûr.

Mais c'est vrai que je me sens différente de Bobbi et toi. Peut-être que cette différence est minime. Par exemple, je suis gênée de posséder des objets de valeur.

Mon ordinateur n'est pas neuf, il appartenait à mon cousin. Pourtant, ça me met quand même mal à l'aise.

Tu as le droit de posséder des objets de valeur.

J'ai pincé la housse de couette. Son tissu était rêche et grossier, rien à voir avec le coton d'Égypte chez Nick.

Mon père n'est pas très fiable pour ma pension, ai-je dit.

Vraiment ?

Ouais. En gros, pour l'instant, je n'ai pas un radis.

Tu es sérieuse ? a dit Nick. Et tu vis de quoi ?

Je faisais rouler la housse de couette entre mes doigts pour sentir le grain. Bobbi partage ce qu'elle achète avec moi. Et tu apportes toujours de quoi manger.

Frances, c'est dingue. Pourquoi tu ne m'as rien dit ? Je peux te donner de l'argent.

Non, non. Tu as dit toi-même que ce serait bizarre. Tu as dit que c'était une question d'éthique.

L'éthique, ça commence par ne pas te laisser t'affamer. Tu me rembourseras plus tard, si tu veux. On n'a qu'à dire que c'est un prêt.

Je regardais la couette et son horrible motif à fleurs. Je vais gagner de l'argent grâce à cette nouvelle, ai-je annoncé. Je te rembourserai à ce moment-là. Le lendemain, il s'est rendu à un distributeur pendant que Bobbi et moi prenions notre petit déjeuner. À son retour, j'ai vu qu'il était gêné de me donner l'argent en présence de Bobbi, ce dont je lui ai été reconnaissante. Je ne voulais pas qu'elle sache. Je l'ai suivi dans le couloir au moment où il partait, et il a sorti quatre billets de cinquante euros de son portefeuille. Je trouvais troublant de le voir manipuler de l'argent comme ça. C'est trop, ai-je dit. Il a pris un air peiné et dit : tu me le rendras plus tard, alors. J'ai voulu protester mais il m'a interrompue : France, ce n'est rien. Pour lui, ce n'était sans doute rien, en effet. Il m'a embrassée sur le front avant de partir.

/

Le dernier jour d'octobre, j'ai rendu une dissertation puis Bobbi et moi sommes allées prendre un café avec des amis. J'étais très heureuse de ma vie, je ne me souvenais pas de l'avoir été davantage. Lewis était satisfait de mes modifications, il s'apprêtait à publier ma nouvelle dans le numéro de janvier. Une fois que la revue m'aurait payée, et même après avoir remboursé Nick, il me resterait un petit pécule, si bien que je me sentais riche et invincible. C'était comme si j'avais enfin échappé à l'enfance et à la dépendance. Mon père ne pouvait plus m'atteindre, si bien que je ressentais une nouvelle et sincère compassion pour lui, la compassion d'une observatrice bienveillante.

Dans l'après-midi, nous avons rejoint Marianne et son petit ami, Andrew, que personne n'appréciait vraiment. Philip était avec Camille, qu'il venait de rencontrer. Il était bizarre avec moi. Il essayait de croiser mon regard quand il pouvait et de sourire à mes blagues, mais comme pour m'exprimer de la sympathie, voire de la pitié, plutôt que de l'amitié. Je trouvais son comportement trop bête pour être vexant, même si je me souviens d'avoir espéré que Bobbi le remarque pour qu'on puisse en discuter plus tard.

Nous étions à l'étage d'un petit café près de College Green et, à un moment, nous nous sommes mis à parler de monogamie, un sujet sur lequel je n'avais rien à dire. D'abord, Marianne m'a demandé si c'était une orientation, comme être gay, si certains étaient « par nature » non monogames, ce qui a mené Bobbi à souligner qu'aucune orientation sexuelle n'était « naturelle ». Je faisais durer le café qu'elle m'avait payé en continuant de me taire, je voulais juste l'écouter. Elle a déclaré que la monogamie reposait sur l'engagement et servait les besoins des hommes dans les sociétés patrilinéaires en leur permettant de transmettre leur patrimoine à leur progéniture, traditionnellement par le biais de l'assujettissement sexuel d'une femme. La non-monogamie pourrait reposer sur un tout autre modèle, a dit Bobbi. Comme un consentement plus spontané.

Écouter Bobbi théoriser ainsi était fascinant. Elle formulait des phrases brillantes et claires, comme des bulles composées de verre ou d'eau. Elle n'hésitait jamais, ne se répétait jamais. De temps en temps, elle captait mon regard et je lui faisais signe comme pour dire : oui, c'est exactement ça. Ça semblait l'encourager, à croire qu'elle cherchait mon approbation. Alors elle tournait la tête et reprenait : j'entends par là que…

Elle ne prêtait guère attention aux autres, mais j'ai remarqué que Camille et Philip échangeaient des coups d'œil. À un moment, Philip a regardé Andrew, le seul autre garçon, et Andrew a haussé les sourcils, comme si Bobbi délirait ou qu'elle faisait l'éloge de l'antisémitisme. J'ai trouvé lâche, de la part de Philip, de s'en remettre à Andrew dont je savais qu'il ne l'appréciait pas, et ça m'a mise mal à l'aise. Peu à peu, je me suis rendu compte que tout le monde se taisait à part Bobbi, et que Marianne regardait ses genoux d'un air gêné. Même si j'adorais l'écouter, j'ai commencé à espérer qu'elle se taise.

Je ne pense pas qu'il soit possible d'aimer plus d'une personne à la fois, a dit Camille. Vraiment de tout son cœur, je veux dire.

Tes parents avaient donc un enfant préféré ? a dit Bobbi. Ça a dû être dur pour toi.

Camille a eu un rire nerveux. Elle ne savait pas si Bobbi plaisantait et ne la connaissait pas assez pour ça.

Ce n'est pas pareil avec les enfants, a dit Camille. N'est-ce pas ?

Ça dépend si tu crois au concept transhistorique de l'amour, qu'on retrouve dans de nombreuses cultures, a dit Bobbi. Mais on croit tous à des choses idiotes, non ?

Marianne m'a jeté un bref coup d'œil, et j'ai vu qu'elle ressentait la même chose que moi : Bobbi était plus agressive que d'habitude, elle allait finir par blesser Camille, et ça allait énerver Philip. J'ai regardé ce dernier et compris que c'était déjà trop tard. Il avait les narines dilatées, il était visiblement en colère. Il allait argumenter contre Bobbi, et perdre.

Beaucoup d'anthropologues s'accordent à dire que les humains sont une espèce monogame par nature, a-t-il lancé.

C'est là que tu en es, d'un point de vue théorique ? a dit Bobbi.

Tout ne se rapporte pas à la culture, a rétorqué Philip.

Bobbi a ri, un rire esthétiquement magnifique, et cette expression d'assurance totale a fait grimacer Marianne.

Mon Dieu, dire qu'on va quand même te délivrer un diplôme, a lâché Bobbi.

Et Jésus ? me suis-je interposée. Il aimait tout le monde, lui.

Et il était célibataire, a ajouté Philip.

Les historiens ne s'accordent pas à ce sujet, a rétorqué Bobbi.

Philip, et si tu nous parlais de ta dissertation sur *Bartleby* ? ai-je demandé. Tu l'as rendue aujourd'hui, non ?

Bobbi a compris mon intervention maladroite et s'est carrée dans sa chaise avec un rictus. Philip ne me regardait pas, il observait Camille en souriant, comme si eux seuls pouvaient comprendre. Ce qui m'a agacée, car je venais de lui épargner une humiliation et qu'il était peu courtois de sa part de ne pas reconnaître mon effort. Il a commencé à parler de sa dissertation comme pour me faire plaisir, mais j'ai fait mine de ne pas écouter. Bobbi a cherché son paquet de cigarettes dans son sac. Elle a relevé un instant la tête pour dire : tu aurais dû lire Deleuze. Philip a de nouveau regardé Camille.

Je l'ai lu, a-t-il déclaré.

Dans ce cas, tu ne l'as pas compris, a-t-elle répondu. Frances, tu veux sortir fumer une cigarette ?

Je l'ai suivie. C'était le début de la soirée, l'air était frais et bleu marine. Elle s'est mise à rire, et j'ai ri moi aussi de la joie d'être seule avec elle. Elle a allumé nos deux cigarettes puis a expiré un nuage blanc, toussé et ri de nouveau.

La nature humaine, franchement, a-t-elle dit. Tu te laisses tellement facilement convaincre.

Je pense que mon seul moyen d'avoir l'air intelligent, c'est de garder le silence.

Ça l'a amusée. D'un geste tendre, elle a coincé une mèche de mes cheveux derrière une oreille.

C'est une suggestion pour moi ? a-t-elle dit.

Oh non. Si je savais parler comme toi, je parlerais tout le temps.

Nous avons souri. Il faisait froid. Le bout de la cigarette de Bobbi formait une lueur orange spectrale et crachait de petites étincelles. Bobbi a tourné la tête comme si elle voulait me montrer son meilleur profil.

Je ne suis vraiment pas bien ces derniers temps, a-t-elle dit. C'est tout ce qui se passe chez mes parents, je ne sais pas. Tu crois être du genre à pouvoir encaisser et, finalement, tu te rends compte que non.

Elle a posé sa cigarette en équilibre sur sa lèvre inférieure près d'un coin de sa bouche et rassemblé ses cheveux à deux mains pour en faire un nœud. C'était le soir de Halloween, les rues étaient pleines de gens qui se promenaient par grappes avec des capes, des fausses lunettes ou des costumes de tigre.

Comment ça ? ai-je dit. Qu'est-ce qui s'est passé ?

Tu sais que Jerry est du genre imprévisible, non ? Mais peu importe. Ce sont des histoires de famille, ça ne t'intéresse pas.

Tout ce qui te concerne m'intéresse.

Elle a repris sa cigarette entre ses doigts et s'est essuyé le nez sur une manche. La lueur orange se reflétait dans ses yeux comme du feu.

Il n'est vraiment pas net sur le divorce, a dit Bobbi.

Je l'ignorais.

C'est un vrai connard. Il dit qu'Eleanor en a après son argent, ou je ne sais pas quoi. Le pire, c'est qu'il attend que je prenne son parti.

Je songeais à Bobbi demandant à Camille : tes parents avaient donc un enfant préféré ? Je savais que Bobbi avait toujours été la préférée de Jerry, qu'il jugeait sa sœur trop gâtée, et leur mère hystérique. Je savais aussi qu'il avait dit ça à Bobbi pour gagner sa confiance. J'avais toujours pensé qu'être la préférée de Jerry, c'était une chance pour Bobbi, mais tout à coup, je voyais combien ç'avait dû être lourd à porter, et dangereux pour elle.

Je ne savais pas que tu traversais tout ça, ai-je dit.

Tout le monde traverse des épreuves, non ? C'est la vie. La vie, c'est juste une succession d'épreuves. Toi aussi, tu as tes problèmes avec ton père, même si tu n'en parles jamais. Ce n'est pas comme si tout était parfait chez toi.

Je n'ai rien dit. Elle a expulsé un petit filet de fumée d'entre ses lèvres puis secoué la tête.

Désolée, a-t-elle dit. Je ne voulais pas dire ça.

Non, tu as raison.

Nous sommes restées quelques instants blotties l'une contre l'autre à l'intérieur du périmètre fumeurs. J'ai pris conscience du contact de nos bras, puis Bobbi m'a embrassée. J'ai accepté son baiser, j'ai même senti mes mains chercher les siennes. Je goûtais la douce pression de sa bouche, ses lèvres qui s'entrouvraient, l'odeur un peu chimique de sa crème hydratante. J'ai cru qu'elle allait passer un bras autour de ma taille, mais au contraire, elle s'est écartée de moi. Son visage était rouge et extraordinairement beau. Elle a écrasé sa cigarette.

On y retourne ? a-t-elle dit.

L'intérieur de mon corps vrombissait à la manière d'une machine. J'ai cherché sur le visage de Bobbi la trace de ce qui venait de se passer, mais je n'en ai vu aucune. Venait-elle simplement de se prouver qu'elle ne ressentait plus rien pour moi, que m'embrasser revenait à embrasser un mur ? Était-ce une sorte d'expérience ? Dans le café, nous avons pris nos manteaux puis nous sommes rentrées chez nous à pied en discutant de la fac et du nouveau livre de Melissa, de choses qui ne nous concernaient pas vraiment.

26

Le lendemain soir, Nick et moi sommes allés voir un film iranien qui parlait d'un vampire. Sur le chemin du cinéma, je lui ai annoncé que Bobbi m'avait embrassée. Il y a réfléchi quelques instants, puis il a lâché : il arrive que Melissa m'embrasse. Incapable de savoir ce que j'éprouvais, je me suis mise à faire des blagues. Quoi, tu embrasses d'autres femmes dans mon dos ! Nous étions presque arrivés. Je veux vraiment son bonheur, a-t-il dit. Peut-être que tu préfères qu'on n'en parle pas. Je me suis immobilisée à l'entrée du cinéma, les mains dans les poches de mon manteau. Parler de quoi ? ai-je dit. Du fait que tu embrasses ta femme ?

Ça va mieux entre nous, maintenant. Mieux qu'avant tout ça. Mais peut-être que tu n'as pas envie de le savoir.

Je suis contente que vous vous entendiez bien.

J'ai l'impression que je dois te remercier de faire de moi quelqu'un de supportable.

Notre respiration formait comme un brouillard entre nous deux. La porte du cinéma a craché une bouffée d'air chaud et une odeur de pop-corn.

On va être en retard, ai-je dit.

Je me tais.

Ensuite, nous sommes allés manger des falafels sur Dame Street. Nous nous sommes installés dans un box, puis je lui ai dit que ma mère arrivait à Dublin le lendemain, qu'elle venait voir sa sœur et qu'elle me ramènerait ensuite en voiture pour que j'aille passer cette fameuse échographie. Nick m'a demandé quel jour avait lieu le rendez-vous, et je lui ai répondu que c'était le 3 novembre dans l'après-midi. Il s'est contenté de hocher la tête, il n'était pas très bavard sur la question. J'ai changé de sujet en disant : ma mère se méfie de toi, tu sais.

Et pourquoi ça ? a demandé Nick.

La serveuse nous a apporté nos plats, et je me suis mise à manger en silence. Nick a parlé de ses parents, du fait qu'il ne les voyait plus beaucoup suite à « tout ce qui s'était passé l'an dernier ».

L'an dernier, c'est un sujet qui revient souvent, ai-je dit.

Vraiment ?

Par bribes. Je crois comprendre que ça n'a pas été une période facile.

Il a haussé les épaules en continuant à manger. Il ignorait sans doute que je savais qu'il avait été interné. J'ai siroté mon Coca sans rien dire. Il s'est essuyé la bouche avec une serviette en papier et a commencé à me raconter. Je ne m'y attendais pas. Il n'y avait personne sur les banquettes voisines, personne qui risque d'entendre, alors il parlait d'une voix sincère, comme s'il se mettait en retrait de son propre récit, sans chercher à me faire rire ou sans éviter que je me sente mal.

Nick m'a appris que, l'été précédent, il était parti travailler en Californie. Il avait un emploi du temps éreintant, il était épuisé et fumait trop. Victime d'un problème au poumon, il n'avait pas pu terminer le tournage et s'était retrouvé dans un horrible hôpital tout seul aux États-Unis. À l'époque, Melissa voyageait partout en

Europe pour un essai sur les communautés de migrants, et ils étaient à peine en contact.

Quand ils se sont rejoints à Dublin, il était au bout du rouleau. Il refusait d'accompagner Melissa où que ce soit, et quand elle recevait des amis, le plus souvent il restait dans la chambre à essayer de dormir. Ils étaient tous les deux à cran et se disputaient souvent. Nick m'a dit qu'au début de leur mariage, ils voulaient avoir des enfants, mais qu'ensuite, dès qu'il abordait le sujet avec Melissa, elle refusait d'en parler. Elle avait trente-six ans. Un soir d'octobre, elle lui a annoncé avoir décidé que, finalement, elle ne voulait pas d'enfants. Ils se sont disputés. Il lui a dit des choses terribles. Elle aussi, a-t-il précisé. Mais je regrette ce que je lui ai dit.

Il avait fini par s'installer dans une autre chambre. Il dormait presque toute la journée, il avait perdu beaucoup de poids. Au début, a-t-il dit, Melissa était furieuse, elle croyait que je voulais la punir et lui forcer la main. Puis elle a compris que j'étais vraiment malade. Alors elle avait voulu l'aider, elle lui prenait des rendez-vous chez des médecins ou des psychologues chez lesquels Nick ne se présentait jamais. Je ne peux pas vraiment expliquer ça, aujourd'hui. Quand je repense à mon comportement, je ne me comprends pas moi-même.

Pour finir, il avait été admis en psychiatrie fin décembre. Il avait passé six semaines à l'hôpital, et pendant ce temps, Melissa s'était mise à fréquenter quelqu'un d'autre, l'un de leurs amis. Il l'avait su parce qu'un jour, elle lui avait envoyé un sms destiné à cet homme. Ça n'a pas dû faire du bien à mon amour-propre, a-t-il dit. Même si je ne sais pas si, à l'époque, j'en avais encore. Quand il était sorti de l'hôpital, Melissa lui avait annoncé qu'elle voulait divorcer, et il avait accepté. Il l'avait remerciée de tout ce qu'elle avait fait pour lui, et là, elle avait fondu en larmes. Elle lui avait avoué combien elle avait eu peur, combien elle se sentait coupable ne serait-ce qu'en quittant la maison le matin. Je croyais que tu allais mourir, avait-elle dit. Ils avaient parlé très longtemps, s'étaient excusés. Finalement, ils avaient décidé de continuer à vivre ensemble jusqu'à ce qu'ils trouvent un meilleur arrangement.

Nick avait repris le travail au printemps. Il faisait davantage d'exercice, s'était dégoté un petit rôle dans une pièce d'Arthur Miller dirigée par l'un de ses amis. Melissa avait rompu avec Chris, l'homme qu'elle fréquentait, et Nick a dit que leur vie avait repris son cours. Ils avaient essayé de négocier ce qu'il a appelé un « quasi-mariage ». Ils voyaient leurs amis communs, ils dînaient ensemble. Nick avait renouvelé son abonnement à la salle de sport, il allait promener le chien sur la plage l'après-midi, s'était remis à lire de la littérature. Il ingurgitait des boissons protéinées, reprenait du poids. La vie se passait bien.

Tu dois comprendre que j'avais pris l'habitude que tout le monde me voie comme un fardeau, a-t-il dit. Ma famille, Melissa, ils voulaient tous que j'aille mieux, mais on ne peut pas dire qu'ils appréciaient ma compagnie. J'avais beau être à nouveau opérationnel, je me sentais toujours inutile et pathétique, comme si je faisais perdre son temps à tout le monde. J'en étais là quand je t'ai rencontrée.

Je le regardais fixement par-dessus la table.

C'était difficile de croire que tu t'intéressais à moi, a-t-il dit. Tu m'envoyais ces mails et, parfois, je me demandais : il y a quelque chose, là ? Et dès que j'y pensais, j'étais mortifié. Je me disais : qu'est-ce qu'il peut y avoir de plus déprimant qu'un pauvre type marié qui se convainc qu'une belle jeune femme veut coucher avec lui ? Tu vois le genre.

Je ne savais pas quoi répondre. J'ai secoué la tête et haussé les épaules. J'ignorais que tu ressentais ça, ai-je dit.

Je ne voulais pas que tu le saches. Je voulais être ce type cool que tu m'imaginais être. Je sais que, parfois, tu avais l'impression que je n'étais pas assez démonstratif. Mais c'était dur pour moi. Je donne sans doute l'impression de me chercher des excuses.

J'ai essayé de sourire et secoué à nouveau la tête. Non, ai-je dit. Nous avons laissé un petit silence s'installer entre nous.

J'ai été cruelle, parfois, ai-je dit. Je m'en veux, maintenant.

Ne sois pas trop dure avec toi-même.

J'avais les yeux rivés sur la table. On était tous les deux silencieux. J'ai vidé mon verre de Coca. Il a plié sa serviette et l'a posée sur son assiette.

Au bout d'un moment, il m'a dit que c'était la première fois qu'il racontait cette année-là et ce qui s'était passé. Que jusque-là, il n'avait jamais entendu l'histoire de son propre point de vue, qu'il avait l'habitude que ce soit Melissa qui la raconte, et que bien entendu, leurs versions divergeaient. C'est étrange de me dépeindre comme le personnage central, a-t-il dit. J'ai presque l'impression de mentir, alors que tout ce que j'ai dit est vrai, je crois. Même si Melissa le raconterait différemment.

J'aime bien la façon dont tu le racontes, ai-je dit. Tu comptes toujours avoir des enfants ?

Bien sûr, mais je pense que maintenant, c'est foutu.

Tu n'en sais rien. Tu es encore jeune.

Il a toussé, eu l'air sur le point de dire quelque chose, puis s'est ravisé. Il m'a regardée siroter mon Coca et j'ai soutenu son regard.

Je pense que tu ferais un père génial, ai-je dit. Tu es gentil. Très aimant.

Il a paru étonné et amusé, puis a soufflé par la bouche.

Merci. Ce n'est pas rien de dire ça. Il faut que je rie, sinon, je vais pleurer.

Nous avons terminé notre repas et quitté le restaurant. Après avoir traversé Dame Street et gagné les quais, Nick a déclaré : on devrait partir ensemble. Un week-end, quelque chose comme ça, ça te plairait ? Je lui ai demandé où, et il a répondu : qu'est-ce que tu dirais de Venise ? J'ai ri. Il a mis ses mains dans ses poches, lui aussi riait, je pense parce qu'il était heureux à l'idée qu'on parte ensemble, ou bien juste de m'avoir fait rire.

C'est là que j'ai entendu la voix de ma mère qui disait : bonjour, mademoiselle. Elle était face à nous. Elle portait un vieux manteau noir et un bonnet avec un logo Adidas. Je me souviens que Nick avait son beau manteau gris. Ma mère et lui ressemblaient à des personnages de cinéma, mais issus de films réalisés par des gens très différents.

Je ne savais pas que tu arrivais ce soir, ai-je dit.

Je me gare à l'instant, a-t-elle répondu. Je rejoins ta tante Bernie pour dîner.

Je te présente mon ami Nick. Nick, ma mère.

Je n'ai pas osé trop le regarder, mais j'ai vu qu'il souriait en lui tendant la main.

Le fameux Nick, a-t-elle dit. J'ai beaucoup entendu parler de vous.

Moi de même.

Ma fille n'avait toutefois pas mentionné à quel point vous étiez beau.

Maman, je t'en prie.

Je vous voyais plus vieux, a-t-elle continué. Mais vous êtes encore un jeune homme.

Il a ri en disant qu'il était flatté. Ils ont échangé une nouvelle poignée de main, elle m'a donné rendez-vous le lendemain matin, et on s'est quittés là. Nous étions le 1er novembre. Les lampadaires éclairaient le fleuve et les bus passaient telles des boîtes éclairées, avec des visages aux fenêtres.

Je me suis tournée vers Nick, qui avait les mains dans les poches. C'était sympa, a-t-il dit. Pas de remarque sur le fait que je sois marié, un bon point.

J'ai souri en disant : c'est une chouette femme.

/

Quand je suis rentrée ce soir-là, Bobbi se trouvait dans le salon. Elle était assise à la table, en train de lire une liasse imprimée et agrafée en angle. Nick était retourné à Monkstown en disant qu'il m'enverrait un mail au sujet de Venise. Bobbi claquait un peu des dents. Elle n'a pas levé la tête quand je suis entrée, ce qui m'a donné l'étrange sensation d'avoir disparu, comme si j'étais morte.

Bobbi ? ai-je appelé.

Melissa m'a envoyé ça.

Elle m'a tendu les pages imprimées. J'ai vu un double interlignage avec de longs paragraphes, un peu comme une dissertation.

C'est quoi ?

Elle a ri un instant, ou bien lâché le souffle qu'elle retenait en elle jusque-là, et m'a jeté les pages. Je les ai maladroitement rattrapées contre ma poitrine. En baissant les yeux, j'ai reconnu les mots imprimés dans une police sans empattement. Mes mots. C'était ma nouvelle.

Bobbi, ai-je dit.

Tu comptais m'en parler un jour ?

Je n'ai pas bougé. Mes yeux ont parcouru la première page, où je me décrivais malade à une fête dont Bobbi était absente, quand nous étions adolescentes.

Je suis désolée, ai-je dit.

Désolée de quoi ? J'aimerais bien savoir. Désolée d'avoir écrit ça ? Ça m'étonnerait.

Non. Je ne sais pas.

C'est marrant. J'ai l'impression d'en avoir plus appris sur tes sentiments ces vingt dernières minutes qu'en quatre ans.

Je me suis sentie prise de vertiges. J'ai examiné le manuscrit jusqu'à avoir l'impression que les mots s'agitaient comme des insectes. C'était le premier jet, celui que j'avais envoyé à Valerie. Elle avait dû le transmettre à Melissa.

C'est de la fiction, ai-je dit.

Bobbi s'est levée et m'a toisée. Une étrange énergie s'est infiltrée dans ma poitrine, comme si on allait se battre.

J'ai entendu dire que ça allait te rapporter pas mal d'argent, a-t-elle dit.

Oui.

Connasse.

J'ai besoin d'argent, ai-je dit. Mais ça, c'est un concept qui t'est étranger, Bobbi.

Elle m'a arraché les pages des mains. Le dos de l'agrafe est resté accroché à mon index et m'a blessée. Elle a brandi le manuscrit sous mes yeux.

C'est une bonne histoire, tu sais.

Merci.

Puis elle a déchiré les pages en deux, les a jetées à la poubelle et a déclaré : je ne veux plus vivre ici. Elle a emballé ses affaires le soir même. J'écoutais les bruits depuis ma chambre. Je l'ai entendue faire rouler sa valise dans l'entrée. Et refermer la porte.

/

Le lendemain matin, ma mère m'attendait au pied de l'immeuble. Je suis montée en voiture et j'ai attaché ma ceinture. Elle avait mis une chaîne de radio classique, qu'elle a éteinte quand j'ai fermé la portière. Il était huit heures et je me suis plainte d'avoir dû me lever si tôt.

Oh, je suis désolée, a-t-elle dit. On aurait dû appeler l'hôpital pour leur demander de te laisser faire la grasse matinée.

Je pensais que c'était demain, l'échographie.

Non, c'est cette après-midi.

Merde, ai-je dit tout bas.

Elle a posé une bouteille d'eau sur mes genoux en disant : tu peux commencer à boire quand tu veux. J'ai dévissé le bouchon. La seule préparation pour l'examen consistait à boire beaucoup, mais j'avais l'impression d'être prise de court. Nous n'avons pas dit un mot pendant un petit moment, puis ma mère m'a jeté un regard en biais.

C'était drôle de te croiser comme ça hier, a-t-elle dit. Tu avais vraiment l'air d'une jeune dame.

En comparaison de quoi ?

Nous étions en train de franchir un rond-point. Elle n'a pas répondu tout de suite. Je regardais les autres voitures par le pare-brise.

Vous étiez très élégants tous les deux, a-t-elle dit. Des stars de cinéma.

Oh, ça c'est Nick. Il est tellement glamour.

Ma mère m'a tout à coup pris la main. Nous étions coincées dans un embouteillage. Elle l'a serrée plus fort que je m'y attendais, elle me faisait presque mal. Maman, ai-je protesté. Elle m'a lâchée, s'est lissé les cheveux avec les doigts puis a reposé les mains sur le volant.

Tu es une sacrée femme, a-t-elle dit.

J'ai été à bonne école.

Elle a ri. Oh, j'ai bien peur de ne pas être à la hauteur, Frances. Tu vas devoir découvrir le reste toute seule.

27

À l'hôpital, on m'a fait boire encore plus d'eau, si bien que, dans la salle d'attente, j'étais barbouillée. L'endroit était bondé. Ma mère m'avait acheté une barre chocolatée au distributeur. Je tapotais mon crayon sur la couverture de *Middlemarch* que je devais lire pour un cours sur le roman anglais. La couverture montrait une femme aux yeux tristes de l'époque victorienne en train de disposer des fleurs dans un vase. Je doutais que les femmes de l'époque victorienne touchent aussi souvent des fleurs que l'art de la période le suggérait.

Un homme est arrivé avec deux petites filles, dont l'une en poussette. La plus grande a grimpé sur le siège près de moi et s'est penchée vers l'oreille de son père pour lui dire quelque chose, mais il n'écoutait pas. La fillette s'est agitée pour attirer son attention, si bien que ses baskets à diodes ont poussé mon sac, puis mon bras. Quand son père a fini par se retourner, il a dit : Rebecca, regarde un peu ce que tu fais ! Tu donnes des coups de pied à la dame ! J'ai voulu croiser son regard pour lui dire : ce n'est rien, mais il n'a pas levé les yeux vers moi. Pour lui, l'important n'était pas mon bras. Il voulait simplement que sa fille se sente mal, qu'elle ait honte. J'ai songé à l'amour que Nick portait à son petit chien et à la façon dont il s'en occupait, puis je suis passée à autre chose.

On m'a appelée et je suis entrée dans une petite pièce équipée d'un appareil d'échographie et d'une table d'examen couverte d'un papier blanc très fin. La technicienne m'a demandé de monter sur la table puis elle a étalé du gel sur un objet en plastique pendant que je regardais le plafond. La pièce était plongée dans une pénombre évocatrice, comme si elle contenait un bassin secret rempli d'eau. Je ne sais plus de quoi nous avons discuté. Il me semblait que ma voix venait d'ailleurs, comme si j'avais une petite radio dans la bouche.

Elle a pressé très fort l'objet en plastique contre mon ventre tandis que je regardais le plafond en essayant de ne pas crier. Mes yeux s'emplissaient de larmes. J'avais l'impression que, d'un instant à l'autre, elle allait me montrer l'image floue d'un fœtus et me parler d'un cœur qui battait, et que j'acquiescerais d'un air entendu. L'idée d'inspecter un utérus vide m'a paru triste, comme prendre une maison abandonnée en photo.

Après l'examen, je l'ai remerciée, puis je suis allée aux toilettes et me suis lavé les mains à plusieurs reprises sous le robinet d'eau chaude de l'hôpital. Je me suis sans doute même un peu brûlée, car ma peau était très rose et le bout de mes doigts paraissait un peu enflé. Puis j'ai regagné le hall pour attendre le médecin. Rebecca et sa famille avaient disparu.

Le médecin était un homme d'une soixantaine d'années. Il a plissé les yeux, à croire que je le décevais, et m'a dit de m'asseoir. Il regardait un dossier qui contenait quelques pages. Je me suis installée sur une chaise en plastique rigide et j'ai inspecté mes doigts. Je m'étais vraiment brûlée. Il m'a posé des questions sur mon hospitalisation en août, mes symptômes, ce qu'avait dit la gynécologue, puis m'a interrogée de façon plus générale sur mon cycle menstruel et mon activité sexuelle. Pendant ce temps, il feuilletait le dossier d'un air distrait. Puis il a enfin relevé la tête.

Bon, l'échographie est normale. Pas de fibrome, pas de kyste, rien de tout ça. C'est la bonne nouvelle.

Et quelle est la mauvaise ?

Il a souri d'un air étrange, comme s'il admirait mon courage. J'ai dégluti en comprenant que j'avais commis une erreur.

Il m'a annoncé que c'était la paroi de mon utérus qui posait problème. Certaines de ses cellules se développaient ailleurs dans mon corps. Il a dit qu'elles étaient bénignes, non cancéreuses, mais que cette maladie était incurable et parfois évolutive. Elle portait un nom à rallonge que je n'avais jamais entendu : endométriose. Il a dit que c'était un diagnostic « difficile », « imprévisible » qui ne pouvait être confirmé que par exploration chirurgicale. Mais tout concorde avec vos symptômes, a-t-il ajouté. Une femme sur dix en est atteinte. Je rongeais mon pouce brûlé et j'ai lâché un petit « hum ». Il a dit qu'il existait des interventions, mais que ce n'était recommandé que dans les situations extrêmes. Je me suis demandé si c'était mon cas, ou s'il ne le savait pas encore.

Il m'a dit que le problème majeur pour les patientes, c'était la « gestion de la douleur ». Qu'elles souffraient souvent à l'ovulation, au moment des règles, et qu'elles pouvaient connaître un inconfort au cours des rapports sexuels. Je me suis mordu le côté du pouce et j'ai commencé à m'arracher de la peau. L'idée que le sexe puisse faire mal m'a semblé d'une cruauté atroce. Le médecin a dit que « nous » voulions empêcher la douleur de devenir insupportable, ou « handicapante ». Je commençais à avoir mal aux mâchoires et je me suis frotté le nez de façon machinale.

Le deuxième problème, c'était « la question de la fertilité ». Je me souviens très précisément de ces mots. J'ai dit, ah bon ? Malheureusement, a-t-il expliqué, cette maladie rend de nombreuses femmes stériles, c'est l'une de nos plus importantes préoccupations. Il a évoqué la fécondation in vitro en disant qu'il y avait eu d'énormes progrès dans ce domaine. J'ai hoché la tête avec le pouce dans la bouche et j'ai cligné des yeux rapidement, comme pour chasser cette pensée, voire l'hôpital tout entier, de mon esprit.

La consultation a pris fin. J'ai retrouvé ma mère dans la salle d'attente, qui lisait mon exemplaire de *Middlemarch*. Elle n'avait avancé que de dix pages. Je me suis placée debout face à elle et elle m'a lancé un regard impatient.

Ah, te voilà, a-t-elle lancé. Alors, qu'est-ce que le docteur a dit ?

J'ai eu l'impression que mon corps se refermait, comme si une main se plaquait sur ma bouche ou sur mes yeux. J'étais incapable de répéter les explications du médecin, elles contenaient trop de pistes, impliquaient trop de mots et de phrases indépendants les uns des autres. L'idée d'en prononcer autant me rendait physiquement malade. Si bien que je me suis entendue dire que l'échographie était normale.

Donc ils ne savent pas ce que tu as ?

Viens, on va à la voiture.

Nous nous sommes installées et j'ai mis ma ceinture. Je lui dirai à la maison, ai-je pensé. Là-bas, j'aurai le temps. Elle a démarré, j'ai passé mes doigts dans ma chevelure pour défaire un nœud, que j'ai senti se tendre puis céder, et des petits cheveux noirs ont atterri dans ma main. Ma mère m'a à nouveau posé des questions, et ma bouche a commencé à formuler des réponses.

C'était juste des règles très douloureuses, ai-je déclaré. Il dit que, maintenant que je prends la pilule, ça va s'arranger.

Ah, a-t-elle fait. Bon. C'est un soulagement, non ? Tu dois être rassurée. J'avais envie d'être dure, de ne pas faire de vagues. J'ai grimacé par réflexe, et elle a mis son clignotant à gauche.

À la maison, je suis montée dans ma chambre attendre l'heure du train. Ma mère est restée au rez-de-chaussée pour faire du ménage. Je l'entendais ranger des saladiers et des casseroles dans la cuisine. Je me suis mise dans mon lit pour aller consulter Internet. J'ai trouvé des tas de liens vers des sites destinés aux femmes qui souffraient de la même maladie incurable que moi. Ils proposaient en général des interviews dans lesquelles elles racontaient leur vie détruite par la douleur. Il y avait des photos libres de droit de femmes blanches qui regardaient par la fenêtre d'un air soucieux, parfois avec une main sur le ventre pour illustrer la douleur. J'ai aussi trouvé un forum où des gens partageaient des photos terribles post-interventions chirurgicales avec des questions du genre : « combien de temps faut-il pour guérir d'une hydronéphrose après la pose de stents ? » Je traitais ces informations avec le plus de distance possible.

Après avoir lu tout ce que j'ai pu trouver, j'ai refermé mon ordinateur et sorti la petite bible de mon sac. Je suis allée jusqu'à la page de l'Évangile selon saint Marc où Jésus disait : « Ma fille, ta foi t'a sauvée ; va en paix et sois guérie de ton infirmité. » Dans la Bible, les gens malades étaient soignés par des gens en bonne santé. Mais Jésus n'y connaissait rien, tout comme moi. Même si j'avais la foi, ce n'était pas ce qui me sauverait. Ça ne servait à rien d'y penser.

Mon téléphone a sonné. J'ai vu que c'était Nick. J'ai décroché, on s'est dit bonjour. Puis il a enchaîné par : il y a quelque chose que je devrais sans doute te dire. J'ai demandé quoi et il y a eu un silence, bref mais perceptible, avant qu'il se remette à parler.

Melissa et moi, on a recommencé à coucher ensemble, m'a-t-il annoncé. Ça me fait bizarre de te dire ça au téléphone, mais je trouvais aussi bizarre de ne pas te le dire. Je suis un peu paumé.

J'ai lentement éloigné le téléphone de mon visage pour l'observer. Ce n'était qu'un objet dépourvu de signification. J'entendais Nick dire : Frances ? Mais de loin, comme si c'était un son parmi d'autres. J'ai posé doucement le téléphone sur ma table de chevet sans raccrocher. La voix de Nick s'est faite bourdonnement, dépourvue de mots compréhensibles. Je suis restée assise sur mon lit à respirer très lentement, si lentement que c'était presque comme si je ne respirais plus.

Puis j'ai repris le téléphone, et j'ai dit : allô ?

Hé, a fait Nick. Tu es là ? La connexion était devenue bizarre.

Non, je suis là. J'ai entendu.

Et tu vas bien ? Tu as l'air en colère.

J'ai fermé les yeux. Quand je me suis exprimée de nouveau, j'ai senti ma voix devenir aussi dure que la glace.

Au sujet de Melissa et toi ? Ne dis pas n'importe quoi, Nick.

Tu ne regrettes pas que je te l'aie dit, non ?

Bien sûr que non.

Je ne veux pas que ça change quoi que ce soit entre nous, a-t-il dit.

Ne t'en fais pas.

Je sentais comme de l'appréhension dans sa respiration. Il voulait me rassurer, je le voyais bien, mais je n'étais pas d'accord. Les gens voulaient toujours débusquer mes faiblesses pour me rassurer. C'était leur façon de se sentir utiles.

Et sinon, comment tu vas ? L'examen, c'est demain, non ?

Et là, je me suis rappelé que je lui avais donné la mauvaise date. Il n'avait pas oublié, c'est moi qui m'étais trompée. Il s'était même probablement mis un rappel sur son téléphone : demander à Frances comment s'est passée son échographie.

Oui, ai-je dit. Je te raconterai. L'autre téléphone sonne, je dois aller répondre, mais je t'appellerai plus tard.

D'accord. J'espère que ça va aller. Tu n'es pas trop inquiète, si ? Je ne pense pas que tu sois du genre à t'inquiéter pour ça.

J'ai porté le dos de ma main à mon visage. Mon corps me semblait aussi froid qu'un objet inanimé.

Non, ça, c'est ton boulot, ai-je dit. On se parle vite, d'accord ?

D'accord. On se tient au courant.

J'ai raccroché, puis je suis allée me passer de l'eau froide sur le visage et je l'ai séché, ce visage que j'avais depuis toujours, que j'aurais jusqu'à ma mort.

/

Ce soir-là, sur le chemin de la gare, ma mère n'arrêtait pas de me regarder, comme si mon comportement la dérangeait et qu'elle avait envie de me sermonner, sans savoir pour autant à quel sujet. Elle a fini par me demander de retirer mes pieds du tableau de bord, ce que j'ai fait.

Tu dois être soulagée, a-t-elle répété.

Ouais, ravie.

Et comment tu t'en sors, financièrement ?

Oh, ça va.

Elle a jeté un coup d'œil dans le rétroviseur.

Le docteur n'a rien dit d'autre, n'est-ce pas ? a-t-elle demandé.

Non, non, c'était tout.

J'ai observé la gare par la vitre. J'avais le sentiment que quelque chose dans ma vie avait pris fin, une image de moi formant un tout, l'image de quelqu'un de normal. J'ai pris conscience qu'à présent, la douleur ferait tout bonnement partie de ma vie, et qu'il n'y aurait rien d'exceptionnel à cela. Cette douleur ne me rendrait en rien spéciale, pas plus que de faire mine de ne pas souffrir. En parler, ou même écrire dessus, ne la transformerait pas en une chose utile. Rien n'y ferait. J'ai remercié ma mère de m'avoir accompagnée à la gare et je suis descendue de voiture.

28

Cette semaine-là, je suis allée en cours tous les jours et j'ai passé toutes mes soirées à la bibliothèque pour rédiger des CV et les imprimer là-bas. Il fallait que je me trouve un boulot pour rembourser Nick. J'étais devenue obsédée par le fait de lui rendre cet argent, comme si tout le reste dépendait de ça. Dès qu'il m'appelait, j'appuyais sur le bouton raccrocher puis je lui envoyais un sms disant que j'étais occupée. Je lui ai écrit que l'échographie était normale et qu'il n'y avait pas à s'inquiéter. OK, a-t-il répondu par sms. Et c'est une bonne nouvelle ? Je n'ai pas répondu à ça. J'aimerais vraiment te voir, a-t-il écrit. Puis il m'a envoyé un mail : melissa m'a dit que bobbi avait quitté ton appartement, tout va bien ? Je n'ai pas répondu à ça non plus. Le mercredi, il m'a envoyé un nouveau mail.

> hello. je sais que tu es en colère contre moi et ça me met vraiment mal. j'aimerais qu'on puisse parler de ce qui te tracasse. j'imagine que c'est en lien avec melissa mais peut-être que là encore je me trompe. j'avais l'impression que tu savais que ce genre de chose pouvait arriver et que tu voulais juste que je te le dise si c'était le cas. mais peut-être que je me suis trompé sur toute la ligne et qu'en fait ce que tu voulais c'était que ça n'arrive pas. j'aimerais faire comme tu veux mais si je ne sais pas ce

que tu veux c'est impossible. sinon peut-être que tu ne te sens pas bien ou que c'est autre chose qui t'a contrariée. c'est difficile pour moi de savoir si tu vas bien. ce serait vraiment chouette d'avoir de tes nouvelles.

Je n'ai pas répondu.

Un matin avant les cours, je me suis acheté un carnet gris bon marché pour y noter tous mes symptômes. Je les décrivais avec soin en inscrivant la date en haut de la page. Ça me permettait d'apprendre à identifier des phénomènes tels que la fatigue et les douleurs pelviennes qui, avant, me paraissaient être un simple inconfort sans début ni fin précis. À présent, je les voyais comme des ennemies qui me torturaient de différentes manières. Le carnet gris m'aidait à cerner le contour de mots tels que « modérée » ou « intense », qui avaient cessé d'être ambigus pour devenir définitifs et catégoriques. J'étais tellement attentive que je voyais des symptômes partout. Si j'avais des vertiges en me levant du lit, était-ce un symptôme ? Et si je me sentais triste ? J'ai décidé d'être exhaustive. Pendant plusieurs jours, j'ai noté dans le carnet gris, d'une petite écriture soignée, ces mots : variations d'humeur (tristesse).

Nick donnait une fête à Monkstown pour ses trente-trois ans. J'hésitais à y aller. J'ai lu et relu son mail en essayant de prendre une décision. Certaines fois, j'y voyais de la dévotion et du consentement, d'autres fois, il me semblait indécis ou ambivalent. Je ne savais pas ce que j'attendais de lui. Ce que je voulais apparemment, même si ce constat ne me faisait pas plaisir, c'était qu'il renonce à toute autre personne, à toute autre chose de sa vie, pour se consacrer entièrement à moi. C'était absurde, non seulement parce que j'avais moi-même couché avec quelqu'un depuis le début de notre relation, mais aussi parce que j'étais encore souvent préoccupée par d'autres gens, notamment Bobbi et le fait qu'elle me manquait terriblement. Pour moi, le temps que je passais à penser à Bobbi ne concernait en rien Nick, en revanche, le temps qu'il passait à penser à Melissa, je le prenais comme un affront.

Je l'ai appelé le vendredi. Je lui ai dit que j'avais eu une semaine bizarre, et il m'a dit combien c'était bon d'entendre ma voix. J'ai passé ma langue sur mes dents.

Tu m'as déconcertée au téléphone, la semaine dernière, ai-je dit. Je suis désolée d'avoir réagi si mal.

Non, je ne crois pas que tu aies mal réagi. Peut-être que c'était moi. Tu es énervée ?

J'ai hésité, puis répondu : non.

Parce que, si c'est le cas, on peut en parler, a-t-il dit.

Je ne suis pas énervée.

Il est resté étrangement silencieux pendant quelques secondes. Je craignais qu'il ait autre chose à m'annoncer. Finalement, il a déclaré : je sais que tu n'aimes pas montrer que tu es contrariée. Mais ce n'est pas un signe de faiblesse, de ressentir des choses, tu sais. Mon visage s'est fendu d'un sourire dur. J'ai senti l'irradiation de la rancune dans tout mon corps.

Bien sûr que je ressens des choses, ai-je dit.

Bon.

Mais je ne ressens rien concernant le fait que tu baises ta femme ou pas. Ce n'est pas un sujet qui suscite des émotions chez moi.

D'accord, a-t-il dit.

Tu voudrais que je ressente quelque chose à ce sujet. Parce que tu as été jaloux quand j'ai couché avec quelqu'un d'autre et que ça t'inquiète que moi, je ne le sois pas.

Il a soupiré dans le téléphone. Peut-être, a-t-il dit. Oui, peut-être qu'il y a matière à réfléchir là-dedans. J'essayais juste de, euh… bon. Je suis content que tu ne sois pas en colère.

Cette fois, je souriais pour de bon. J'ai deviné qu'il entendait mon sourire quand j'ai dit : tu n'as pas l'air content. Il a de nouveau soupiré, un soupir d'impuissance. J'avais l'impression qu'il était couché par terre et que moi, j'étais en train de déchirer son corps avec mes dents souriantes. Je suis désolé, a-t-il dit. C'est juste que je te trouve assez hostile.

Tu interprètes ton incapacité à me blesser comme de l'hostilité de ma part, ai-je dit. C'est intéressant. Ta fête, c'est demain soir, n'est-ce pas ?

Il n'a rien dit pendant un temps si long que j'ai eu peur d'avoir poussé le bouchon trop loin, qu'il me balance que je n'étais pas quelqu'un de bien, qu'il avait essayé de m'aimer mais que c'était impossible. Au lieu de ça, il a dit : ouais, à la maison. Tu crois que tu vas venir ?

Bien sûr, pourquoi je ne viendrais pas ?

Génial. Ce sera bon de te voir, ça c'est sûr. Viens quand tu veux.

Trente-trois ans, ça commence à faire vieux.

Oui, sans doute, a-t-il dit. C'est ce que je ressens, en tout cas.

/

Quand je suis arrivée à la fête, la maison était bruyante et pleine de gens que je ne connaissais pas. J'ai aperçu le chien réfugié derrière le meuble de télévision. Melissa m'a embrassée. Elle était manifestement très saoule. Elle m'a servi un verre de vin rouge en me disant que j'étais jolie. Je me suis figuré Nick frissonnant au moment où il jouissait en elle. Je les détestais tous les deux avec l'intensité de la passion. J'ai pris une grande rasade de vin et croisé les bras sur la poitrine.

Qu'est-ce qui se passe entre Bobbi et toi ? a demandé Melissa.

Je l'ai observée. Ses lèvres étaient tachées par le vin, tout comme ses dents. Sous son œil gauche, il y avait une petite trace visible de mascara.

Je ne sais pas, ai-je dit. Elle est là ?

Pas encore. Mais vous devez régler ça, tu sais. Elle m'a envoyé des mails à ce sujet.

La nausée m'a envahie tandis que je la fixais. Je ne supportais pas l'idée que Bobbi lui ait écrit. Ça me donnait envie de lui écraser le pied de toutes mes forces puis de la regarder droit dans les yeux en niant l'avoir fait. Moi ? Non, je ne vois pas de quoi tu parles, dirais-je. Elle me dévisagerait en comprenant que j'étais à la fois méchante et folle. Je lui ai annoncé que j'allais souhaiter un joyeux anniversaire à Nick, et elle m'a indiqué la véranda.

Tu lui en veux, n'est-ce pas ? a demandé Melissa.

J'ai serré les dents et me suis vue appuyer de tout mon poids sur son pied.

J'espère que ce n'est pas ma faute, a-t-elle dit.

Non. Je n'en veux à personne. Je vais lui dire bonjour.

Dans la véranda, j'ai reconnu un morceau de Sam Cooke. Nick discutait avec des inconnus en hochant la tête. Les lumières étaient tamisées et tout paraissait bleu. J'avais envie de partir. Nick m'a vue, nos regards se sont croisés. J'ai senti, comme à chaque fois, une clef tourner violemment en moi, mais cette fois, je détestais cette clef. Je détestais être ouverte à quoi que ce soit.

Il est venu vers moi et je suis restée les bras croisés, sans doute l'air renfrogné, voire apeuré.

Lui aussi avait bu, tellement qu'il articulait mal et que je n'aimais plus sa voix. Il m'a demandé si j'allais bien, et j'ai haussé les épaules. Peut-être que tu pourrais me dire ce qui ne va pas pour que je puisse m'excuser, a-t-il commencé.

Melissa a l'air de croire qu'on est en froid, ai-je dit.

C'est le cas, non ?

Ce n'est pas ses affaires, si ?

Je ne sais pas, a-t-il dit. Je ne comprends pas ce que tu veux dire.

Une rigidité s'était emparée de mon corps, si bien que mes mâchoires me faisaient mal tant elles étaient serrées. Il m'a touché le bras et je me suis écartée brusquement, comme s'il m'avait giflée. Il a eu l'air blessé – n'importe qui l'aurait été. J'avais vraiment un problème, je le savais.

Deux personnes que je ne connaissais pas vinrent lui souhaiter un joyeux anniversaire : un grand type et une femme brune avec un bébé dans les bras. Nick a paru très heureux de les voir. La femme n'arrêtait pas de dire : on ne reste pas, on ne reste pas. On est juste passés en coup de vent. Nick me les a présentés. C'était sa sœur Laura, son mari Jim et leur bébé, ce bébé que Nick adorait. Je ne savais pas si Laura connaissait mon existence. La petite fille était blonde et avait d'immenses yeux bleu azur. Laura a dit qu'elle était heureuse de faire ma connaissance et j'ai répondu : votre bébé est magnifique. Nick a ri en s'exclamant : c'est une gravure de mode, n'est-ce pas ? Elle pourrait faire de la publicité pour de la nourriture pour bébés. Laura m'a proposé de la prendre dans mes bras et j'ai dit : je peux ?

Laura m'a tendu le bébé en disant qu'elle allait chercher un verre d'eau pétillante. Jim et Nick parlaient, je ne sais plus de quoi. La petite fille me regardait en écartant et en refermant les lèvres. Elle avait une bouche très souple, et a passé un moment avec sa main tout entière à l'intérieur. Il était difficile de croire qu'une créature aussi parfaite était à la merci des caprices d'adultes qui buvaient de l'eau pétillante et la laissaient dans les bras d'une inconnue au cours d'une fête. Le bébé me regardait avec sa main baveuse dans la bouche tout en clignant des paupières. J'ai serré son minuscule corps contre moi en pensant à combien elle était petite. J'avais envie de lui parler, mais les autres m'auraient entendue, ce que je ne souhaitais pas.

Quand j'ai relevé les yeux, j'ai vu que Nick me regardait. On s'est dévisagés pendant quelques secondes, et le moment m'a paru tellement empreint de gravité que j'ai tenté de lui sourire. Oui, ai-je dit. J'adore cette petite fille. C'est une superbe enfant, pas un défaut. Jim a répliqué : Rachel est la chouchoute de Nick, dans la famille. Il l'aime encore plus que nous. Nick a souri, puis tendu la main vers celle du bébé, qui s'agitait en l'air comme s'il essayait de trouver son équilibre. La petite fille a agrippé le pouce de Nick. Oh, je vais pleurer, ai-je dit. Elle est parfaite.

Laura est venue la récupérer. Elle est lourde, non ? a-t-elle demandé. J'ai acquiescé d'un air ahuri puis j'ai dit : elle est adorable. Sans le bébé, mes bras me paraissaient maigres et vides. C'est une petite charmeuse, a renchéri Laura. Pas vrai, mon bébé ? Et là, elle a touché avec amour le bout du nez de sa fille. Tu verras quand tu en auras un à toi, m'a-t-elle dit. Je l'ai regardée d'un air ahuri et en disant quelque chose comme : ouais, hum. Puis ils ont annoncé qu'ils partaient et sont allés saluer Melissa.

Après leur départ, Nick m'a mis la main dans le dos et je lui ai dit combien j'aimais sa nièce. Elle est magnifique, ai-je dit. Magnifique, c'est un mot idiot, mais tu vois ce que je veux dire. Nick a protesté qu'il ne trouvait pas ça idiot. Il était saoul, pourtant je voyais qu'il voulait être gentil. J'ai dit quelque chose comme : en fait, je ne me sens pas très bien. Il m'a demandé ce qui n'allait pas, mais je n'ai pas levé les yeux vers lui. J'ai dit : ça ne te dérange pas si je m'en vais, hein ? De toute façon, il y a plein de gens ici. Je ne veux pas te monopoliser. Il me regardait, mais j'étais incapable de lui rendre son regard. Il m'a demandé quel était le problème, et je lui ai répondu : on se parle demain.

Il ne m'a pas raccompagnée. J'étais secouée de frissons et ma lèvre inférieure avait commencé à trembler. Je me suis offert un taxi pour rentrer en ville.

/

Plus tard dans la soirée, j'ai reçu un appel de mon père. La sonnerie m'a réveillée. Je me suis cogné le poignet contre la table de chevet pour attraper mon téléphone. Allô ? ai-je dit. Il était plus de trois heures du matin. J'ai serré mon bras douloureux contre ma poitrine et plissé les yeux dans le noir en attendant qu'il parle. En fond sonore, j'entendais comme de la pluie ou du vent.

C'est toi, Frances ? a-t-il dit.

J'ai essayé de te joindre.

Je sais, je sais. Écoute.

Il a soupiré dans le téléphone, je n'ai rien dit, et lui non plus. Quand il a repris la parole, il avait l'air exténué.

Ma chérie, je suis désolé, a-t-il dit.

De quoi ?

Tu sais, tu sais. Tu me connais. Je suis désolé.

Je ne vois pas de quoi tu parles, ai-je dit.

J'avais beau avoir passé des semaines à essayer de le contacter pour ma pension, je savais que là, je n'allais pas en parler, et que s'il abordait le sujet, je nierais peut-être même être à court d'argent.

Écoute, a-t-il dit. Ça a été une mauvaise année. J'ai perdu pied.

Comment ça ?

Il a de nouveau soupiré. J'ai dit : papa ?

Tu es mieux sans moi, maintenant, n'est-ce pas ?

Bien sûr que non. Ne dis pas ça. De quoi tu parles ?

De rien. C'est des bêtises.

Je tremblais. J'ai essayé de penser à des choses rassurantes qui me donnent l'impression d'être normale. Des possessions matérielles : le chemisier blanc qui séchait sur un cintre dans la salle de bains, les romans classés par ordre alphabétique dans ma bibliothèque, le service de tasses en porcelaine verte.

Papa ? ai-je dit.

Tu es une femme formidable, Frances. Tu ne nous as jamais causé le moindre souci.

Tu vas bien ?

Ta mère me dit que tu as un petit ami là-bas, a-t-il dit. Un type très beau, il paraît.

Papa, où es-tu ? Tu es dehors ?

Il a gardé le silence quelques instants, puis il a de nouveau soupiré. Cette fois, ç'a été presque un gémissement, comme s'il souffrait de quelque chose dont il ne pouvait pas parler ou qu'il était incapable de décrire.

Écoute, a-t-il dit. Je suis désolé, d'accord ? Je suis désolé.

Papa, attends.

Il a raccroché. J'ai fermé les yeux et senti le mobilier de ma chambre disparaître, comme dans un jeu de Tetris inversé, par le haut de l'écran pour ensuite s'effacer. Puis ce serait mon tour. J'ai composé son numéro des tas de fois en sachant qu'il ne répondrait pas. Pour finir, son téléphone a cessé de sonner, peut-être qu'il n'avait plus de batterie. Je suis restée allongée dans le noir jusqu'à ce qu'il fasse jour.

/

Le lendemain, Nick m'a appelée alors que je dormais encore. J'avais enfin sombré vers dix heures du matin, et il était plus de midi. Les stores projetaient une lumière d'un gris hideux sur le plafond. Quand j'ai décroché, il m'a demandé s'il me réveillait, et j'ai répondu : ce n'est pas grave. Je n'ai pas bien dormi. Il m'a demandé s'il pouvait venir. J'ai tendu la main pour remonter les stores et j'ai dit : oui, d'accord.

J'ai attendu au lit. Je ne me suis même pas levée pour prendre une douche. J'ai enfilé un T-shirt noir et je suis allée appuyer sur le bouton de l'interphone. Il est arrivé rasé de près et sentant la cigarette. J'ai mis la main sur ma gorge en le voyant et j'ai dit quelque chose comme : tu n'as pas mis longtemps à arriver. Nous sommes allés dans ma chambre et il a répondu : oui, il n'y avait presque personne sur la route.

Nous nous sommes dévisagés quelques secondes, puis il m'a embrassée sur la bouche. Il a dit : tu veux bien ? J'ai acquiescé en murmurant quelque chose d'idiot. Il a dit : encore désolé pour hier soir. J'ai beaucoup pensé à toi. Tu m'as manqué. C'était comme s'il avait préparé ces déclarations pour que je ne puisse pas ensuite lui reprocher de ne pas les avoir prononcées. J'avais la gorge serrée comme si j'allais pleurer. Je l'ai senti me caresser sous mon T-shirt, puis je me suis mise à pleurer pour de bon, ce qui était troublant. Il a dit : oh non, qu'est-ce qui ne va pas ? Hé, dis-moi. J'ai haussé les épaules et j'ai fait des gestes incompréhensibles avec les mains. Je pleurais très fort. Il est resté planté devant moi sans savoir quoi faire. Il portait une chemise bleu pâle avec des boutons blancs, ce jour-là.

On peut en parler ? a-t-il demandé.

J'ai dit qu'il n'y avait rien à dire, alors nous avons fait l'amour. En levrette. Il a utilisé un préservatif, cette fois, sans qu'on en discute. Quand il me parlait, je faisais comme si je ne l'entendais pas. Je pleurais toujours assez fort. Certains gestes me faisaient pleurer davantage, par exemple quand il me caressait les seins, et quand il me demandait si j'aimais ce qu'il faisait. Puis il a dit qu'il voulait arrêter, alors nous avons arrêté. J'ai tiré les draps sur mon corps et mis ma main sur mes yeux pour ne pas avoir à le regarder.

Ce n'était pas bon ? ai-je dit.

On peut parler ?

Avant, tu aimais ça, non ?

Je peux te demander quelque chose ? Est-ce que tu veux que je la quitte ?

Je l'ai regardé à ce moment-là. Il avait l'air fatigué, et je voyais qu'il détestait tout ce que je lui faisais subir. J'avais l'impression que mon corps n'était qu'un emballage, un pur réceptacle destiné à accueillir une chose plus précieuse. J'imaginais le démanteler et aligner mes membres afin de les comparer.

Non, ai-je dit. Je ne veux pas.

Je ne sais pas quoi faire. Je me sens tellement mal, putain. Tu as l'air en colère contre moi et je ne sais pas comment te rendre heureuse.

Eh bien, peut-être qu'on devrait arrêter de se voir.

Ouais, a-t-il dit. D'accord. Tu as sans doute raison.

J'ai cessé de pleurer. Je ne le regardais pas. J'ai écarté mes cheveux de mon visage et retiré l'élastique à mon poignet pour les attacher. Mes mains tremblaient, et j'ai commencé à voir de petites lueurs dans mon champ de vision là où il n'y avait pourtant pas de lumière. Il a répété qu'il était désolé, et ajouté qu'il m'aimait. Il a dit autre chose aussi, qu'il ne me méritait pas ou quelque chose dans le genre. Je me suis dit : si seulement je n'avais pas décroché ce matin, Nick serait encore mon petit ami, et tout irait bien. J'ai toussé pour m'éclaircir la gorge.

Après son départ, j'ai pris des petits ciseaux à ongles pour creuser un trou dans ma cuisse gauche. J'avais l'impression de devoir faire un geste aussi extrême pour arrêter de penser à combien je me sentais mal, mais ça n'a pas eu l'effet escompté. Au contraire, ç'a beaucoup saigné et n'a fait qu'aggraver mon état. Je suis restée assise par terre dans ma chambre à me tamponner la cuisse avec des mouchoirs en papier et à penser à la mort. J'étais comme une tasse que Nick avait renversée, et je regardais ce qui s'échappait de moi : mes illusions sur ma valeur et ma prétention à être ce que je n'étais pas. Tant que j'étais emplie de tout ça, je ne le voyais pas. À présent que je n'étais plus rien, juste un verre vide, je voyais clairement en moi.

J'ai médité là-dessus puis je suis allée chercher un pansement. J'ai descendu les stores et ouvert mon exemplaire de *Middlemarch*. Finalement, ça n'avait pas d'importance que Nick ait saisi la première occasion pour me quitter dès que Melissa avait à nouveau voulu de lui, ni que mon corps et mon visage soient si laids qu'il en avait été dégoûté, ou qu'il déteste à ce point faire l'amour avec moi qu'il m'avait demandé d'arrêter en plein acte. Ce n'était pas ce que mes futurs biographes retiendraient. J'ai songé à toutes les choses que je n'avais jamais dites à Nick sur moi, et j'ai commencé à me sentir mieux, comme si mon intimité s'était déployée autour de moi à la façon d'une barrière pour me protéger. J'étais autonome et indépendante, avec une vie intérieure que personne n'avait jamais perçue ni touchée du doigt.

Même après avoir cessé de saigner, la blessure a continué à m'élancer. J'étais un peu effrayée à l'idée d'avoir fait quelque chose d'aussi stupide, même si je savais que je n'aurais jamais à le dire à quiconque, et que ça ne se reproduirait plus. Quand Bobbi avait rompu avec moi, je ne m'étais pas troué la chair, en revanche, je me mettais sous la douche, je vidais le ballon d'eau chaude et je restais sous le jet froid jusqu'à ce que mes doigts bleuissent. J'appelais en secret ces comportements mon « moyen d'expression ». Me gratter le bras jusqu'au sang, c'était « m'exprimer », tout comme me mettre en état d'hypothermie et devoir expliquer ça à un auxiliaire médical au téléphone.

Ce soir-là, j'ai repensé à l'appel de mon père la nuit précédente et à combien j'avais eu envie d'en parler à Nick, et, un instant, je me suis dit : je vais appeler Nick et il va revenir. Des situations comme celle-là, ça s'arrange. Mais je savais qu'il ne reviendrait pas.

Il n'était plus uniquement à moi, ce moment-là était terminé. Melissa avait connaissance de choses que j'ignorais. Après tout ce qui s'était passé entre eux, ils se désiraient encore. J'ai songé au mail de Melissa, au fait que j'étais malade et d'ailleurs sans doute stérile, et que je ne pouvais rien offrir à Nick qui compte pour lui.

Les quelques jours suivants, j'ai passé des heures à regarder mon téléphone sans rien faire. Le temps s'écoulait visiblement sur l'horloge lumineuse de l'écran, et pourtant j'avais l'impression de ne pas le voir passer. Nick n'a appelé ni ce soir-là ni pendant la nuit. Ni le lendemain ni le jour suivant. Personne ne m'a appelée. Peu à peu, l'attente s'est faite moins pressante et la vie a repris ses droits : ces tâches qui distraient votre attention tandis que ce que vous espérez continue à ne pas se produire. Je postulais pour des boulots et me rendais à mes séminaires. La vie continuait.

29

J'ai trouvé un petit boulot le soir et le week-end dans une boutique de sandwichs où je préparais le café. Le premier jour, une femme du nom de Linda m'a tendu un tablier noir et m'a montré comment me servir de la machine. Il fallait actionner un petit levier pour mettre du café moulu dans le porte-filtre, une dose pour un expresso et deux pour un double. Puis insérer correctement le filtre dans l'appareil et appuyer sur le bouton pour faire couler l'eau. Il y avait aussi une petite buse de vapeur et un pot à lait. Linda m'a appris beaucoup de choses sur le café, sur la différence entre un latte et un cappuccino. On proposait aussi des mokas, mais Linda m'a dit que les mokas, c'était « compliqué », et donc que j'avais intérêt à laisser faire les autres. De toute façon, personne ne commande jamais de mokas, a-t-elle conclu.

Je ne croisais jamais Bobbi à la fac, alors que j'étais toujours persuadée que ça allait se produire. Je passais de longs moments dans le bâtiment des lettres, sur la rampe d'accès où elle fumait d'habitude, ou bien aux abords des salles des clubs de débat où l'on pouvait lire gratuitement le *New Yorker* et se préparer un thé dans leur cuisine. Elle n'y apparaissait jamais. Cela dit, nos emplois du temps ne concordaient pas. J'aurais aimé la rencontrer à un moment qui me convenait, où je porterais mon manteau beige, peut-être les bras chargés de livres, et où je pourrais lui faire le sourire hésitant de quelqu'un qui cherche à effacer une dispute. Ma plus grande peur, c'était qu'elle pénètre dans ma boutique de sandwichs et me voie au travail. Dès qu'une femme mince avec une frange noire franchissait le seuil, je me tournais aussitôt vers la machine à café pour faire mine de préparer de la mousse de lait. Au cours des mois précédents, j'avais entrevu la possibilité d'une autre vie : tirer un revenu de mes écrits et de mon intérêt pour certaines choses. Lorsque ma nouvelle avait été acceptée, j'avais même eu l'impression de faire mon entrée dans ce monde, comme si je laissais mon ancienne vie soigneusement pliée derrière moi. J'avais honte à l'idée que Bobbi débarque dans la boutique de sandwichs et constate à quel point je m'étais bercée d'illusions.

J'ai raconté à ma mère l'appel de mon père. On s'est disputées à ce sujet, après quoi je me suis sentie trop fatiguée pour bouger ou parler pendant une heure. Je l'avais traitée de « facilitatrice » Elle a dit : et maintenant, ça va être ma faute, c'est ça ? Tout est ma faute. Elle m'a dit qu'il avait croisé son frère en ville la veille, et qu'il allait bien. Je lui ai rappelé l'incident, quand j'étais petite, où il avait voulu me jeter une chaussure à la figure. Je suis une mauvaise mère, a-t-elle dit, c'est ça ce que tu sous-entends. Si c'est la conclusion que tu en tires, c'est ton problème, ai-je dit. Elle m'a rétorqué que, de toute façon, je n'avais jamais aimé mon père.

Pour toi, la seule façon d'aimer quelqu'un, c'est de le laisser te traiter comme de la merde, ai-je répliqué.

Elle m'a raccroché au nez. Je suis restée couchée sur mon lit avec l'impression qu'une lumière venait de s'éteindre.

Vers la fin novembre, Evelyn a posté le lien d'une vidéo sur le mur Facebook de Melissa avec ce message : je viens de retrouver ça et ça m'a fait MOURIR DE RIRE. Rien qu'à la première image, j'ai reconnu la cuisine de Melissa. J'ai cliqué puis attendu que la vidéo se télécharge. La lumière était jaunâtre, il y avait des lampions dans le jardin, Nick et Melissa côte à côte devant le plan de travail de la cuisine. Puis il y a eu du son. Derrière la caméra, quelqu'un disait : OK, on y va. La caméra tremblait, mais j'ai vu Melissa se tourner vers Nick. Ils riaient tous deux. Il portait un pull noir. Il a acquiescé puis s'est mis à chanter : je ne peux pas rester. Melissa a entonné : mon amour, il fait froid dehors. Ils chantaient en duo, et c'était drôle. Tout le monde riait et applaudissait. J'entendais Evelyn dire : chut, chut ! Je n'avais encore jamais entendu Nick chanter. Il avait une belle voix, Melissa aussi. Leur petit numéro était parfait, Nick dans le rôle de celui qui voulait partir et Melissa qui s'efforçait de le retenir. Ça leur convenait bien. Ils avaient de toute évidence répété, et sur la vidéo, on voyait combien ils s'aimaient. Si je les avais connus comme ça plus tôt, me suis-je dit, peut-être que rien de tout ça ne serait arrivé. Peut-être que j'aurais su.

En semaine, je ne travaillais à la boutique que de cinq à huit heures du soir, pourtant quand j'arrivais chez moi, j'étais tellement fatiguée que je ne réussissais même pas à manger. J'étais en train de prendre du retard dans mes devoirs pour la fac. À cause de ce boulot, j'avais moins le temps de lire les ouvrages imposés, mais le vrai problème, c'était la concentration : j'étais incapable de me concentrer. Les concepts refusaient de s'organiser, mon vocabulaire me paraissait moins riche et moins précis. Après ma deuxième paie, j'ai retiré deux cents euros, que j'ai glissés dans une enveloppe. Sur un bout de papier, j'ai écrit : merci pour le prêt. Puis j'ai envoyé le tout à Nick par la poste. Il ne m'a jamais dit l'avoir reçu, mais je ne m'attendais pas à autre chose.

Nous étions presque en décembre. Il restait trois comprimés sur ma plaquette de pilule, puis deux, puis un. Juste après, les douleurs sont réapparues, semblables aux deux fois précédentes. Elles ont duré plusieurs jours. J'allais en cours en serrant les dents, comme d'habitude. Les crampes surgissaient par vagues et me laissaient vidée, en sueur. Un maître de conférences m'a interrogée sur le personnage de Will Ladislaw, et j'avais beau avoir terminé ma lecture de *Middlemarch*, je me suis contentée d'ouvrir et de fermer la bouche comme un poisson. Finalement, j'ai réussi à dire : non, désolée.

Ce soir-là, je suis rentrée chez moi à pied en passant par Thomas Street. J'avais les jambes en coton et je n'avais pas fait de vrai repas depuis plusieurs jours. Mon ventre était gonflé, et pendant quelques secondes, je me suis appuyée contre un abri à vélos. Je commençais à voir trouble. Ma main sur la paroi me paraissait translucide, comme un négatif photo qu'on tient devant une lampe. L'église de Thomas Street n'était qu'à quelques pas. J'ai réussi à me traîner jusqu'à la porte, un bras contre ma cage thoracique.

L'église sentait le vieil encens et l'air sec. Derrière l'autel, de grands vitraux s'élevaient tels de longs doigts sur un clavier, et le plafond était vert et blanc comme une confiserie. Je n'étais pas entrée dans une église depuis mon enfance. Deux vieilles femmes étaient assises sur les bancs latéraux avec des chapelets. Je me suis installée tout au fond et j'ai observé les vitraux en essayant de stabiliser mon regard, comme si ça pouvait m'empêcher de disparaître. Cette maladie stupide n'a jamais tué personne, me suis-je seriné. J'avais le visage en sueur, ou alors il avait plu dehors sans que je m'en sois rendu compte. J'ai déboutonné mon manteau et utilisé le côté sec de mon écharpe pour m'essuyer le front.

Je respirais par le nez, sentant mes lèvres s'entrouvrir sous l'effort que je déployais pour remplir mes poumons. Je serrais mes mains entre mes genoux. La douleur partait de ma colonne vertébrale, irradiait jusqu'à mon crâne et me faisait monter les larmes aux yeux. Je suis venue prier, me suis-je dit. Je suis assise là et je prie Dieu. Par pitié, aidez-moi, ai-je pensé. Je vous en supplie. Je savais qu'il y avait des règles pour ça, qu'il fallait croire à un principe ordonnateur divin avant de faire appel à lui pour quoi que ce soit, or je n'étais pas croyante. Mais je fais des efforts, me suis-je dit. J'aime mon prochain. Quoique. Est-ce que j'aime Bobbi, depuis qu'elle a déchiré ma nouvelle et m'a abandonnée ? Est-ce que j'aime Nick, même s'il ne veut plus coucher avec moi ? Est-ce que j'aime Melissa ? Est-ce que je l'ai jamais aimée ? Est-ce que j'aime mes parents ? Pourrais-je aimer n'importe qui, même des gens mauvais ? J'ai pressé le front contre mes mains jointes, je me sentais faible.

Au lieu de pensées immenses, j'ai voulu me concentrer sur quelque chose de petit, la plus petite chose à laquelle je pouvais songer. Quelqu'un a fabriqué ce banc où je suis assise, me suis-je dit. Quelqu'un a poncé ce bois, puis l'a verni. Quelqu'un l'a porté jusqu'à l'église. Quelqu'un a posé le carrelage au sol, quelqu'un a réalisé ces vitraux. Chaque brique a été mise là par une main humaine, chaque gond dans chaque porte, chaque couche de goudron dehors, chaque ampoule dans chaque réverbère. Même les objets fabriqués par des machines ont d'abord été conçus par l'homme. Et les humains ont eux-mêmes fabriqué d'autres humains dans l'espoir de constituer une famille heureuse. Moi, les vêtements que je portais, tous les mots que je connaissais, ça venait d'autres gens. D'ailleurs, qui m'avait conduite jusqu'à cette église, avec toutes ces pensées ? D'autres personnes, certaines que je connaissais très bien et certaines dont j'ignorais tout. Suis-je moi-même, ou suis-je ces personnes ? Est-ce moi, Frances ? Non, ce n'est pas moi. Je suis les autres. Est-ce que parfois, je me blesse exprès, est-ce que j'abuse des privilèges culturels des Blancs, est-ce que je considère le travail des autres comme normal, est-ce qu'il m'arrive d'utiliser une itération réductrice de la théorie du genre pour échapper à un engagement moral, ai-je une relation perturbée avec mon corps : oui. Est-ce que je veux me libérer de cette douleur et ainsi demander que les autres le soient aussi, libérés de cette douleur qui est la mienne et donc la leur : oui, oui.

Quand j'ai rouvert les yeux, j'ai eu l'impression d'avoir accédé à une sorte de compréhension. Les cellules de mon corps semblaient briller comme des millions de points lumineux, et j'étais consciente de quelque chose de profond. Là, je me suis levée et écroulée.

/

M'évanouir était devenu banal chez moi. J'ai dit à la femme qui m'a aidée à me relever que ça m'arrivait souvent, et elle a paru agacée, l'air de dire : qu'est-ce que tu attends pour régler ça ? J'avais un mauvais goût dans la bouche, mais suffisamment de forces pour marcher seule. Mon expérience d'éveil spirituel n'était plus. Je me suis arrêtée au supermarché pour acheter deux sachets de nouilles instantanées et un gâteau au chocolat industriel, puis j'ai terminé le trajet prudemment, un pied après l'autre.

Chez moi, j'ai ouvert la boîte du gâteau, pris une cuiller et appelé Melissa sur son portable. La sonnerie ressemblait à un ronronnement satisfait. Puis j'ai entendu son souffle.

Allô ? a dit Melissa.

On peut parler une seconde ? Ou bien ce n'est pas le bon moment ?

Elle a ri, ou du moins je crois que c'est le bruit qu'elle a fait.

Tu parles en général, ou juste là ? En général, ce n'est pas le bon moment, mais là, ça peut aller.

Pourquoi est-ce que tu as envoyé ma nouvelle à Bobbi ?

Je ne sais pas, Frances. Pourquoi est-ce que tu as baisé avec mon mari ?

C'est censé me choquer ? Tu es le genre de personne à utiliser un vocabulaire choquant, d'accord. Maintenant que c'est un fait établi, pourquoi est-ce que tu as envoyé ma nouvelle à Bobbi ?

Elle n'a pas répondu. J'ai passé le bout de la cuiller sur le glaçage du gâteau puis l'ai léchée. Ça avait un goût de sucre, et rien d'autre.

Ça t'arrive souvent de devenir agressive d'un coup, non ? a-t-elle demandé. Comme avec Valerie. Les autres femmes te font peur ou quoi ?

Je t'ai posé une question, si tu ne veux pas y répondre, alors raccroche.

Qu'est-ce qui te donne droit à une explication ?

Tu me détestes, ai-je dit. N'est-ce pas ?

Elle a soupiré. Je ne sais même pas ce que ça veut dire, a-t-elle dit.

J'ai plongé la cuiller dans le gâteau, dans la partie spongieuse, et pris une bouchée.

Tu m'as traitée avec le plus grand mépris, a dit Melissa. Et je ne parle pas de Nick. La première fois que tu es venue chez nous, tu as regardé partout autour de toi, l'air de dire : je vais détruire cet endroit bourgeois et dérangeant. Et tu y as vraiment pris plaisir. Tout à coup, j'ai observé ma maison en me disant, putain est-ce que ce canapé est moche ? Est-ce que c'est kitsch de boire du vin ? Des choses que j'aimais ont commencé à me donner l'impression d'être pathétique. Avoir un mari au lieu de simplement baiser le mari d'une autre, un contrat d'édition plutôt que d'écrire d'horribles nouvelles sur mon entourage pour ensuite les vendre à des revues prestigieuses. Tu as déboulé chez moi avec ton piercing dans le nez, genre : je vais me faire une joie de mettre tout ça en pièces. Cette fille est trop intégrée dans le système.

J'ai plongé la cuiller dans le gâteau jusqu'à ce qu'elle tienne droit, puis je me suis massé le visage avec une main.

Je n'ai pas de piercing, ai-je dit. C'est Bobbi.

D'accord. Mes plus profondes excuses.

Je ne savais pas que tu me voyais à ce point subversive. En réalité, je n'ai aucun mépris pour ta maison. J'aurais rêvé que ce soit la mienne. Je rêvais de ta vie tout entière. Peut-être que je t'ai fait des crasses à cause de ça, mais je suis pauvre, et toi, tu es riche. Je n'ai pas essayé de détruire ta vie, j'ai essayé de te la voler.

Elle a eu une sorte de ricanement, mais je pense qu'elle était plus ou moins d'accord. C'était davantage une performance qu'une véritable réaction.

Tu m'aimais tellement que tu as couché avec mon mari.

Je n'ai pas dit que je t'aimais.

OK. Je ne t'aimais pas non plus. Mais tu n'as pas été très sympa.

Nous nous sommes tues toutes les deux, comme si nous avions monté un escalier en courant, que nous étions hors d'haleine et que nous nous trouvions bien bêtes.

Je regrette, ai-je dit. Je regrette de ne pas avoir été plus sympa. J'aurais dû faire davantage d'efforts pour être ton amie. Je suis désolée.

Quoi ?

Melissa, je suis désolée. Je suis désolée de cet appel agressif, c'était idiot. Je ne sais plus trop ce que je fais en ce moment. Je traverse sans doute une sale période. Je suis désolée de t'avoir appelée. Je suis désolée pour tout, vraiment.

Mon Dieu, a-t-elle dit. Qu'est-ce qui ne va pas ? Tu as un problème ?

Je vais bien. J'ai juste l'impression de ne pas avoir été celle que j'aurais dû être. Je ne sais plus ce que je dis. J'aurais aimé mieux te connaître et être plus gentille avec toi, je m'excuse. Je vais raccrocher.

J'ai mis fin à la conversation avant qu'elle puisse répondre. J'ai mangé un peu de gâteau car j'étais affamée, puis je me suis essuyé la bouche, j'ai ouvert mon ordinateur et écrit un mail.

> Chère Bobbi,
> Ce soir, je me suis évanouie dans une église, tu aurais trouvé ça drôle. Je suis désolée que ma nouvelle t'ait blessée. Je pense que ça a au moins le mérite de montrer que je peux être honnête avec quelqu'un, même si je ne l'ai pas toujours été avec toi. J'espère que c'est bien ce qui t'a blessée. J'ai appelé Melissa ce soir pour lui

demander pourquoi elle t'avait transmis ma nouvelle. Il m'a fallu un moment pour comprendre que ma question, en réalité, c'était : pourquoi ai-je écrit cette nouvelle ? C'était un coup de fil gênant et confus. Peut-être que je la vois comme une mère. La vérité, c'est que je t'aime, je t'ai toujours aimée. Est-ce que je dis ça au sens platonique ? Je ne suis pas contre le fait que tu m'embrasses. Et j'ai toujours rêvé qu'on couche à nouveau ensemble. Quand tu as rompu, j'ai eu l'impression que tu m'avais battue à la partie qu'on jouait à deux, et j'ai voulu ma revanche. Maintenant, je crois que j'ai juste envie de coucher avec toi, c'est tout. Ça n'exclut pas d'autres désirs. Par exemple, je suis en train de manger un gâteau au chocolat directement dans la boîte. Pour aimer quelqu'un dans ce monde capitaliste, il faut aimer tout le monde. Est-ce de la théorie, ou de la théologie ? Quand je lis la Bible, je t'imagine à la place de Jésus, alors peut-être que m'évanouir dans une église, c'était en fait une métaphore. Je ne cherche pas à faire la maligne. Je ne peux pas m'excuser d'avoir écrit cette nouvelle ni d'avoir accepté une rémunération pour ça. Je peux en revanche m'excuser que ça t'ait choquée, et reconnaître que j'aurais dû t'en parler. Je suis désolée de t'avoir traitée de cette façon. Le soir où tu as discouru sur la monogamie, j'adorais ton esprit. Je ne comprenais pas ce que tu essayais de me dire. Peut-être que je suis bien plus stupide qu'on l'imaginait, toi et moi. Quand on était tous les quatre, je pensais toujours en termes de couples, ce qui me menaçait directement puisque les combinaisons qui me semblaient les plus intéressantes étaient celles où je ne figurais pas – toi et Nick, toi et Melissa, et même Nick et Melissa, à leur manière. Mais maintenant, je vois qu'on n'est jamais uniquement deux, ni même trois. Ma relation avec toi est aussi le produit de ta relation avec Melissa, et avec Nick, et avec toi plus jeune, etc. Je voulais avoir des choses à moi parce que je pensais exister. Tu vas me répondre en m'expliquant ce que Lacan a voulu dire. Ou peut-être que tu ne vas pas me répondre. Je me suis évanouie pour de bon, si

jamais tu trouves quelque chose à redire à ma prose. Ce n'est pas un mensonge, j'en tremble encore. Est-ce possible de développer une autre forme d'amour entre nous ? Je n'ai rien bu. Je t'en supplie, réponds-moi. Je t'aime.
Frances

J'avais terminé le gâteau au chocolat. En regardant la boîte, je n'ai vu que des miettes et du glaçage sur le bord en papier que je n'avais pas pris la peine de retirer. Je me suis levée de table, j'ai fait chauffer de l'eau, puis j'ai versé deux cuillerées de café dans la cafetière à piston. J'ai pris des antidouleurs, bu le café, et regardé un film policier sur Netflix. Une forme de paix m'avait envahie, et je me suis demandé si c'était l'œuvre de Dieu. Non que Dieu existe de façon concrète, mais en tant que pratique culturelle partagée et à ce point répandue qu'il paraissait devenir matériel, au même titre qu'une langue ou un genre.

À onze heures dix ce soir-là, j'ai entendu ses clefs dans la serrure. Je me suis avancée dans l'entrée, elle était en train d'ouvrir son imperméable, celui qu'elle avait emporté en France l'été dernier. Des gouttes d'eau dégoulinaient sur ses manches et produisaient un léger martèlement sur le parquet. Nos regards se sont croisés.

C'était un drôle de mail, a dit Bobbi. Mais moi aussi, je t'aime.

30

Pour la première fois ce soir-là, nous avons parlé de notre rupture. C'était comme ouvrir une porte dans votre maison, une porte qui avait toujours été là et devant laquelle vous passiez chaque jour en essayant de ne jamais la regarder. Bobbi m'a expliqué que je l'avais rendue malheureuse. Nous étions assises sur mon lit, elle appuyée sur les oreillers, moi à l'autre bout, en tailleur. Elle a dit que je me moquais d'elle quand nous nous disputions, comme si je la trouvais stupide. Je lui ai répété ce que Melissa m'avait dit, que je n'étais pas quelqu'un de très sympa. Cette fois, c'est Bobbi qui a ri. Melissa sait de quoi elle parle, a-t-elle dit. Quand est-ce qu'elle a été sympa avec quelqu'un, déjà ?

Peut-être que ce n'est pas le bon critère, ai-je dit.

Certes, tout est une question de pouvoir, a reconnu Bobbi. Mais comme c'est dur de savoir qui a le pouvoir, on utilise le capital sympathie en guise d'étalon. C'est le problème du discours public. On finit par se demander si Israël est plus « sympa » que la Palestine. Tu vois ce que je veux dire.

Parfaitement.

Jerry est indéniablement plus « sympa » qu'Eleanor.

Oui, ai-je dit.

J'avais préparé du thé pour Bobbi, elle tenait la tasse entre ses cuisses. Elle se réchauffait les mains avec tandis qu'on parlait.

Au fait, je ne t'en veux pas d'avoir écrit sur moi pour gagner de l'argent, a-t-elle dit. Je trouve ça plutôt drôle, même. Tant que je suis au courant.

Je sais. J'aurais pu te le dire et je ne l'ai pas fait. C'est parce que je te vois comme la personne qui m'a brisé le cœur et laissée incapable d'avoir des relations normales.

Tu sous-estimes ton propre pouvoir de façon à ne pas t'en vouloir de maltraiter les autres. Tu te racontes des histoires : Oh, ça va, Bobbi est riche, Nick est un homme, alors je peux leur faire du mal. Après tout ils cherchent à me blesser, alors moi, je me défends.

J'ai haussé les épaules. Je n'avais rien à dire. Elle a porté sa tasse de thé à ses lèvres et pris une gorgée, puis l'a coincée de nouveau entre ses cuisses.

Tu pourrais faire une thérapie, a-t-elle dit.

Tu crois que je devrais ?

Tu n'es pas plus forte que les autres. Ça pourrait te faire du bien. Ce n'est pas tout à fait normal de s'évanouir dans des églises.

Je n'ai pas essayé de lui expliquer que mes évanouissements n'avaient rien de psychologique. Après tout, qu'est-ce que j'en savais ?

Si tu le dis, ai-je répliqué.

Je pense que ça te tuerait de reconnaître que tu as besoin de l'aide d'un diplômé en psychologie qui aime le contact humain, a dit Bobbi. Et qui vote sans doute pour un parti de gauche. Mais peut-être que ça te tuerait d'une bonne manière.

En vérité, je te le dis, à moins de naître de nouveau.

Ouais. Je ne suis pas venue apporter la paix, mais le glaive.

Après cette soirée, Bobbi s'est mise à m'accompagner entre la fac et la boutique de sandwichs en fin d'après-midi. Elle a appris le nom de Linda et bavardait avec elle pendant que j'enfilais mon tablier. Le fils de Linda était dans l'armée irlandaise, a-t-elle découvert. Quand je rentrais le soir, nous dînions ensemble. Elle avait laissé certaines affaires dans ma chambre – des T-shirts et des sous-vêtements propres. Au lit, nous nous repliions l'une autour de l'autre à la manière d'un origami. Il est possible d'être à tel point reconnaissant qu'on ne parvient pas à dormir la nuit.

Marianne nous a vues un jour main dans la main à la fac et s'est écriée : vous vous êtes remises ensemble ! Nous avons haussé les épaules. C'était une liaison, et ce n'en était pas une. Chacun de nos gestes paraissait spontané. Certes, de l'extérieur, nous ressemblions à un couple, mais pour nous, ce n'était qu'une coïncidence intéressante. Nous avions élaboré une blague là-dessus, qui pour tout le monde – à commencer par nous – était incompréhensible. Qu'est-ce donc vraiment qu'un ami ? demandait-on avec humour. Qu'est-ce donc vraiment qu'une conversation ?

Le matin, Bobbi aimait se lever avant moi pour prendre sa douche et vider le ballon d'eau chaude, comme quand elle occupait l'autre chambre. Puis elle buvait une cafetière entière assise à la table de la cuisine, les cheveux dégoulinants. Parfois, je prenais une serviette dans le placard chauffant et je l'enroulais sur sa tête, mais elle continuait à m'ignorer en lisant un article sur son ordinateur au sujet des logements sociaux. Quand elle pelait des oranges, elle laissait les épluchures odorantes là où elles atterrissaient, sur la table ou l'accoudoir du canapé, jusqu'à ce qu'elles sèchent et se flétrissent. Le soir, nous allions nous promener dans Phoenix Park bras dessus bras dessous, munies d'un parapluie, et fumions une cigarette au pied du Wellington Monument.

Au lit, nous parlions pendant des heures, nous nous lancions dans des conversations qui partaient d'une observation pour aboutir à de grandes théories abstraites et revenir à une simple constatation. Bobbi discutait de Ronald Reagan et du FMI. Elle manifestait un respect étonnant pour les théoriciens du complot. Elle s'intéressait à la nature des choses, mais elle était également généreuse. Contrairement à ce qui m'arrivait avec beaucoup de gens, pendant que je lui parlais je ne ressentais pas qu'elle se contentait de préparer sa réplique suivante. Elle savait écouter, elle écoutait de façon active. Parfois, quand je parlais, elle émettait un bruit, comme si la force de son intérêt pour mes propos s'exprimait de cette manière. Oh ! disait-elle. Ou bien : c'est tellement vrai !

Un soir de décembre, nous sommes allées fêter l'anniversaire de Marianne. Tout le monde était de bonne humeur, il y avait des décorations de Noël partout dans les rues, nos amis racontaient des histoires drôles sur Marianne quand elle était saoule ou qu'elle dormait. Bobbi l'a imitée en inclinant la tête en avant et en glissant un coup d'œil aguicheur sur le côté avec un battement de cils et un petit haussement d'épaules. J'ai ri, car c'était vraiment drôle, et me suis écriée : encore ! Marianne essuyait ses larmes. Arrête, a-t-elle dit. Mon Dieu. Bobbi et moi lui avions offert une paire de gants en cuir bleu, un chacune. Andrew nous a traitées de radines, et Marianne a rétorqué qu'il manquait de fantaisie. Elle les a enfilés devant nous : le gant Frances et le gant Bobbi, a-t-elle déclaré. Puis elle les a fait parler comme des marionnettes. Et piapiapia et piapiapia.

Ce soir-là, nous avons discuté de la guerre en Syrie et de l'invasion de l'Irak. Andrew a dit que Bobbi ne comprenait pas l'histoire et qu'elle mettait tout sur le dos de l'Occident. À table, tout le monde a lâché un « oooh », comme si on participait à un jeu télévisé. Dans la discussion qui a suivi, Bobbi a fait preuve d'une intelligence implacable, elle semblait avoir tout lu sur les sujets qu'Andrew abordait, ne le corrigeait qu'en vue de sa propre contre-argumentation, sans jamais mentionner le fait qu'elle était presque diplômée en histoire. Je savais que c'était la première chose que j'aurais dite si on avait tenté de me damer le pion. Bobbi était différente. Lorsqu'elle parlait, elle regardait souvent vers le haut, les plafonniers ou des fenêtres lointaines, et elle gesticulait. Moi, je ne pouvais que me concentrer sur les autres, guetter chez eux des signes d'assentiment ou d'agacement, essayer de les intégrer à la conversation s'ils demeuraient silencieux.

Bobbi et Melissa étaient toujours en contact, mais de toute évidence, elles avaient pris leurs distances. Bobbi avait exprimé de nouvelles théories sur la personnalité de Melissa et sa vie privée, moins flatteuses que les précédentes. Moi, je m'efforçais d'aimer tout le monde, ce qui impliquait que je me taise.

On n'aurait pas dû leur accorder notre confiance, a dit Bobbi.

Nous étions en train de manger des plats chinois à même l'emballage, assises sur mon canapé devant un film de Greta Gerwig.

On ne savait pas à quel point ils étaient liés, a dit Bobbi. En fait, ils ne vivent que l'un pour l'autre. C'est sans doute bon pour leur relation d'avoir des liaisons romanesques, ça met un peu de piquant.

Peut-être.

Je ne dis pas que Nick a volontairement cherché à mettre le bronx dans ta vie. En fait, j'aime bien Nick. Mais en fin de compte, c'était sûr qu'ils allaient revenir à leur relation de merde parce que c'est tout ce qu'ils connaissent. Tu sais quoi ? Je suis vraiment furieuse contre eux. Ils nous ont utilisées.

Tu es déçue qu'on n'ait pas réussi à briser leur mariage, ai-je dit.

Elle a ri, la bouche pleine de nouilles. Sur l'écran de la télévision, Greta Gerwig était en train de s'amuser à pousser son amie dans un buisson.

Qui se marie encore, de nos jours ? a dit Bobbi. C'est glauque. Qui a envie d'une relation qui repose sur un contrat ?

Je ne sais pas. Sur quoi repose la nôtre ?

C'est exactement ça ! Sur rien. Est-ce que je dis que je suis ta petite amie ? Non. Dire ça nous imposerait une dynamique culturelle préfabriquée qui nous échapperait. Tu vois ?

J'y ai réfléchi jusqu'à la fin du film. Puis j'ai dit : attends, ça veut dire que tu n'es pas ma petite amie ? Elle a ri. Tu plaisantes ? Bien sûr que non, je ne suis pas ta petite amie.

/

Philip disait que, pour lui, Bobbi était ma petite amie. Nous sommes allés prendre un café tous les deux au cours de la semaine, et il m'a annoncé que Sunny lui avait proposé un boulot à temps partiel contre rémunération.

Je lui ai dit que je n'étais pas jalouse, ce qui l'a déçu, même si je craignais aussi que ce soit un mensonge de ma part. J'aimais bien Sunny. J'aimais l'idée des livres et de la lecture. Je ne savais pas pourquoi je n'étais pas capable d'apprécier les choses comme tout le monde.

Je ne te demande pas si elle est ma petite amie, ai-je objecté. Je te dis qu'elle ne l'est pas.

Mais elle l'est, c'est évident. Vous vous adonnez à un lesbianisme radical ou je ne sais quoi, mais d'un point de vue purement lexical, elle est ta petite amie.

Non. Je le répète, ce n'est pas une question, c'est une affirmation.

Il était en train de tripoter un sachet de sucre. Nous avions discuté de son nouveau travail, une conversation qui m'avait donné l'impression d'être aussi insipide qu'un cocktail sans alcool.

Eh bien, pour moi, elle l'est, a-t-il dit. Et c'est positif. Je pense que c'est très bien pour toi. Surtout après cette histoire compliquée avec Melissa.

Quelle histoire compliquée ?

Tu sais, cette histoire de sexe avec eux. Avec son mari et tout.

Je l'ai regardé fixement, incapable de parler. J'observais l'encre bleue du sachet de sucre tacher ses doigts, faire ressortir ses empreintes. J'ai bafouillé un « je » à plusieurs reprises, ce qu'il n'a pas eu l'air de remarquer.

Son mari ? me suis-je dit. Philip, tu sais très bien comment il s'appelle.

Quelle histoire de sexe ? ai-je demandé.

Tu ne couchais pas avec les deux ? C'est ce qu'on racontait.

Non. Non pas que ça aurait été un problème si je l'avais fait, mais pas du tout.

Ah d'accord, a-t-il dit. Parce que j'ai entendu plein de trucs bizarres à ce sujet.

Je ne sais pas pourquoi tu me dis ça.

À ces mots, Philip m'a regardée d'un air choqué, puis il est devenu écarlate. Le sachet de sucre lui a échappé des doigts, et il l'a rattrapé rapidement.

Désolé, a-t-il dit. Je ne voulais pas te mettre en colère.

Tu me racontes ces rumeurs parce que tu penses que ça va me faire rire ? Comme si c'était drôle pour moi que les gens disent des saloperies dans mon dos ?

Je suis désolé, je croyais que tu savais.

J'ai pris une profonde inspiration par le nez. Je savais que je pouvais quitter la table, mais pour aller où, je n'en avais aucune idée. Je ne savais pas du tout où j'avais envie d'être. Je me suis quand même levée et j'ai pris mon manteau sur la chaise. J'ai vu que Philip était mal à l'aise, qu'il s'en voulait de m'avoir vexée, mais je n'avais pas envie de rester plus longtemps. J'ai boutonné mon manteau pendant qu'il me demandait : où tu vas ?

T'en fais pas, ai-je dit. N'y pense plus. J'ai juste besoin de prendre l'air.

/

Je n'ai jamais rien dit à Bobbi sur l'échographie ou l'entretien avec le médecin. En refusant d'admettre que j'étais malade, j'avais l'impression de pouvoir garder cette maladie hors du temps et de l'espace, faire en sorte qu'elle n'existe que dans ma tête. Si d'autres l'apprenaient, elle deviendrait réelle et je devrais passer ma vie à être malade, ce qui ne pouvait qu'interférer avec mes autres ambitions, par exemple développer pleinement mon intellect et devenir une fille drôle. Je consultais les forums pour déterminer si ça posait un problème à quelqu'un. Je tapais sur Google : « impossible d'avouer que je suis » et le moteur me suggérait : « gay » et « enceinte ».

Parfois, la nuit, quand Bobbi et moi étions au lit, mon père m'appelait. J'emportais le téléphone en douce dans la salle de bains pour lui parler. Il était de moins en moins cohérent. Quelquefois, il avait l'air de croire qu'il était traqué. Il disait : j'ai des pensées, de mauvaises pensées, tu comprends ? Ma mère m'a dit que les frères et sœurs de mon père recevaient eux aussi ce genre d'appel, mais qu'est-ce qu'on pouvait y faire ? Il n'était jamais chez lui quand ils s'y rendaient. Souvent, j'entendais un bruit de circulation derrière lui, et je comprenais qu'il était dehors. Parfois, il semblait craindre pour ma sécurité. Il me disait de ne pas les laisser me trouver. Je disais : ne t'en fais pas, papa. Ils ne me trouveront pas. Je suis en sécurité là où je suis.

Je savais que mes douleurs pouvaient surgir à tout moment, alors je me suis mise à prendre la dose maximale d'ibuprofène chaque jour, juste au cas où. Je cachais mon carnet gris avec les boîtes de médicaments dans le tiroir de mon bureau, et je ne les sortais que quand Bobbi était sous la douche ou à la fac. Ce tiroir semblait symboliser tout ce qui n'allait pas chez moi, tout ce qui me faisait du mal, si bien que dès que je le voyais, je me sentais malade. Bobbi ne me posait jamais de questions. Elle ne m'avait jamais parlé de l'échographie ni ne me demandait qui m'appelait en pleine nuit. Je savais que c'était ma faute, mais je ne savais pas quoi faire. J'avais besoin de me sentir à nouveau normale.

/

Ma mère est venue à Dublin le week-end suivant. Nous avons fait les boutiques ensemble, elle m'a offert une nouvelle robe, puis nous sommes allées déjeuner dans un café sur Wicklow Street. Elle avait l'air fatiguée, et je l'étais, moi aussi. J'ai commandé un bagel au saumon fumé et picoré les petites tranches de poisson avec ma fourchette. La robe se trouvait dans un sac en papier sous la table, et je n'arrêtais pas de donner des coups de pied dedans par mégarde. C'était moi qui avais suggéré cet endroit pour déjeuner, et je voyais que ma mère avait voulu me faire plaisir, mais une fois sur place, j'ai remarqué que les sandwichs étaient horriblement chers et servis avec une salade à laquelle personne ne touchait. Quand elle a commandé un thé, il est arrivé dans une théière avec une tasse en porcelaine et une soucoupe peu pratiques, et elle a tenté d'esquisser un sourire. Tu aimes cet endroit ? a-t-elle demandé.

Ça peut aller, ai-je dit tout en prenant conscience que je le détestais.

J'ai vu ton père, l'autre jour.

J'ai piqué un bout de saumon avec ma fourchette pour le porter à ma bouche. Il avait un goût de citron et de sel. J'ai avalé ma bouchée puis me suis tamponné les lèvres avec une serviette en papier avant de dire : ah.

Il ne va pas bien, a-t-elle poursuivi. Ça se voit.

Il ne va jamais bien.

J'ai essayé de lui parler.

J'ai levé les yeux vers elle. Elle regardait son sandwich d'un air absent, mais peut-être qu'elle surjouait pour cacher quelque chose.

Il faut que tu comprennes, a-t-elle dit. Il n'est pas comme toi. Tu es forte, tu sais te débrouiller. Pour ton père, la vie est très difficile.

J'essayais de réfléchir à ces affirmations. Étaient-elles exactes ? Est-ce que ça avait de l'importance, qu'elles soient exactes ? J'ai posé ma fourchette.

Tu as de la chance, a-t-elle dit. J'imagine que ce n'est pas ce que tu penses. Tu peux continuer à le haïr pour le reste de ta vie, si tu en as envie.

Je ne le hais pas.

Un serveur est passé avec trois bols de soupe en équilibre précaire sur son plateau. Ma mère m'a regardée.

Je l'aime, ai-je dit.

Ça, c'est nouveau.

Oui, ben je ne suis pas comme toi.

Elle a ri, et je me suis sentie mieux. Elle m'a pris la main sur la table. Je l'ai laissée faire.

31

La semaine suivante, mon téléphone a sonné. Je me rappelle exactement où je me trouvais : face aux dernières parutions dans la librairie Hodges Figgis, à dix-sept heures treize. Je cherchais un cadeau de Noël pour Bobbi, et quand j'ai sorti le téléphone de ma poche, l'écran disait : Nick. Mon cou et mes épaules se sont raidis. Je les ai sentis tout à coup exposés. J'ai glissé mon doigt sur l'écran, collé le téléphone contre ma joue et dit : allô ?

Salut, a dit Nick. Il n'y a pas de poivrons rouges, des jaunes, ça ira ?

Sa voix m'a touchée quelque part derrière les genoux, puis est remontée dans mon corps avec une vague de chaleur, si bien que j'ai compris que je rougissais.

Oh mince. Je crois que tu t'es trompé de numéro.

Il n'a rien dit durant un instant. Ne raccroche pas, ai-je pensé. Ne raccroche pas. J'ai contourné l'étalage des nouveautés en laissant traîner le doigt sur le dos des livres, comme si je continuais à les passer en revue.

Mon Dieu, a dit lentement Nick. C'est Frances ?

Oui, c'est moi.

Il a émis un bruit que j'ai d'abord pris pour un rire, avant de me rendre compte qu'il toussait. Je me suis mise à rire, et j'ai dû écarter le téléphone de mon visage de peur qu'il s'imagine que je pleurais. Quand il a repris la parole, son ton était mesuré et sa confusion m'a paru sincère.

Je ne sais pas du tout ce qui s'est passé, a-t-il dit. Je viens de t'appeler ?

Oui. Tu m'as parlé de poivrons.

Oh mon Dieu. Je suis vraiment désolé. Je ne sais pas comment je t'ai appelée. C'était une erreur. Je suis désolé.

J'ai rejoint le présentoir près de la sortie de la librairie où étaient disposés des livres de genres divers. J'ai attrapé un roman de science-fiction et fait mine de lire la quatrième de couverture.

Tu voulais joindre Melissa ?

Oui.

C'est pas grave. J'en déduis que tu es au supermarché.

Il a bel et bien ri cette fois, peut-être de l'absurdité de la situation. J'ai reposé le roman de science-fiction et en ai ouvert un à tendance romantico-historique. Les mots s'étalaient sur la page, et mes yeux n'ont même pas essayé de les lire.

En effet, je suis au supermarché, a-t-il dit.

Je suis dans une librairie.

Ah oui. Courses de Noël ?

Oui, ai-je dit. Je cherche un cadeau pour Bobbi.

Il a laissé échapper une sorte de « hmm », sans rire vraiment mais tout de même d'un air amusé ou content. J'ai refermé le livre. Ne raccroche pas, ai-je pensé.

Le fameux roman de Chris Kraus vient d'être réédité, a-t-il dit. J'ai lu un article dessus, je pense que ça pourrait te plaire. Mais je m'aperçois que tu ne m'as pas demandé de conseil.

Tes conseils sont les bienvenus, Nick. Tu as une belle voix.

Il n'a rien dit. Je suis sortie de la librairie en plaquant mon téléphone contre mon visage, si bien que l'écran m'a paru chaud et un peu gras. Dehors, il faisait froid. Je portais un chapeau en fausse fourrure.

J'ai poussé trop loin notre échange ? ai-je demandé.

Non, je suis désolé. J'essayais juste de trouver quelque chose de gentil à dire, mais tout ce qui me vient paraît…

Peu sincère ?

Trop sincère, a-t-il dit. En manque d'affection. J'étais en train de me demander comment on faisait pour flatter une ancienne petite amie tout en gardant une distance respectueuse.

J'ai ri, et lui aussi. Le soulagement de ce rire partagé était très agréable, il a dissipé le sentiment que Nick allait raccrocher, en tout cas pour l'instant. Près de moi, un bus a roulé dans une flaque et m'a aspergée les tibias. Je m'éloignais de Trinity en direction de St Stephen's Green.

Tu n'as jamais été très enclin aux compliments, ai-je dit.

Non, je sais. Et je le déplore.

Parfois, quand tu avais bu, tu étais gentil.

C'est donc ça, je n'étais gentil que quand j'avais bu ?

J'ai de nouveau ri, toute seule cette fois. Le téléphone semblait diffuser une étrange énergie radioactive dans mon corps, ce qui me faisait marcher très vite et rire sans motif.

Tu étais toujours gentil, lui ai-je assuré. Ce n'était pas ce que je voulais dire.

Tu as pitié de moi, c'est ça ?

Nick, ça fait un mois que je n'ai pas eu de tes nouvelles, et là, on se parle uniquement parce que tu as confondu mon nom et celui de ta femme. Je n'éprouve aucune pitié pour toi.

Tu sais, je me suis fait violence pour ne pas t'appeler, a-t-il dit.

Nous avons gardé le silence quelques secondes, mais aucun de nous n'a raccroché.

Tu es toujours dans le supermarché ? ai-je demandé.

Ouais, et toi ? Tu es dehors, non ?

Je marche dans la rue.

Les restaurants et les bars avaient tous des sapins de Noël miniatures et de fausses branches de houx dans leurs vitrines. Une femme est passée en tenant par la main une petite fille blonde qui se plaignait d'avoir froid.

J'attendais que tu m'appelles, ai-je dit.

Frances, tu m'as dit que tu ne voulais plus me voir. Je n'allais pas te harceler.

Je me suis arrêtée devant un magasin d'alcools et j'ai regardé les bouteilles de Cointreau et de Disaronno présentées là comme des bijoux.

Comment va Melissa ? ai-je demandé.

Bien. Elle est sous pression à cause de textes à rendre. C'est pour ça que j'appelle, pour être sûr de ne pas me tromper de légumes et éviter qu'elle me tombe dessus.

J'ai l'impression que les courses sont un sujet sensible dès qu'elle est stressée.

Ce que j'ai d'ailleurs essayé de lui expliquer. Comment va Bobbi ?

Je me suis détournée de la vitrine et j'ai repris ma marche vers le haut de la rue. La main qui tenait le téléphone se refroidissait, mais mon oreille était brûlante.

Elle va bien.

J'ai appris que vous étiez de nouveau ensemble.

Elle n'est pas ma petite amie à proprement parler. On couche ensemble, mais je pense que c'est juste une façon de tester les limites d'une amitié fusionnelle. Je ne sais pas ce qu'on fait, en fait. Mais ça a l'air de fonctionner.

C'est très anarchiste de votre part.

Merci, elle serait ravie d'entendre ça.

J'attendais pour traverser vers St Stephen's Green. Les phares des voitures passaient, en haut de Grafton Street, des musiciens de rue chantaient « Fairy Tales of New York », des Pogues. Un panneau lumineux jaune disait : À Noël, vivez l'expérience du luxe.

Je peux te demander un conseil ? ai-je demandé.

Oui, bien sûr. Je ne pense pas être très bon dans les prises de décision me concernant, mais si tu penses que je peux t'aider, alors vas-y.

Tu vois, il y a quelque chose que je cache à Bobbi, je ne sais pas comment aborder le sujet. Je ne suis pas en train de minauder, ça n'a rien à voir avec toi.

Je n'ai jamais pensé que tu minaudais, a-t-il dit. Continue.

Je lui ai dit que j'allais d'abord traverser la rue. Il faisait nuit et tout était regroupé autour de points de lumière : les vitrines, les visages rougis par le froid, une file de taxis le long du trottoir. J'entendais un bruit de harnachement et de sabots sur la chaussée. En pénétrant dans le jardin par une petite porte, le bruit de la circulation a paru s'interrompre, comme s'il était pris dans les filets des arbres aux branches dénudées et se dissolvait dans l'air. Ma respiration me devançait.

Tu te souviens quand j'ai eu cet examen à l'hôpital le mois dernier ? ai-je repris. Que je t'ai dit que tout allait bien.

D'abord, Nick a gardé le silence. Puis il a dit : je suis encore dans le magasin. Je vais peut-être retourner à ma voiture, et là, on pourra parler, d'accord ? C'est assez bruyant ici, laisse-moi dix secondes. J'ai répondu : pas de problème. Dans mon oreille gauche, j'entendais le petit bruit mat de l'eau, des pas qui approchaient et s'éloignaient, et dans la droite, celui des caisses automatiques quand Nick les a dépassées. Puis les portes, puis le parking. J'ai reconnu le bip de sa voiture quand il la déverrouillait à distance, puis je l'ai entendu monter et claquer la portière. Sa respiration paraissait plus forte dans le silence.

Tu disais ? a-t-il repris.

Bon, il s'avère que j'ai une maladie qui fait que les cellules de mon utérus poussent au mauvais endroit. Ça s'appelle endométriose, tu en as probablement déjà entendu parler, ce qui n'était pas mon cas. Ce n'est pas dangereux ni rien, mais ça ne se guérit pas, on se contente de gérer la douleur chronique. Je m'évanouis assez fréquemment, ce qui est bizarre. Et il se pourrait que je ne puisse pas avoir d'enfant. Enfin, ils n'en savent encore rien. Donc c'est sans doute stupide de s'inquiéter pour l'instant.

Je marchais près d'un réverbère qui projetait mon ombre devant moi – une silhouette de sorcière si longue que ma tête disparaissait dans la nuit.

Ce n'est pas stupide d'être inquiet à ce sujet, a-t-il dit.

Non ?

Non.

La dernière fois que je t'ai vu, ai-je repris, quand on a couché ensemble et que tu m'as dit que tu voulais arrêter, je me suis dit… Je ne me sentais plus assez bien pour toi. Comme si tu pouvais deviner que j'avais un problème. Ce qui est idiot, puisque j'ai cette maladie depuis le début. Mais c'était la première fois qu'on se voyait après que tu as recommencé à coucher avec Melissa, et peut-être que ça m'a rendue plus vulnérable, je ne sais pas.

Il respirait fort dans son téléphone. Je n'avais pas besoin qu'il dise quoi que ce soit, qu'il m'explique son ressenti. Je me suis arrêtée à un petit banc humide au pied d'un buste en bronze et me suis assise.

Et tu n'as rien dit à Bobbi au sujet du diagnostic, a-t-il repris.

Je ne l'ai dit à personne. Juste à toi. J'ai l'impression que si j'en parle, les gens vont me voir comme une malade.

Un homme promenait un yorkshire. Le chien m'a vue et a tiré sur sa laisse pour s'approcher de mes pieds. Il portait un manteau écossais. L'homme m'a fait un petit sourire d'excuse et ils se sont éloignés. Nick ne disait rien.

Qu'est-ce que tu en penses ? ai-je demandé.

Au sujet de Bobbi ? Je crois que tu devrais lui dire. De toute façon, tu ne peux pas contrôler ce qu'elle pense de toi. Que tu sois en bonne santé ou malade, tu n'as pas de pouvoir là-dessus. Ce que tu fais là, c'est juste lui mentir de façon à avoir l'illusion du contrôle, ce qui ne vaut probablement pas le coup. Mais je n'ai pas plus confiance que ça en mes propres conseils.

C'est un bon conseil.

Le froid du banc avait traversé la laine de mon manteau et ma peau jusqu'à mes os. Je ne me suis pas levée pour autant. Nick m'a dit qu'il était désolé d'apprendre que j'étais malade, et je l'ai remercié de sa sollicitude. Il m'a posé quelques questions sur le traitement des symptômes, m'a demandé si ça pouvait s'améliorer avec le temps. Il connaissait une femme qui en était atteinte, une cousine par alliance, et elle avait eu des enfants, si ça pouvait me rassurer. Je lui ai avoué que j'avais très peur de la fécondation in vitro, et il a dit : je ne crois pas qu'ils y aient eu recours. De toute façon, ce genre de traitement est de moins en moins invasif, non ? Ils font des progrès, ça c'est sûr. Je lui ai répondu que je n'en savais rien.

Il a toussé. Tu sais, la dernière fois qu'on s'est vus, j'ai voulu arrêter parce que j'avais peur de te faire mal. C'est tout.

D'accord. Merci de me l'avoir dit. Mais tu ne me faisais pas mal.

Nous nous sommes tus.

Tu ne peux pas savoir combien ça a été dur de ne pas t'appeler, a-t-il dit finalement.

Je croyais que tu m'avais oubliée.

L'idée d'oublier quoi que ce soit à ton sujet m'emplit d'horreur.

J'ai souri en disant : vraiment ? Je commençais à avoir froid aux pieds dans mes bottes.

Où es-tu, là ? a-t-il demandé. Tu n'es plus en train de marcher, tu es dans un endroit calme.

Je suis à St Stephen's Green.

Ah, vraiment ? Moi aussi, je suis en ville. À dix minutes de toi. Ne t'inquiète pas, je ne vais pas venir te voir ni rien. C'est juste bizarre de t'imaginer si près.

Je me le suis représenté dans sa voiture, à sourire tout seul, j'ai pensé à combien ça le rendait encore plus beau. J'ai glissé ma main libre dans mon manteau pour la mettre au chaud.

Quand on était en France, ai-je repris, tu te souviens qu'un jour, dans la mer, je t'ai demandé de me dire que tu avais envie de moi, et tu m'as éclaboussée en m'envoyant me faire foutre ?

Quand Nick a répondu, j'ai entendu qu'il souriait. Présenté comme ça, je passe pour un connard. C'était une plaisanterie. Je ne t'envoyais pas te faire foutre.

Mais tu n'as pas pu me dire que tu avais envie de moi.

Tout le monde n'arrêtait pas d'en parler. J'ai eu l'impression que c'était un peu gratuit de ta part.

J'aurais dû savoir que ça ne marcherait pas entre nous.

On ne l'a pas toujours su ? a-t-il demandé.

Je me suis tue une seconde. Puis j'ai dit : non, pas moi.

Qu'est-ce que ça veut dire, une relation qui « marche » ? a-t-il demandé. De toute façon, entre nous, ça n'aurait jamais pu être conventionnel.

J'ai quitté le banc car il faisait trop froid pour rester assise dehors plus longtemps. J'avais besoin de me mettre au chaud. Éclairées depuis le bas, des branches sans feuilles griffaient le ciel.

J'estime que ça n'avait pas besoin de l'être, ai-je dit.

Tu dis ça, mais de toute évidence, tu n'étais pas heureuse que j'en aime une autre. Ce n'est pas grave, ça ne fait pas de toi une mauvaise personne.

Mais moi aussi, j'aimais quelqu'un d'autre.

Oui, je sais, a-t-il dit. Sauf que tu ne voulais pas que ce soit le cas pour moi.

Ça ne m'aurait pas dérangée si…

J'ai tenté de trouver un moyen de terminer cette phrase en évitant de dire « si j'avais été différente » ou bien « si j'avais été la personne que je voulais être ». Au lieu de ça, je l'ai laissée sombrer dans le silence. J'étais transie de froid.

Je n'arrive pas à croire que tu es là, au téléphone, à me dire que tu attendais que je t'appelle, a-t-il dit calmement. Tu ne sais pas combien ça me fait mal d'entendre ça.

Et comment je me sens, moi, tu crois ? Tu n'avais même pas envie de me parler, tu voulais juste joindre Melissa.

Bien sûr que j'avais envie de te parler. Ça fait combien de temps qu'on est au téléphone, là ?

Je me suis approchée de la porte par laquelle j'étais entrée, mais elle avait été verrouillée. Le froid me piquait les yeux. De l'autre côté de la grille, des gens faisaient la queue à l'arrêt du 145. En me dirigeant vers l'entrée principale, j'ai aperçu les lumières du centre commercial. Je pensais à Nick et Melissa en train de chanter « Baby, It's Cold Outside » dans leur cuisine chauffée entourés de leurs amis.

Tu l'as dit toi-même, ai-je répliqué. Ça n'aurait jamais marché.

Et là, ça marche ? Si je viens te chercher et qu'on bavarde pendant que je roule, et que je te dis, désolé de ne pas t'avoir appelée, j'ai été stupide, ça marche ?

Quand deux personnes se rendent heureuses, c'est là que ça marche.

Tu peux sourire à un inconnu dans la rue et le rendre heureux, a-t-il dit. Là, on parle de quelque chose de plus complexe.

En approchant de la sortie, j'ai entendu la cloche sonner. Le bruit de la circulation est revenu telle une lumière qui se fait de plus en plus vive.

Il faut toujours que ce soit complexe ? ai-je demandé.

Ouais, je crois.

Cette histoire avec Bobbi est importante pour moi, ai-je dit.

Tu me dis ça alors que je suis marié !

Donc ce sera toujours aussi merdique ?

Cette fois, je te ferai davantage de compliments.

J'étais devant la grille. J'avais envie de lui raconter l'épisode de l'église. C'était un autre sujet de conversation. Je voulais qu'il rende tout le reste compliqué.

Quel genre de compliments ? ai-je dit.

J'en ai un qui n'est pas vraiment un compliment, mais je pense que ça va te plaire.

D'accord, dis-le-moi.

Tu te souviens de la première fois où on s'est embrassés ? À la fête. Je t'ai dit que le cellier n'était pas un bon endroit pour ça, et on est sortis. Tu sais, je suis monté t'attendre dans ma chambre. Je t'ai attendue pendant des heures. D'abord, j'ai vraiment cru que tu allais venir. C'était sans doute le geste le plus pitoyable de ma vie, pitoyable et jubilatoire à la fois, d'une certaine manière. Parce que même si tu étais montée, qu'est-ce qui se serait passé ? La maison était pleine de monde, ce n'est pas comme si on allait faire quelque chose. Mais chaque fois que je pensais à redescendre, j'avais l'impression de t'entendre dans l'escalier, alors je ne pouvais littéralement pas bouger. Bref, ce que j'ai ressenti à ce moment-là, sachant que tu étais proche et moi complètement paralysé, cet échange téléphonique me fait le même effet. Si je te disais où je suis garé, je crois que je ne serais pas capable de bouger, je penserais que je dois rester là juste au cas où tu changes d'avis. Tu sais, j'ai toujours envie d'être disponible pour toi. Tu auras remarqué que je n'ai rien acheté dans ce supermarché.

J'ai fermé les yeux. Les choses et les gens autour de moi, positionnés selon une hiérarchie obscure, participaient à un système dont j'ignorais tout et ne saurais jamais rien. C'était un réseau complexe d'objets et de concepts. Il faut vivre certaines choses pour les comprendre. On ne peut pas toujours tout analyser.

Viens me chercher, ai-je dit.

Remerciements

Pour ce livre, je me suis beaucoup inspirée de conversations avec mes amis, notamment Kate Oliver et Aoife Comey, que j'aimerais remercier sincèrement toutes les deux. Merci également à ceux de mes amis qui ont lu les versions antérieures du manuscrit : Michael Barton, Michael Nolan, Katie Rooney, Nicole Flattery, et surtout John Patrick McHugh, dont les retours si pertinents ont contribué de façon substantielle au développement du roman.

Des remerciements particuliers à Thomas Morris pour son soutien indéfectible à mon travail, et pour toutes ces années d'amitié fructueuse. De tout mon cœur, merci, Tom.

Je suis très reconnaissante à Chris Rooke, dans l'appartement duquel j'ai écrit la plus grande partie de ce livre, ainsi qu'à Joseph et Gisele Farrell, dont l'hospitalité m'a permis de travailler certaines parties en Bretagne. Merci à l'Arts Council of Ireland pour son aide financière qui m'a permis de venir à bout de ce projet.

Mille mercis à Tracy Bohan, mon agent, et à Mitzi Angel, mon éditrice. Leur vision m'a été d'une aide inestimable. Merci à toute l'équipe de Faber qui s'est si bien occupée de moi, ainsi qu'à Alexis Washam chez Hogarth.

Comme toujours, je suis immensément reconnaissante à mes parents.

Par-dessus tout, à chaque étape de l'écriture et de l'édition de ce roman, j'ai pu compter sur John Prasifka, ses conseils, son soutien et ses encouragements. Sans lui, ce livre n'existerait pas. Tout ce qu'il contient de bien vient de lui.

Les Éditions Points s'engagent pour la protection de l'environnement et une production française responsable

Ce livre a été imprimé en France, sur un papier certifié issu de forêts gérées durablement, chez un imprimeur labellisé Imprim'Vert, marque créée en partenariat avec l'Agence de l'Eau, l'ADEME (Agence de l'Environnement et de la Maîtrise de l'Énergie) et l'UNIC (Union Nationale de l'Imprimerie et de la Communication).

La marque Imprim'Vert apporte trois garanties essentielles :

- La suppression totale de l'utilisation de produits toxiques
- La sécurisation des stockages de produits et de déchets dangereux
- La collecte et le traitement de produits dangereux

RÉALISATION : NORD COMPO À VILLENEUVE-D'ASCQ
IMPRESSION : MAURY IMPRIMEUR À MALESHERBES (45)
DÉPÔT LÉGAL : SEPTEMBRE 2021, N° 144611-10 (270904)
IMPRIMÉ EN FRANCE

Éditions Points

DERNIERS TITRES PARUS

P5121. Anagrammes. Pour sourire et rêver, *Jacques Perry-Salkow*
P5122. Les Spaghettis de Baudelaire. 50 conseils pour briller en cours de lettres, *Thierry Maugenest*
P5123. Tout autre nom, *Craig Johnson*
P5124. Requiem, *Tony Cavanaugh*
P5125. Ce que savait la nuit, *Arnaldur Indridason*
P5126. Scalp, *Cyril Herry*
P5127. Haine pour haine, *Eva Dolan*
P5128. Trois Jours, *Petros Markaris*
P5129. Quand notre cœur s'ouvre à la spiritualité *Caroline Coldefy*
P5130. Les Invisibles, *Antoine Albertini*
P5131. Le Fil de nos vies brisées, *Cécile Hennion*
P5132. D'os et de lumière, *Mike McCormack*
P5133. Le Nouveau, *Tracy Chevalier*
P5134. Comment j'ai vidé la maison de mes parents. Une trilogie familiale, *Lydia Flem*
P5135. Le Grand Cahier. Une trilogie, *Agota Kristof*
P5136. Roland Furieux, tome 1, *L'Arioste*
P5137. Roland Furieux, tome 2, *L'Arioste*
P5138. Frères sorcières, *Antoine Volodine*
P5139. Mes biens chères soeurs, *Chloé Delaume*
P5140. Vivre ensemble, *Émilie Frèche*
P5141. Voyou, *Itamar Orlev*
P5142. L'Abattoir de verre, *John Maxwell Coetzee*
P5143. Kiosque, *Jean Rouaud*
P5144. État de nature, *Jean-Baptiste Froment*
P5145. Le Petit Paradis, *Joyce Carol Oates*
P5146. Trahison, *Joyce Carol Oates*
P5147. Marcher jusqu'au soir, *Lydie Salvayre*
P5148. Et j'abattrai l'arrogance des tyrans *Marie-Fleur Albecker*
P5149. Projet Starpoint, tome 1, La Fille aux cheveux rouges *Marie-Lorna Vaconsin*
P5150. Que le diable m'emporte, *Marie MacLane*
P5151. Ombres sur la Tamise, *Michael Ondaatje*
P5152. Pourquoi je déteste les enfants, *Robert Benchley*
P5153. Dans le faisceau des vivants, *Valérie Zenatti*
P5154. L'Oiseau Parker dans la nuit, *Yannick Lahens*
P5155. Formulaires, *Mohammed Dib*
P5156. La Faille du temps, *Jeanette Winterson*
P5157. Nous habitons la Terre, *Christiane Taubira*

P5199. Transit, *Rachel Cusk*
P5200. Un petit coup de jeune, *Thierry Bizot*
P5201. L'Amour est aveugle. Le ravissement de Brodie Moncur *William Boyd*
P5202. Titayna : l'aventurière des années folles *Benoît Heimermann*
P5203. La Mer pour aventure, *Collectif*
P5204. Lawrence d'Arabie. Le désert et les étoiles *Flora Armitage*
P5205. Travelling. Un tour du monde sans avion *Tangy Viel, Christian Garcin*
P5209. Les Imprudents. Sur les traces des résistants du maquis Bir-Hakeim, *Olivier Bertrand*
P5210. Maudits mots. La fabrique des insultes racistes *Marie Treps*
P5212. En marge, *Silvia Baron Supervielle*
P5213. Le Cœur et la Chair, *Ambrose Parry*
P5215. Crime et Délice, *Jonathan Kellerman*
P5216. Le Sang noir des hommes, *Julien Suaudeau*
P5217. À l'ombre de l'eau, *Maïko Kato*
P5218. Vik, *Ragnar Jónasson*
P5219. Koba, *Robert Littell*
P5220. Le Dernier Thriller norvégien, *Luc Chomarat*
P5222. Steak machine, *Geoffrey Le Guilcher*
P5224. Petit Traité de bienveillance envers soi-même *Serge Marquis*
P5225. Sex & Rage, *Eve Babitz*
P5226. Histoire de ma vie, *Henry Darger*
P5227. Hors-bord, *Renata Adler*
P5228. N'oublie pas de te souvenir, *Jean Contrucci*
P5229. Mur méditerranée, *Louis-Philippe Dalembert*
P5230. La Débâcle, *Romain Slocombe*
P5231. À crier dans les ruines, *Alexandra Koszelyk*
P5233. Nuit d'épine, *Christiane Taubira*
P5234. Les Fillettes, *Clarisse Gorokhoff*
P5235. Le Télégraphiste de Chopin, *Eric Faye*
P5236. La Terre invisible, *Hubert Mingarelli*
P5237. Une vue exceptionnelle, *Jean Mattern*
P5238. Louvre, *Josselin Guillois*
P5239. Les Petits de décembre, *Kaouther Adimi*
P5240. Les Yeux rouges, *Myriam Leroy*
P5241. Dévorer le ciel, *Paolo Giordano*
P5242. Amazonia, *Patrick Deville*
P5243. La Grande à bouche molle, *Philippe Jaenada*
P5244. L'Heure d'été, *Prune Antoine*
P5245. Pourquoi je déteste l'économie, *Robert Benchley*

P5246. Cora dans la spirale, *Vincent Message*
P5247. La Danse du roi, *Mohammed Dib*
P5248. Il était une fois dans l'Est, *Arpád Soltész*
P5249. La Tentation du pardon, *Donna Leon*
P5250. Ah, les braves gens !, *Franz Bartelt*
P5251. Crois-le !, *Patrice Guirao*
P5252. Lyao-Ly, *Patrice Guirao*
P5253. À sang perdu, *Rae DelBianco*
P5254. Mémoires vives, *Edward Snowden*
P5255. La Plus Belle Histoire de l'intelligence
Stanislas Dehaene, Yann Le Cun, Jacques Girardon
P5256. J'ai oublié, *Bulle Ogier, Anne Diatkine*
P5257. Endurance. L'incroyable voyage de Shackleton
Alfred Lansing
P5258. Le Cheval des Sforza, *Marco Malvaldi*
P5259. La Purge, *Arthur Nesnidal*
P5260. Eva, *Arturo Pérez-Reverte*
P5261. Alex Verus. Destinée, tome 1, *Benedict Jacka*
P5262. Alex Verus. Malediction, tome 2, *Benedict Jacka*
P5263. Alex Verus. Persécution, tome 3, *Benedict Jacka*
P5264. Neptune Avenue, *Bernard Comment*
P5265. Dernière Sommation, *David Dufresne*
P5266. Dans la maison de la liberté, *David Grossman*
P5267. Le Roman de Bolaño, *Gilles Marchand, Eric Bonnargent*
P5268. La Plus Précieuse des marchandises. Un conte
Jean-Claude Grumberg
P5269. L'avenir de la planète commence dans notre assiette
Jonathan Safran Foer
P5270. Le Maître des poupées, *Joyce Carol Oates*
P5271. Un livre de martyrs américains, *Joyce Carol Oates*
P5272. Passe-moi le champagne, j'ai un chat dans la gorge
Loïc Prigent
P5273. Invasion, *Luke Rhinehart*
P5274. L'Extase du selfie. Et autres gestes qui nous disent
Philippe Delerm
P5275. Archives des enfants perdus, *Valeria Luiselli*
P5276. Ida, *Hélène Bessette*
P5277. Une vie violente, *Pier Paolo Pasolini*
P5278. À cinq ans, je suis devenue terre-à-terre, *Jeanne Cherhal*
P5279. Encore plus de bonbons sur la langue. Le français
n'a jamais fini de vous surprendre !, *Muriel Gilbert*
P5280. L'Ivre de mots, *Stéphane de Groodt*
P5281. The Flame, *Leonard Cohen*
P5282. L'Artiste, *Antonin Varenne*
P5283. Les Roses de la nuit, *Arnaldur Indridason*
P5284. Le Diable et Sherlock Holmes, *David Grann*

P5285. Coups de vieux, *Dominique Forma*
P5286. L'Offrande grecque, *Philip Kerr*
P5287. Régression, *Fabrice Papillon*
P5288. Un autre jour, *Valentin Musso*
P5289. La Fabrique du crétin digital, *Michel Desmurget*
P5290. Le Grand Manipulateur. Les réseaux secrets de Macron *Marc Endeweld*
P5291. Vieillir ensemble. Un tour du monde des solutions qui rapprochent les générations *Clément Boxefeld, Julia Chourri*
P5292. La vie est une célébration, *Mata Amritanandamayi*
P5293. Les Plus Beaux Contes zen, *Henri Brunel*
P5295. L'Indomptée. La papesse Jeanne, *Donna Cross*
P5296. Au cœur de la violence, *Edouard Louis*
P5297. Querelle, *Kevin Lambert*
P5298. Ordesa, *Manuel Vilas*
P5299. Papa, *Régis Jauffret*
P5300. Un peu, beaucoup, passionnément, à la folie, pas du tout *Alice Munro*
P5301. Ainsi parlait ma mère, *Rachid Benzine*
P5302. Lake Success, *Gary Shteyngart*
P5303. L'Ombre d'un père, *Christoph Hein*
P5304. Nino dans la nuit, *Simon Johannin, Capucine Johannin*
P5305. Zébu Boy, *Aurélie Champagne*
P5306. Monsieur le Commandant, *Romain Slocombe*
P5307. Le Bureau des jours perdus et Autres Récits étranges *Eric Faye*
P5308. Ces îles de plein sel et autres poèmes *Louis-Philippe Dalembert*
P5309. Habitant de nulle part, originaire de partout *Souleymane Diamanka*
P5310. Hammett Détective, *Stéphanie Benson, Benjamin et Julien Guérif, Jérôme Leroy, Marcus Malte, Jean-Hugues Oppel, Benoît Séverac, Marc Villard, Tim Willocks*
P5311. L'Arbre aux fées, *B. Michael Radburn*
P5312. Le Coffre, *Jacky Schwartzmann, Lucian-Dragos Bogdan*
P5313. Le Manteau de neige, *Nicolas Leclerc*
P5314. L'Île au secret, *Ragnar Jónasson*
P5315. Sous les eaux noires, *Lori Roy*
P5316. La Chute du monstre. Marseille année zéro *Philippe Pujol*
P5317. Lesbos, la honte de l'Europe, *Jean Ziegler*
P5318. Algérie. La nouvelle indépendance, *Jean-Pierre Filiu*
P5319. L'Effet maternel, *Virginie Linhart*
P5320. L'Amour, le rôle de notre vie. Rééduquer les cœurs *Sarah Serievic*

P5321. Comme au cinéma, *Fiona Kidman*
P5322. La Déesse des mouches à feu, *Geneviève Pettersen*
P5323. Dé mem brer, *Joyce Carol Oates*
P5324. Conversations entre amis, *Sally Rooney*
P5325. Tous les hommes n'habitent pas le monde de la même façon, *Jean-Paul Dubois*
P5326. La Leçon de ténèbre, *Léonor de Récondo*
P5327. Disparaître, *Mathieu Menegaux*
P5328. Le Cercle des hommes, *Pascal Manoukian*
P5329. Il y a un seul amour, *Santiago H. Amigorena*
P5330. Solénoïde, *Mircea Cărtărescu*
P5331. « La vraie vie est absente ». Et autres fragments rimbaldiens. *Suivi du* Dictionnaire homo-érotique *Arthur Rimbaud, Frédéric Martel*
P5332. Un participe qui ne passe pas, *Bernard Cerquiglini*
P5333. La Monnaie des songes et autres recueils *Marie-Christine Gordien*
P5334. Une jupe trop courte. Récits de la cuisine, *Sofi Oksanen*
P5335. L'Homme aux murmures, *Alex North*
P5336. Jeux de dames, *André Buffard*
P5337. Les Fantômes de Reykjavik, *Arnaldur Indridason*
P5338. La Défaite des idoles, *Benjamin Dierstein*
P5339. Les Ombres de la toile, *Christopher Brookmyre*
P5340. Dry Bones, *Craig Johnson*
P5341. Une femme de rêve, *Dominique Sylvain*
P5342. Les Oubliés de Londres, *Eva Dolan*
P5343. Chinatown Beat, *Henry Chang*
P5344. Sang chaud, *Kim Un-Su*
P5345. Si tu nous regardes, *Patrice Guirao*
P5346. Tu vois !, *Patrice Guirao*
P5347. Du sang sur l'asphalte, *Sara Gran*
P5348. Cool Killer, *Sébastien Dourver*
P5349. City of Windows, *Robert Pobi*
P5350. L'Avenir des simples, *Jean Rouaud*
P5351. La Solitude de François, *Marco Politi*
P5352. Jenny Bel'Air, une créature, *François Jonquet*
P5353. Sororité, *Chloé Delaume, Collectif*
P5354. Le Regard féminin. Une révolution à l'écran, *Iris Brey*
P5355. Le Sexe selon Maia. Au-delà des idées reçues *Maïa Mazaurette*
P5356. Testo Junkie. Sexe, drogue et biopolitique *Paul B. Preciado*
P5357. Heureux et Grincheux. 108 conseils d'un moine bouddhiste pour profiter de la vie, *Ajahn Brahm*
P5358. Voyage sans cartes, *Graham Greene*
P5359. La Folle Équipée, *Patrice Franceschi*